Ullstein Krimi

Ullstein Krimi
Ullstein Buch Nr. 10173
im Verlag Ullstein GmbH,
Frankfurt/M – Berlin – Wien
Titel der amerikanischen
Originalausgabe
The Mordida Man
Übersetzt von
Edith Massmann

Deutsche Erstausgabe

Umschlaggestaltung:
Noth+Hauer, Berlin
Umschlagfoto:
Bilderbox Overath

Printed in Germany 1982
Druck und Verarbeitung:
Ebner Ulm
ISBN 3 548 10173 9

Oktober 1982

CIP-Kurztitelaufnahme
der Deutschen Bibliothek

Thomas, Ross:
Der Bakschischmann / Ross Thomas.
[Übers. von Edith Massmann]. –
Dt. Erstausg. – Frankfurt/M; Berlin;
Wien: Ullstein, 1982.
(Ullstein-Buch; Nr. 10173: Ullstein-Krimi)
Einheitssacht.: The mordida man ‹dt.›
ISBN 3-548-10173-9
NE: GT

Vom selben Autor
in der Reihe der
Ullstein Bücher

Vierzig Riesen für den Zwerg (10060)
Der Ein-Weg-Mensch (10152)

Ross Thomas

Der Bakschischmann

Polit-Thriller

Herausgegeben von Bernd Jost

Ullstein Krimi

1

Die Veränderung war nachgerade verblüffend. Zunächst einmal hatte er abgespeckt, mindestens zwölf Kilo, dann hatten die geschickt in den Absätzen seiner deftigen, glattledernen Schuhe verborgenen Plättchen seine Größe um fünf Zentimeter gestreckt und seinen Gang verändert. Der Bart half natürlich auch, zumal er tadellos gestutzt war.

Vor noch nicht mal drei Monaten war er glattrasiert gewesen und mittelgroß und ziemlich beleibt, um nicht zu sagen fett. Jetzt war er fast einsachtzig und wirkte ausgesprochen schlank. Er war auch anders angezogen. Keine Jeans mehr, keine Parka und kein schwarzer Rollkragenpulli, die früher sozusagen sein Gütezeichen gewesen waren. Jetzt trug er einen blauen, nadelgestreiften Anzug, nicht zu alt, aber auch nicht zu neu, dazu ein gestärktes weißes Hemd und sogar eine fesche Fliege, die zu knoten er sich mühsam beigebracht hatte. In der linken Hand hielt er eine leicht abgewetzte Aktenmappe, die sich bei ihm ausnahm wie ein liebgewonnener alter Kumpel – ein weiteres geschickt kalkuliertes Requisit der Wohlanständigkeit.

Das einzige, was möglicherweise hätte auffallen können, war die Brille. Die einfachen bernsteinfarbenen Gläser ließen keinen Blick in seine Augen mit ihrer seltsam regengrauen, verräterischen Farbe zu. Aber dieser Nachteil wurde durch das sorgfältig ausgewählte Plastikgestell kompensiert, das eher auf praktischen Sinn und Notwendigkeit als auf Täuschung deutete.

Viel Mühe war auch auf sein dunkles Haar verwendet worden, das ehemals eine lange, fettige Mähne gewesen war. Jetzt war es kurz und adrett geschnitten und wie sein Bart graumeliert. Das Grau war echt – und gleichfalls neu, hatte sich aber auf natürliche Weise während der letzten drei Monate eingefunden.

Als er aus der U-Bahn-Station Maida Vale auftauchte und nach rechts in die Elgin Avenue einbog, drückte die Frau im Taxi auf der anderen Straßenseite ihre Tasche fest an die Brust, atmete kurz ein, hustete einmal und sagte: »Das ist er. Das ist Felix.«

Der Mann neben ihr fragte: »Sind Sie sicher?«

»Das ist er«, beharrte die Frau und drückte mit ihren dünnen Armen die schwarzlederne Tasche mit dem silbernen Schnappverschluß fester an sich.

»Sieht verdammt nicht nach ihm aus«, sagte der Mann. Er sprach irgendein dialektgefärbtes Amerikanisch.

»Aber er ist es, Sie Narr.«

Der Amerikaner nickte zweifelnd, kurbelte das Taxifenster herunter und warf eine leicht zerknautschte Packung Pall-Mall-Zigaretten auf den Bürgersteig. Ein kleiner Mann auf der anderen Straßenseite, mit braunem Anzug und dem mutwillig boshaften Gesicht eines alten Kindes, sah die Packung zu Boden fallen, wandte sich schnell von dem Zeitungskiosk ab und folgte dem Mann, der als Felix identifiziert worden war.

Der kleine Mann bewegte sich mit tänzelnden Schrittchen und schulterte plötzlich den fest zusammengerollten schwarzen Schirm, den er bei sich trug.

Der Amerikaner im Taxi beugte sich seitwärts über die Frau, öffnete die Tür zum Bordstein und sagte: »Verschwinden Sie!«

Die Frau mußte sich erst aushusten. Es waren fünf, sechs hohle, trockene Explosionen, die ihren Körper schüttelten und ihr Gesicht röteten. Der Amerikaner überhörte sie ebenso wie er die Frau übersah, die sich, über seine langen Beine stolpernd, hustend aus dem Taxi schob. Draußen auf dem Bürgersteig preßte sie die Tasche noch fester an ihre Brust. Die Tasche schien den Husten zu lindern, möglicherweise weil sie tröstlichen Balsam in Form von zwanzigtausend Dollar in Zwanzig- und Fünfzigdollarscheinen enthielt, den Lohn dafür, daß sie den Amerikaner zu Felix geführt hatte. Die Frau hastete davon, ohne sich umzusehen, die Lippen zusammengepreßt, als hätte sie beschlossen, nie wieder zu husten.

Der kleine Mann mit dem Regenschirm hatte Felix inzwischen bis auf fünf, sechs Schritte eingeholt. Mit einem akkuraten kleinen Sprung verringerte er den Abstand auf etwa drei Schritte. Er schwang den Schirm im Bogen abwärts, bis die Schirmspitze fast Felix' Rücken berührte – sie zielte genau zwischen die Schulterblätter.

Der kleine Mann drückte den Knopf im Schirmgriff. Dadurch löste sich eine Stahlfeder, die einen Plastikpfeil mit Chromspitze, der hundert Milligramm eines schnell wirkenden Sedativums, Doxxeram genannt, enthielt, durch Jackett und Hemd tief in Felix' Rücken schoß. Doxxeram war bisher nur einmal während eines Versuchstests an Menschen ausprobiert worden, in einer Klinik für geisteskranke Gewaltverbrecher irgendwo oben in Michigan. Es war dann, obwohl bemerkenswert schnell wirkend, wegen der unerwünschten Nebenwirkungen als unbrauchbar wieder abgesetzt worden.

Als Felix den Stich im Rücken spürte, blieb er abrupt stehen. Er griff sich mit der Linken auf den Rücken und bekam den Plastikpfeil zu fassen, der die Droge enthalten hatte und jetzt leer war. Er starrte kurz auf den Pfeil, ließ ihn dann fallen und zertrat ihn mit dem Absatz. Die Chromspitze mit ihren feinen Widerhaken blieb im Rücken stecken. Felix nahm hastig die Aktenmappe in die linke Hand, griff sich mit der rechten über die linke Schulter und angelte nach der Chromspitze. Aber sein Arm war nicht lang genug. Kaum jemandes Arm wäre dafür lang genug gewesen.

Felix drehte sich um, besser, er wirbelte herum, und fingerte am Schloß seiner alten Aktenmappe. Aber der kleine Mann war längst an ihm vorbei und steuerte mit geschultertem Schirm und seinen kleinen flinken Schwulenschritten zur nächsten Ecke. Nur eine mittelalte Frau starrte Felix kurz an, blickte aber gleich wieder weg und lief weiter.

Felix wühlte in seiner Aktenmappe, bis seine Hand den Griff der kurzläufigen .38er Smith & Wesson umschloß. Und während er in der Aktenmappe nach dem Revolver grub, versuchte er, seinen Angreifer auszumachen – den er würde erschießen müssen. Er faßte dann vier mögliche Kandidaten ins Auge, die alle nicht in Frage kamen.

Zwei waren Frauen um die Vierzig, mit Einkaufsnetzen, schätzungsweise Schwestern. Der dritte war der Zeitungsverkäufer in Jockeigröße, der ins Geldzählen vertieft war. Der vierte war ein älterer Herr von mindestens siebzig, der, auf seinen Stock gestützt, sinnend auf die Reihe fetter Kapaune in der Auslage des Metzgerladens starrte und offenbar darüber nachdachte, ob er sich einen leisten konnte.

Felix spürte die erste schwache Wirkung der Droge, als der kleine Mann mit dem Schirm hinter der Ecke verschwunden war. Seine Schultern sackten aus eigenem Antrieb tiefer, seine Knie begannen zu zittern – aber vielleicht war beides auch nur die physische Reaktion auf die befreiende Erkenntnis, daß die Droge nicht Gift war.

Sedativum, dachte er. Irgendwer hat dich vollgepumpt mit

einem Beruhigungsmittel. Nur schien es ihm nicht sonderlich wirksam. Felix überlegte, ob sie den Schuß zu gering dosiert hatten. Vielleicht war ihnen ein Fehler unterlaufen, und er brauchte seinen Revolver gar nicht. Er nahm die Hand aus der Aktenmappe und ging verträumt auf die Tür des Gemüseladens zu, drehte sich gähnend um und rieb die Stelle zwischen den Schulterblättern wohlig am Türpfosten. Ohne jede Hast verschaffte er sich das Vergnügen, einen vertrauten Juckreiz zu stillen. Damit trieb er die Widerhaken der Chromspitze nur noch tiefer ins Fleisch.

Auf der anderen Straßenseite saß der Amerikaner geduldig im Taxi und ließ seine Blicke zwischen Felix und Armbanduhr hin- und herwandern. Ein paar Minuten brauchte das Doxxeram noch, um zu wirken. Unterdessen rieb Felix genüßlich seinen Rücken am Türpfosten des Gemüseladens und versuchte zu entscheiden, ob er zum U-Bahn-Eingang laufen sollte. Aber vielleicht wollten sie genau das. Ein einfahrender Zug, ein rascher Stoß – Felix beschloß, noch einmal gründlich darüber nachzudenken.

Wenig später sah der Amerikaner von seiner Uhr hoch, beugte sich zum Fahrer vor und sagte: »Los, jetzt!«

Das Taxi fuhr eine U-Schleife und hielt weniger als drei Meter von Felix entfernt am Bordstein. Felix stand immer noch am Türpfosten und rieb sich gähnend den Dorn tiefer in den Rücken, wußte aber sofort, warum das Taxi am Bordstein hielt; er wußte ebensogut, daß er werde handeln müssen, nur wußte er nicht, woher er die Energie nehmen sollte. Versonnen erinnerte er sich an seinen Revolver, vergaß ihn aber wieder, weil ihm auffiel, daß er nur noch verwischt sehen konnte. Die Wirklichkeit schien davonzuschwimmen. Er entschied, daß es vermutlich am ratsamsten wäre, einfach loszugehen. Nicht zu schnell, natürlich. Bloß keine Aufmerksamkeit auf sich ziehen. Erst mal bis zur Ecke, langsam, ganz langsam, weil er so schläfrig war, und dann einfach nach rechts abbiegen.

Er machte einen Schritt weg vom Gemüseladen und dann den nächsten. Aber seine Beine ließen ihn im Stich, sie fingen an zu schlenkern. Auch seine Füße widersetzten sich seinem Befehl. Er schaffte noch einen und noch einen Schritt und brach dann in die Knie.

Der Amerikaner stieg aus dem Taxi und näherte sich ihm

vorsichtig. Ein paar Passanten blieben neugierig stehen. Felix begann wieder, in seiner Aktenmappe zu wühlen, die glasigen Augen auf den Amerikaner gerichtet. Der Amerikaner bückte sich und nahm ihm die Aktenmappe fort. Felix beobachtete gleichgültig, wie er sie sich unter den Arm klemmte.

Sekundenlang starrten sie einander in die Augen, und Felix fragte sich verwundert, wieso der Amerikaner sich in wellige Konturen aufzulösen begann. Vielleicht lag das am Licht, an der beginnenden Dämmerung. Die Wirklichkeit trieb auf dunklen Wellen davon. Aus weiter Entfernung hörte er schließlich den Amerikaner in grauenhaftem Spanisch sagen: »Vamos, amigo.«

Felix schloß die Augen, leckte sich über die Lippen und erwog zu fragen, wohin er mitgehen sollte, aber es kostete ihn zu große Anstrengung. Wenigstens war es nicht Israel. Wenigstens waren es nicht die Juden. Er fragte sich uninteressiert, wie der Amerikaner an die Informantin herangekommen war – und wieviel man ihr gezahlt hatte. Aber er vertagte die Antwort, das konnte alles aussortiert werden, wenn er wieder ausgeruht war, vielleicht sogar ein bißchen geschlafen hat. Schlafen – es mußte herrlich sein, sich einfach auf dem Bürgersteig zusammenzurollen und zu schlafen. Er war gerade fest entschlossen, genau das zu tun, als der kleine Mann im braunen Anzug wieder auftauchte. Der Kleine hatte den Regenschirm nicht mehr bei sich.

»Kann ich Ihnen und Ihrem Freund behilflich sein?« fragte der Kleine in hübsch gespreiztem Englisch, das sich nahtlos in seine tänzelnden Schritte einfügte.

Der Amerikaner nickte. »Sehr liebenswürdig.«

Sie legten je einen Arm um Felix und stellten ihn auf die Beine.

»Braucht ab und zu sein Schläfchen, der arme Junge«, sagte der Kleine.

»Sieht so aus, ja.«

Der Kleine öffnete die hintere Taxitür, und beide hievten Felix auf den Rücksitz.

»Tausend Dank«, sagte der Amerikaner, während er ins Taxi kletterte.

»Keine Ursache«, sagte der kleine Mann. Er blickte dem davonfahrenden Taxi nach, bis es verschwunden war, und drehte sich dann zur Auslage der Metzgerei um. Fast hatte er sich schon für einen fetten Kapaun zum Abendessen entschieden – aber wenn die Lammkotelettchen besonders einladend aussehen sollten, würde er ihnen vielleicht doch den Vorzug geben.

2

Sie waren zu viert in dem feuchten Keller des mit Brettern vernagelten, leerstehenden Hauses in der kleinen Straße in Hammersmith: zwei Männer und zwei Frauen. Die Nachbarhäuser waren gleichfalls vernagelt und unbewohnt. Sie warteten alle auf den Abbruchunternehmer, der schon drei Wochen im Verzug war.

Einer der beiden Frauen hatten sie die Kleider vom Leib gerissen, fast nackt saß sie auf einem schweren Eßzimmerstuhl, mit gelbem Isolierkabel an die Rückenlehne gefesselt. Sie war die hustende Frau, die Felix für zwanzigtausend Dollar an den Amerikaner verkauft hatte. Sie hieß Maria Luisa de la Cova, war vierunddreißig Jahre alt und stammte aus Venezuela.

Das Geld lag jetzt säuberlich gestapelt auf einem eichenen Eßzimmertisch mit Wasserrändern, der zum Stuhl paßte. Er hatte nur drei Beine. Zum Ersatzbein für das vierte hatte man zwei Whiskykisten umfunktioniert. Neben dem gestapelten Geld lag die schwarzlederne Tasche mit dem silbernen Verschluß, sie war umgestülpt und ihr Futter weggerissen worden. Elektrischen Strom gab es keinen. Licht kam von sechs rosa Kerzen, die in Bierflaschenhälsen steckten.

Einer der Männer, ein bläßlicher, fast wimpernloser Blonder mit langen Gliedern und einem seichten humorlosen Gesicht, zündete sich mit einem Wegwerffeuerzeug eine Zigarette an. Er wurde von den anderen Frank genannt, obwohl er richtig Bernt Diringshoffen hieß und vor zweiunddreißig Jahren in Hamburg zur Welt gekommen war. Nachdem er die Zigarette in Brand gesetzt hatte, paffte er ohne zu inhalieren vor sich hin, erkennbar ein Nichtraucher.

Die gefesselte Frau beobachtete ihn. Ihre Augen waren gerötet, ihr Gesicht tränennaß, aber sie weinte nicht mehr. Links an ihrem Hals und auf ihren kleinen Brüsten waren grellrote Brandflecken, vier insgesamt.

»Los, rede«, sagte Diringshoffen und blies in die Glut der Zigarette.

»Ich habe doch schon alles gesagt«, sagte die de la Cova und begann, würgend zu husten. Diringshoffen wartete geduldig, bis sie sich ausgehustet hatte. »Wir möchten es aber noch mal hören«, sagte er freundlich.

Sie fing an zu sprechen, mit einer raschen, monotonen Stimme, die so leise war, daß die anderen sich vorbeugen mußten, um sie zu hören.

»Er sagte, er hieße Arnold. Ich weiß nicht, ob es sein echter Name war. Ich weiß nicht mal, ob es sein Vor- oder Zuname war. Ist wohl auch nicht wichtig. Ich nannte ihn eben Arnold, wenn ich ihn überhaupt mit Namen anredete. Wir trafen uns ein paarmal, insgesamt vielleicht vier-, fünfmal. Zweimal in Soho, mindestens zweimal, und in Islington in einem Café, das er kannte. Dort vielleicht dreimal. In Islington. Vielleicht auch nur zweimal? Ich kann mich nicht genau erinnern.«

»Hat er gesagt, er sei von der CIA?« fragte die andere Frau. Sie sprach englisch, aber mit starkem französischem Akzent. Sie hieß Françoise Leget und war vor neunundzwanzig Jahren in Algier geboren worden. Sie hatte große schwarze Augen, die lebhaft hin und her blickten, einen schlanken, fast mageren Körper, und wurde von vielen für ausgesprochen hübsch gehalten.

Die de la Cova schien Françoise Legets Frage dumm zu finden. Sie seufzte erschöpft und sagte: »Das habe ich doch schon erklärt.«

Der zweite der beiden Männer war älter als die anderen, fast achtunddreißig. Außerdem war er Japaner. Die anderen nannten ihn Nelson, obwohl sein richtiger Name Ko Yoshikawa war. Sein Englisch hatte einen harten amerikanischen Akzent.

»Wiederhole es trotzdem, bitte«, sagte er. »Wir wären dir sehr dankbar.«

Die de la Cova seufzte. »Er hat nichts dergleichen gesagt, daß – daß er von der CIA wäre. Hatte er auch gar nicht nötig. Er setzte sich einfach an meinen Tisch, beim erstenmal in Soho, und sagte, daß er alles über mich wüßte – daß ich vierunddreißig sei und krank, daß ich Geld brauche für das Baby und daß Felix mich sowieso loswerden wollte.« Sie blickte den Japaner an. »Das stimmte doch, das mit Felix, meine ich, oder?«

Ko furchte die Stirn. »Was hast du ihm über uns gesagt?«

»Nichts. An euch war er gar nicht interessiert. Er schien ohnehin alles über euch zu wissen – über uns zu wissen. Aber der, den er haben wollte, war Felix.«

»Und du hast ihn ihm gegeben.«

»Ich habe ihm Felix gegeben. Das Baby war krank, ich war krank. Ich bin immer noch krank.« Wie zum Beweis begann sie zu husten.

Als sie schließlich aufgehört hatte, sagte Diringshoffen: »Wann genau ist es passiert? Genau, sagte ich.«

»Um zwölf«, sagte sie. »Punkt zwölf heute mittag. Ich rief Felix heute morgen an und sagte ihm, ich hätte schlechte Nachrichten, könnte aber am Telefon nicht reden. Wir verabredeten uns im Lord Elgin Pub in Maida Vale um zwölf. Ich saß mit dem Amerikaner, mit Arnold, im Taxi. Aber ich glaube, es war gar kein Taxi. Als Felix aus der U-Bahn-Station hochkam, identifizierte ich ihn. Der Amerikaner wollte wissen, ob ich ganz sicher wäre. Ich sagte ja. Das Geld hatte er mir schon gegeben. Er ließ mich dann aussteigen. Was mit Felix passiert ist, weiß ich nicht.«

Sie blickte wieder den Japaner an und fragte leise und kläglich. »Bitte, könnt ihr mich jetzt nicht töten?«

Ko antwortete nicht sofort. Es schien, als hätte er ihre Bitte nicht gehört, weil seine Gedanken sich bei Wichtigerem aufhielten. Aber einen Augenblick später nickte er auf eine eher zerstreute Weise dem Deutschen zu. Der ließ die Zigarette fallen und trat sie aus, nahm ein Stück des gelben Isolierkabels und baute sich hinter der gefesselten Frau auf.

Der Japaner sah Maria Luisa de la Cova an. »Ja, natürlich«, sagte er beinahe entschuldigend, »wir kümmern uns sofort darum.«

Ko war es dann auch, der den Anruf bei der Botschaft der Arabischen Republik Libyen besorgte. Er rief von einem öffentlichen Telefon in der Halle des Cunard Hotel an. Der Anruf wurde von Faraj Abedsaid entgegengenommen, der in der Dienstliste der Botschaft als Kulturattaché geführt wurde, ein Posten, der ihm bemerkenswert viel freie Zeit ließ.

Nachdem Ko sich als Mr. Leafgreen gemeldet hatte, sagte er: »Rufen Sie zurück, unter dieser Nummer«, und gab die Nummer der Telefonzelle durch, wobei er die beiden letzten Ziffern vertauschte, eine der üblichen Routinemaßnahmen.

Zwölf Minuten später klingelte das Telefon in der Zelle. Nachdem Ko sich mit einem unverbindlichen »Ja, bitte«, gemeldet hatte, sagte Abedsaid: »Also?« und Ko sagte: »Die Amerikaner haben Felix.«

Es entstand eine kurze Pause, dann flüsterte Abedsaid ins Telefon: »Scheiße.« Abedsaid war achtunddreißig und einer der ersten Libyer, die an der Universität von Oklahoma ihr Diplom in Petrotechnik gemacht hatten, oder an überhaupt einer amerikanischen Universität, um genau zu sein.

Ko skizzierte kurz die ihm bekannten Tatsachen. Als er fertig war, entstand wieder eine Pause, bis Abedsaid seufzte und sagte: »Der Oberst springt im Dreieck, wenn er das hört.« Während seiner vierjährigen Studienzeit in Oklahoma hatte Abedsaid gezielt seinen Wortschatz um den gängigen Slang erweitert und liebte es, seine Sprache damit zu würzen, vornehmlich in London, wo er damit fast jeden beleidigen konnte.

»Wie schnell erreichen Sie ihn?« fragte Ko.

»Innerhalb einer Stunde.«

»Wir sind der Meinung, es wäre das beste, nach Rom zurückzufliegen.«

»Sie alle?«

»Alle drei, ja.«

»Brauchen Sie was – Geld, zum Beispiel?«

»Nein, wir haben Geld genug.« Ko dachte an die zwanzigtausend Dollar in Zwanzig- und Fünfzigdollarscheinen.

»Ich kann unsere Leute in Rom davon unterrichten, daß Sie kommen.«

»Gut. Das wird uns helfen.«

»Der Oberst ist . . . Sagen wir, ihm wird das ganz und gar nicht gefallen.«

»Nein«, sagte Ko, »vermutlich nicht.«

»Er und Felix standen einander sehr nahe. Sehr, sehr nahe.«

»Ich weiß. Haben Sie eine Ahnung, was er tun wird?«

»Der Oberst?« Abedsaid schien das richtige Wort zu suchen. »Irgendwas Abartiges, schätze ich«, sagte er und hängte ein.

Die Boeing 727 war cremefarben gestrichen und trug nur die für den internationalen Flugverkehr unerläßlichen Kennzeichen. Sie flog in einer Höhe von neuntausend Metern und befand sich dreihundertfünfzig Kilometer westlich von Irland, als der neunundfünfzigjährige Doktor in die Lounge schlurfte und in einen Sessel sackte.

»Aus und vorbei, Sir«, sagte der Doktor mit einem schweren Seufzer, der dem Mann gegenüber, der sich manchmal Arnold nannte, eine Whiskyfahne ins Gesicht wehte.

»Was soll das heißen, aus und vorbei?«

»Aus und vorbei. Tot. Er ist gestorben. Wollen Sie die Erklärung medizinisch oder für Laien?«

Arnold sprang aus seinem Sessel auf und beugte sich dicht über den Doktor, der vor der riesigen Pranke, die in der Luft herumfuhrwerkte, als suche sie etwas oder irgendwen zu packen, tief in den Sessel zurückwich. Arnolds Augen traten vor, sein merkwürdig teigiges Gesicht rötete sich dunkel und drohend, sein Mund verzog sich zu absonderlichen Formen. Gleich brüllt er los, dieser Irre, dachte der Doktor.

»Er ist nicht tot«, sagte Arnold, nachdem sein Mund sich zu einem Lächeln verzerrt hatte, das dem Doktor noch irrer schien.

Der Doktor schüttelte weise den Kopf. »Wieviel von dem Zeug habt ihr Jungs denn in ihn reingepumpt?«

Arnold rieb sich so heftig die untere Gesichtshälfte, als wolle er die Beweise von Schock und Verblüffung wegreiben. »Wieviel? Soviel Sie angegeben haben, Dr. Lush. Genau so viel. Einhundert Milligramm.«

Der Doktor furchte die Stirn und gab vor, angestrengt nachzudenken. »Hm – meiner Meinung nach hätte er die Dosis verkraften können, wenn keiner von euch Jungs irgendeinen verdammten dämlichen Fehler gemacht hat oder er Atemprobleme hatte oder ein schlechtes Herz oder sonstwas.« Sein Gesicht hellte sich auf. »Was auch immer, die Obduktion wird es klären.«

»Nein«, sagte Arnold und lächelte wieder, aber diesmal nicht mehr ganz so irre.

»Nein – was?«

»Er ist nicht tot.«

»Der ist tot, mausetot«, sagte der Doktor gemütlich, im Vertrauen auf seine Diagnose. »Er ist tot, weil ihr ihm zuviel Stoff verpaßt habt. Er hat sich schätzungsweise so happy und entspannt gefühlt, daß er vergessen hat, Luft zu holen. Aber wie gesagt, das wird die Obduktion klären.«

»Nein«, sagte Arnold.

»Nein – was, diesmal?«

»Keine Obduktion.«

Der Doktor furchte die Stirn, als versuche er, sich schon halb vergessener Anweisungen zu erinnern. Schließlich schienen sie ihm eingefallen zu sein. »Also dann keine Obduktion«, sagte er seufzend und stand auf, »sondern die Alternative.«

»Sie dauert wie lange?«

»Zwei, drei Minuten höchstens.« Der Doktor verschwand.

Als er wieder in die Lounge zurückkehrte, brauchte die 727 nur vier Minuten, um die Flughöhe auf zweitausend Meter zu senken. Die rückwärtige Tür, vormals eine von fallschirmspringenden Luftpiraten gern benutzte Einrichtung, wurde geöffnet. Einen Augenblick später fiel die Leiche des Mannes, der Felix hieß, fast zweitausend Meter tief ins Meer.

3

Die Häusermaklerin in Lissabon hatte Chubb Dunjee, dem Ex-Congressman, nichts von den Stufen gesagt. Aber selbst wenn sie sie erwähnt hätte, hätte er das Haus vermutlich trotzdem gemietet, denn es war vergleichsweise billig, und die achtundsechzig Stufen, die nach unten auf die Straße führten, waren, sportiv betrachtet, gesund und störten Besucher nicht im geringsten, da es keine gab. Oder jedenfalls kaum welche.

Die Maklerin hatte das Haus ziemlich großzügig als Villa bezeichnet, Dunjee jedoch betrachtete es eher als einen Fünfzimmerbungalow, der ihn fatal und irgendwie deprimierend an die rotgeschindelte Sorte Haus erinnerte, die über ganz Südkalifornien verteilt war, von wo er herkam. Das Haus gehörte einer ältlichen englischen Witwe, die plötzlich mit zweiundsiebzig beschlossen hatte, sich Brasilien, das Geburtsland ihres verschiedenen Mannes, anzusehen. Angeblich war die Witwe besonders scharf darauf zu erfahren, was wirklich am Orinoco lag.

Die Miete für das Haus mit seinen achtundsechzig Stufen war nicht zuletzt deshalb vergleichsweise billig, weil Dunjee sich verpflichtet hatte, die Haushälterin zu übernehmen und auch den Gärtner, der sich ebenso liebevoll wie passioniert um den knappen Morgen von Garten kümmerte, in dem Immergrün und Rosen und Geranien und Kamelien und wilder Lavendel blühten und noch zwei andere Sorten Blumen, eine rosa, eine gelb, die Dunjee, kein Blumenfan, nicht kannte und einfach Stiefmütterchen nannte.

Während seines siebzehnmonatigen Aufenthalts in Sintra, den er im Lauf der Zeit als eine Art Exil betrachtet hatte, oder vielleicht sogar als Verbannung, hatte Dunjee sich etwa vierhundert Wörter Portugiesisch beigebracht. Die reichten aus, um die schlichten Kochkünste der Haushälterin zu loben, mit dem Gärtner zu plaudern und sich beim Briefträger dafür zu bedanken, daß er die achtundsechzig Stufen erklomm, um Dunjee die zwei oder drei Tage alte Ausgabe der *International Herald Tribune* hochzubringen, praktisch das einzige an Post, das Dunjee bekam.

Gelegentlich, wenn das Wetter schön war, saßen er und der Briefträger draußen unter dem Zitronenbaum am eisernen Gartentor und tranken in harmonischem Schweigen ein oder zwei Glas Wein. Zu den beiden Weihnachtsfesten, die Dunjee in Sintra verbrachte, schenkte er dem Briefträger einen der berühmten Schinken von Tràs-os-Montes.

Vier Tage, nachdem der Mann, der Felix hieß, fast zweitausend Meter tief ins Meer gefallen war, bekam Dunjee nach elf Monaten zum erstenmal wieder Besuch. Der Besuch traf unangemeldet gegen zwölf mit dem Taxi ein. Um diese Tageszeit pflegte Dunjee gern draußen unter den Zitronenbäumen zu sitzen und das Kreuzworträtsel der *Herold Tribune* zu bearbeiten. Vor Portugal hatte Dunjee nie Kreuzworträtsel bearbeitet. Jetzt betrachtete er die Tätigkeit als häßliches Laster, das indes die Gefahr in sich barg, zur Sucht zu werden.

Der Besucher unten auf der Straße war Paul Grimes. Er stieg aus dem Taxi, bezahlte den Fahrer, drehte sich um und faßte unfreundlich die achtundsechzig Stufen ins Auge. Während er mit dem Aufstieg begann, stand Dunjee auf, versuchte, sich an das portugiesische Wort für Gast zu erinnern, und machte sich auf den Weg in die Küche, um der Köchin zu sagen, das er einen erwarte.

Als Grimes die oberste Stufe geschafft hatte, atmete er schwer, genaugenommen keuchte er. Nach Luft ringend lehnte er sich an die weinbewachsene Ziegelmauer, während die Haushälterin mollig, neugierig und leicht verstört mit einem Tablett mit zwei Gläsern und zwei Flaschen kalten Biers neben den hölzernen Gartenstühlen stand.

Grimes, der inzwischen sichtbar schwitzte, aber nicht mehr ganz so heftig keuchte, starrte Dunjee eine kleine Weile an, lächelte dann und fragte: »Warum Portugal?«

»Das stand immer auf den Sardinenbüchsen«, sagte Dunjee. »Ich habe es manchmal sorgfältig betrachtet, als ich noch arm war. Du erinnerst dich doch an die Zeit, als ich arm war?«

Grimes nickte nachdenklich und lächelte immer noch.

»Magst du ein Bier?« sagte Dunjee.

»Weiß Gott, ja.«

Sie vermieden geschickt, einander die Hände zu schütteln, Dunjee, indem er auf die Stühle deutete, Grimes, indem er sich mit dem Taschentuch den Schweiß von der Stirn wischte und sich mit einem Seufzer in einen Stuhl fallen ließ. Als die Haushälterin ihm sein Bier reichte, dankte er ihr höflich, sogar charmant, auf spanisch, weil er kein Portugiesisch konnte und zu glauben schien, daß Spanisch der Sache näher käme als Englisch. Die Haushälterin lächelte ernst und machte sich auf die Suche nach dem Gärtner, um mit ihm über den Gast zu tratschen.

Grimes zündete sich eine Zigarette an, trank die Hälfte vom Bier, füllte das Glas auf, sah sich so sorgfältig um, als interessiere er sich wirklich für das, was er sah, und sagte: »Hübsch.«

»Ruhig.«

»Und was machst du den ganzen Tag?«

Dunjee dachte erst mal nach. »Ich lese viel, laufe ein paar Kilometer, kaufe ein, besuche ein paar Bars, brüte ein bißchen.«

Wieder nickte Grimes. Diesmal war es eine Art anerkennendes Nicken, das Dunjee zu einem harten, aber ergiebigen Tagesprogramm zu gratulieren schien. Nach einem großen Schluck Bier kam er zur Sache. »Und? Reicht das Geld?«

»Schon.«

»Tja, dann . . .«

»Tja, dann – was?«

Grimes hob die massigen Schultern, als handle es sich um eine belanglose Angelegenheit. »Tja, ich dachte ursprünglich, du würdest vielleicht gern was dazuverdienen.«

Dunjee lächelte. Sein Lächeln war seltsam träge, seltsam warm und sehr weiß und wirkte auf die meisten Menschen irgendwie entwaffnend. Er benutzte es, um auf angenehme, nahezu schmerzlose Weise nein zu sagen. Viel von dem Lächeln war noch an seinem Platz, als er sagte: »Das mache ich nicht mehr.«

»Was?«

»Was ich machen soll, deiner Ansicht nach.«

Dunjee beobachtete amüsiert, wie Grimes den Themawechsel vornahm, glatt, fließend und ohne jede erkennbare Anstrengung.

»Weißt du, was ich mir gerade überlege?« fragte Grimes. »Ich überlege, wie lange wir einander nicht gesehen haben. Zwölf Jahre?«

»Dreizehn«, sagte Dunjee. »Fast vierzehn. Chicago, achtundsechzig.«

Grimes nickte, als erinnere er sich plötzlich. »Ganz schöner Schlamassel. Hast du je wieder von ihr gehört?«

»Von Nan?«

»Von unserer Nan.« Grimes sprach den Namen fast ehrfürchtig aus. Nan war Dunjees Ex-Frau.

»Es wird behauptet, sie habe einen Getreidemakler geheiratet und lebe in St. Paul«, sagte Dunjee. »Angeblich soll sie ziemlich aktiv beim Baseball, zweite Liga, sein. Als Trainerin. Heißt es.«

»Jesus. Unsere Nan.«

Die Haushälterin erschien wieder mit zwei Flaschen Bier, und wieder bedankte Grimes sich auf spanisch. Als sie gegangen war, setzte er ein schiefes Lächeln auf. »Ich überlege gerade, was sie dir fortwährend an den Kopf geworfen hat, oben im Hilton, als du ihr klargemacht hast, daß du nicht im Traum daran dächtest, auf die Straße zu gehen und dir für die Bewegung den Schädel einschlagen zu lassen. Irgendwas Kosiges.«

»Kryptofaschist«, sagte Dunjee.

»Unsere Nan«, sagte Grimes, nickte und lächelte dazu, als hüte er die Erinnerung wie einen Schatz. »Anschließend hat sie sich doch den Weathermen angeschlossen, oder?«

Dunjee schüttelte den Kopf. »Das war neunundsechzig, ein Jahr später.«

»Und dauerte wie lange?«

»Sechs Monate. Bis sie dreißig wurde und ihr das Geld ausging.«

»Aber dich hat sie damit fertiggemacht. Selbst in deinem Wahlkreis, wo es mehr Fixer und Ausgeflippte und alte jüdische Sozialisten und Ex-Trotzkisten und was weiß ich gibt als sonstwo in den Staaten, ausgenommen vielleicht Berkeley, hat man das nicht geschluckt.«

Dunjee hob gleichgültig die Schultern. »Das Ding mit den Weathermen war selbst denen zuviel. Damit war ich geschafft, endgültig.«

»Immerhin hattest du eine Wahlperiode.«

»Ja, richtig, eine ganze Wahlperiode.«

Grimes schüttelte bekümmert den Kopf. »Unsere Nan«, sagte er, und diesmal schwang Vorwurf in seiner Stimme mit. »Wäre sie nicht gewesen, säßest du vielleicht immer noch im Kongreß. Du hattest alle Trümpfe in der Hand – Ex-Captain, bei den Special Forces, Orden und Ehrenzeichen bis zum Bauch, gutes Antikriegsprogramm und fast der jüngste Abgeordnete im Kongreß, mit einem richtig gestandenen, rosaroten Wahlkreis. Wetten, Chubb? Du hättest da Wurzeln geschlagen bis heute, wenn sie nicht gewesen wäre. Unsere Nan.«

»Ich war wirklich der jüngste Abgeordnete im Kongreß«, sagte Dunjee und fand sich albern, weil er darauf hinwies. »Jedenfalls, als ich gewählt wurde.«

»Yeah, schätzungsweise.« Es entstand Stille, bis Grimes fragte: »Du weißt, was ich jetzt mache?«

Dunjee musterte ihn sekundenlang. »Vermutlich das, was du immer gemacht hast: den Dreck wegräumen, den andere hinterlassen haben.«

Grimes lachte. Es war das tiefe, kollernde Lachen eines Dicken, dem rasch die Puste ausging. Als sie vor mehr als zwanzig Jahren gemeinsam zur Schule gegangen waren, hatte Grimes eine verblüffende Ähnlichkeit mit dem ziemlich bekannten Schauspieler Victor Mature gehabt und gab dieser Ähnlichkeit die Schuld für seinen Verzicht auf eine politische Karriere, weil er sich nicht hatte vorstellen können, daß jemand auch nur im Traum auf die Idee käme, einen Victor Mature zu wählen.

Jetzt, mit drei- oder vierundvierzig, hatte Grimes keine Ähnlichkeit mehr mit Victor Mature – ausgenommen vielleicht die Habichtnase. Mit den Jahren war sein Gesicht rund und wohlgepolstert, rosig und glatt geworden, das Kinn umkränzt von zwei dicken weichen Speckringen. Das, was von seinem Haar noch vorhanden war, hatte er dicht über dem linken Ohr gescheitelt und über den mächtigen Schädel gekämmt. Viel half das aber auch nicht. Er sah trotzdem eher kahl aus. Was ihn dennoch davor bewahrte, wie ein gemütlicher Dicker auszusehen, war der Haken von Nase und die kalten, feuchten, silbrigen Augen. In diesen Augen funkelte irgendwas, vielleicht Belustigung, überlegte Dunjee, aber gewiß nicht Gemütlichkeit.

Grimes lachte immer noch sein gekonntes kollerndes Lachen, als er fragte: »Hättest du Lust, ein Bündel Geld zu machen?«

»Ich brauche kein Geld.«

Grimes machte aus seinem Lachen ein Lächeln, das sanft vorwurfsvoll geriet. »Du hast 4136 Dollar auf deiner Bank in Lissabon. Die reichen für zwei Monate, für drei, wenn du knauserst.«

Es dauerte an die dreißig Sekunden, bis Dunjee antwortete. »Wieviel ist denn heutzutage ein Bündel Geld?«

»Sagen wir, hunderttausend – plus Spesen.«

Dunjee nickte. Ein Nicken, das mildes Interesse verriet, mehr nicht. Aber mehr brauchte Grimes auch nicht.

»Irgendwie haben wir nach der Wahl den Kontakt verloren. Der Wahl von 1970. Aber ich . . .«

Dunjee fiel ihm ins Wort: »Ich habe zu vielen Leuten den Kontakt verloren. Ex-Novizen aus dem Kongreß scheinen eine besondere Kaste zu sein, eine Art Paria. Oder vielleicht riechen sie irgendwie – nach Niederlage und Schock. Irgendwer sollte mal mit Seife kommen.«

»Ich wollte sagen, wir haben zwar den Kontakt verloren, aber ich bin dir trotzdem auf der Spur geblieben. Du warst wieder auf die Beine gefallen. Du warst ins Ölgeschäft eingestiegen.«

»Ja, ein Spitzenwindei«, sagte Dunjee. »Man brauchte nur einen Strohhalm in den Boden zu stecken, und schon sollte es sprudeln. Ich besorgte das Geld dafür, Schwarzgeld im wesentlichen. Fünftausend hier, zehntausend da. Wir steckten den Strohhalm in den Boden, und es sprudelte: Salzwasser! Eine Million Faß am Tag oder so ähnlich. Ich weiß es nicht mehr.«

Grimes produzierte ein mitleidvolles, klackendes Geräusch und zündete sich eine Zigarette an. Er betrachtete das brennende Streichholz, ehe er es an die Zigarette hielt, und sagte: »Es folgte dein Intermezzo bei den UN.«

»Intermezzo«, sagte Dunjee mit einem Hauch von Spott. »Ja, mein Intermezzo bei den UN. Vierzigtausend steuerfrei pro Jahr, eine Menge Reisen und nützliche und ergiebige Gespräche mit den Führern der weniger entwickelten Länder der Welt. Es war, als hätte ich mit Nan geredet.«

»Unserer Nan. Nach deiner UN-Zeit habe ich für zwei Jahre die Spur verloren.«

Dunjee starrte Grimes wieder sekundenlang an, lächelte dann und sagte: »Kein Wunder. Ich habe zwei Jahre Taxifahrer gespielt. Ich war Taxifahrer in Miami und Houston und Denver und Seattle und San Francisco und Great Falls und New Orleans. In einer guten Woche machte ich hundertfünfzig Mäuse. Dann, eines Tages, ging mir auf, daß ich keine Lust hatte, mich als Schicksalsfall in den Klatschspalten der Presse wiederzufinden. So was passiert andauernd. Erst neulich stand in der *Herald Tribune* so eine Story: ›Ex-Gouverneur Taxifahrer in Chicago‹, irgendein Mist über einen Typ, der mal mit siebenundzwanzig oder so Gouverneur von Michigan oder West Virginia war, bis er den Schnaps und die Weiber entdeckte, und der jetzt fünfzig ist und Taxi in Chicago fährt und nie in seinem Leben glücklicher war – wegen der tiefen Einsichten, die er als Taxifahrer in sein Ego im besonderen und die Natur der Menschen im allgemeinen gewonnen hat.«

Grimes nickte ein paarmal, als hätte auch er solche Geschichten gelesen. »Also bist du nach Mexiko gegangen.«

»Also bin ich nach Mexiko gegangen.«

»Der Bakschisch-Mann. Damit ist dein Name dann schließlich doch in die Zeitungen geraten.«

Dunjee hob uninteressiert die Schultern. »Sie wurden jedenfalls aus der Haft entlassen.«

»Wie viele hast du –«, Grimes pausierte, um das richtige Wort zu wählen –, »herausverhandelt?«

»Zweiundsechzig.«

»Mit Bakschisch oder Erpressung.«

»Sie sind rausgekommen, also, was soll's? Ich war richtig gut. Meine Erfahrungen halfen natürlich – Kongreß, UN. Und die Zeit als Taxifahrer nicht zu vergessen. Du gewinnst wirklich sagenhafte Einblicke in die menschliche Natur, wenn du Taxi fährst.«

»Sie behaupten, du hättest in Mexiko eine Menge Geld gemacht.«

»Wer, sie?«

»Die Leute vom Finanzamt.«

Dunjee lächelte. »Mit denen habe ich in der Tat ein kleines Problem.«

»So klein auch wieder nicht. Sie reden von Auslieferung.«

»Darauf habe ich meinen Anwalt angesetzt.«

»Ich weiß, ich habe mit ihm geredet. Er sieht ziemlich schwarz.

Die Geschäftsunkosten, die du geltend machst, 251 817 Dollar, sind nach Ansicht der Finanzbeamten Schmiergelder. Und die sind steuerlich nicht abzugsfähig.« Grimes gähnte. »Ich kann das natürlich alles geraderücken.«

Es folgte eine lange Stille, ehe Dunjee sagte: »Bleibst du zum Lunch?«

»Was gibt's denn?«

»Keine Ahnung. Will mal nachsehen.« Dunjee stand auf und ging aufs Haus zu, ein hochgewachsener Mann, einsfünfundachtzig oder größer. Grimes fiel auf, daß immer noch rasche, federnde Kraft in Dunjees Fersen steckte, als er hinter ihm hersah, und er fand, daß Dunjee mit seinen einundvierzig (oder waren es zweiundvierzig?) immer noch wie ein Spitzensportler mit mindestens einer guten Saison vor sich aussah –, oder vielleicht einer halben.

Der einschränkende Zusatz tat Grimes irgendwie wohl. Genauso wie das Grau in Dunjees dunkelbraunem Haar. Das war neu. Aber das Grau und die scharfen Linien um den Mund waren die einzigen physischen Veränderungen, die Grimes entdeckte. Dunjees grünbraune Augen waren immer noch mehr intelligent als weise, und seine Gesichtszüge wurden immer noch durch den linken Backenknochen davor bewahrt, zu ebenmäßig oder gar edel auszusehen, weil der Backenknochen gut einen Zentimeter höher stand als der rechte. Aus einem bestimmten Blickwinkel ließ der schiefe Backenknochen Dunjee so aussehen, als schiele er ein bißchen.

Grimes leerte gerade sein Glas, als Dunjee zurückkehrte. »Fisch«, sagte er. »Es gibt Fisch.«

»Gut«, sagte Grimes. »Fisch kann ich essen.«

Dunjee sank wieder in den niedrigen Gartenstuhl. »Du meinst, das mit dem Finanzamt kannst du fixen?«

»Das kann ich fixen.«

»Wer ist dein Klient?«

Grimes schüttelte den Kopf.

Dunjee starrte ihn kurz an und nickte dann ungeduldig. »Also gut. Wenn du mir den Namen sagst, bin ich dabei. Voll eingestiegen. Wer ist dein Klient?«

»Das Weiße Haus«, sagte Grimes und konnte es sich nicht verkneifen, den Namen auf der Zunge zergehen zu lassen.

Dunjee kratzte sich den linken Handrücken, entdeckte einen

eingerissenen Fingernagel und beschloß, ihn in Form zu kauen. »Das Weiße Haus also«, sagte er zwischen dem Kauen. »Das kann heißen Chefgärtner oder Bademeister oder igendein achtundzwanzigjähriger Yale-Weiser im West Wing Basement oder . . .«

Grimes unterbrach ihn. »Oder der Präsident.«

Dunjee seufzte. »Okay, Paul, ich höre.«

4

Laut Grimes gab es zwei Gründe, warum Bristol »Bingo« McKay nicht mit den anderen ins Disneyland gefahren war. Erstens hielt er das Unternehmen für ein bißchen albern, seit er es unter Protest vor fünfzehn Jahren mal besucht hatte. Zweitens, und das war der Hauptgrund, warum er diesmal nicht mitgefahren war, gab es keinen Alkohol, wenn man erst mal die Tore durchschritten hatte, und die gräßliche Aussicht, Mickey Mouse stocknüchtern zu begegnen, war etwas, das Bingo McKay nicht ertragen konnte.

Er hatte sich also aus der Sache herausgeschwindelt und seine Zeit mit sechsundzwanzig Ferngesprächen, drei Drinks, einem leichten Lunch und fünf Runden im Pool des Marriott Hotel verbracht. Um vier Uhr nachmittags, also um sieben Uhr an der Ostküste, hatte er das übliche Fünfminutengespräch mit seinem kleineren Bruder in Washington geführt. Bingo McKays kleinerer Bruder war Präsident der Vereinigten Staaten.

Wie üblich hatten sie über Politik gesprochen, Innenpolitik im wesentlichen, denn das war Bingo McKays Domäne, und wie üblich hatte der Präsident der scharfen, völlig ungeschminkten Analyse seines Bruders aufmerksam zugehört, deren beunruhigendere Aspekte sich in den Meinungsumfragen zehn Tage später hätten widerspiegeln können.

Aber bis dahin würde der Präsident unter der listigen Führung seines Bruders alle Taschenspielertricks ausgespielt haben, die erforderlich waren, um politische Ungleichgewichte zu korrigieren. Übrigens einer der Gründe, warum Jerome McKay mit seinen neununddreißig Jahren oft der politische *Homo politicus* im Weißen Haus seit Franklin Delano Roosevelt genannt wurde, an den der Präsident sich, nebenbei bemerkt, trotz aller Mühe nicht ganz erinnern konnte.

Inzwischen aber, neun Monate im Amt, hatte die neue McKay-Regierung keines der Wirtschaftswunder vollbracht, die sie mehr oder weniger versprochen hatte. Die Inflationsrate hing bei geschätzten 19 Prozent, das Defizit der monatlichen Zahlungsbilanz hielt sich stetig bei 2,6 Milliarden Dollar, die Arbeitslosigkeit hatte sich auf fast zehn Prozent hochgeschaukelt, das Bruttosozialprodukt saß in Nullnähe fest, und Benzin, obwohl rationiert, kostete 2,26 Dollar pro Gallone an der Ostküste und 2,31 Dollar im Westen. Die durchschnittliche Wartezeit an den Tankstellen betrug laut Nachrichtendienst der NBC siebenundzwanzig Minuten und achtundzwanzig Sekunden, obwohl eine Stunde keineswegs unüblich war.

Alles zusammen war für die McKay-Regierung besonders peinlich, weil sie im Wahlkampf auf Öl gesetzt hatte – oder, besser, dagegen. Die Wahlstrategie der McKay-Brüder war tatsächlich ganz einfach gewesen – kriminell einfach, wie viele später sagten. Jerome hatte seine politischen Gegner schlicht ignoriert und war statt dessen gegen die OPEC und die Ölmultis angetreten – und gegen die Russen.

Der künftige Präsident hatte dabei auf ungewöhnlich genaue Kenntnisse in der Öl- und Erdgasindustrie zurückgreifen können, weil Bingo McKay ihn mit zweiundzwanzig in die Branche gesteuert und aus ihm einen Multimillonär gemacht hatte, als er gerade achtundzwanzig war. Mit dreißig wurde er von seinem Wahlkreis in Oklahoma ins Repräsentantenhaus gewählt, wo er gute Arbeit leistete und auch dafür sorgte, daß die Nation sie zur Kenntnis nahm. Nach zwei Wahlperioden schließlich hatte er seinen Sitz aufgegeben, um als Gouverneur seines Heimatstaates zu kandidieren. Mit Erfolg.

Bingo McKay war einundfünzig, als er die riesige Karte der Vereinigten Staaten ins Büro seines kleinen Bruders im Gouverneurssitz in Oklahoma City schleppte und sie an eine Staffelei hängte. »Wofür ist die denn?« fragte der Gouverneur, damals erst siebenunddreißig.

»Elementare politische Geographie, Lektion Nummer eins. Hättest du Lust, Präsident zu werden?«

»Doch, durchaus.«

»Dann laß dir von mir sagen, wie wir das machen.«

Sie machten es, indem sie den politischen Faustregeln ihre

konzentrierte Aufmerksamkeit widmeten und redlich gegen die OPEC und das, was Jerome McKay als Öl-Oligarchie brandmarkte, ankämpften – und gegen die Russen. McKay verdammte vehement die Gier und die Habsucht der Ölmultis mit unanfechtbaren Fakten und Zahlen und bekräftigte auf diese Weise den finsteren Verdacht von 69,2 Prozent der amerikanischen Wähler, die schon vor Begierde zappelten, endlich einen veritablen Sündenbock präsentiert zu bekommen.

McKay bot augenscheinlich praktikable, ausgesprochen vernünftige Lösungen an und präsentierte sich als Experte im Ölgeschäft, der er gewiß war, und auch als reuiger Sünder, der sein Glück mit genau denselben schurkischen Praktiken gemacht hatte, die er jetzt verdammte. Seine Wahlautobiographie, die er eigenhändig in drei Wochen schrieb, trug den Titel *Die Beute*, blieb siebenunddreißig Wochen auf der Bestsellerliste der *New York Times* und überbot diesen Rekord als Paperback noch einmal.

Die Strategie der McKay-Brüder war sowohl glänzendes Theater als auch handfeste Politik. Jerome McKay schlug seine Rivalen in fast einem Drittel der Vorwahlen, sicherte sich nach vierzehn Wahlgängen um drei Uhr morgens die Nominierung zum Präsidentschaftskandidaten und ging schließlich mit 48,3 Prozent der Wählerstimmen bei den Präsidentschaftswahlen als Sieger durchs Ziel. Weniger als ein Jahr später hatte er sich in ein riskantes Ölpokerspiel manövriert.

Angefangen hatte es mit einem Geflüster in der Delegierten-Lounge der Vereinten Nationen. Dann hatte jemand dem amerikanischen Botschafter in Rom einen Wink gegeben. Nichts sei bewiesen, natürlich nicht, hatte der Winker gesagt, aber es sei nicht völlig unvorstellbar, daß die Republik Libyen, ebenso reich an Öl wie an Unberechenbarkeit, möglicherweise bereit wäre, ihre Ölförderung zu erhöhen und für die Vereinigten Staaten zu reservieren, wenn sie im Tausch dafür das Recht erhalte, die neuesten technologischen Gerätschaften zu kaufen, zu denen dann auch ein paar, nur ein paar jener Artikel gehören sollten, die man als äußerst ausgeklügelte Waffensysteme beschreiben könne.

Jerome McKay beschloß, an dem verlockenden Köder ein bißchen zu knabbern, und sandte seinerseits kleine Rauchzeichen über Nigeria an Libyen. Seine Signale erreichten nach angemessener Zeit den Führer des neuen Militärregimes in Libyen, Oberst

Youssef Mourabet, einen ehemaligen Major der libyschen Armee, der ein halbes Jahr zuvor nach dem überraschenden Herztod des noch jungen, cholerischen Muammar Gaddhafi an die Macht gekommen war. Die Gerüchte wollten wissen, daß Gaddhafi bei einem Zornesausbruch vom Schlag getroffen worden war.

Aus den Signalen und Rauchzeichen wurde schließlich eine libysche Zwölfmanndelegation unter Leitung des neuen libyschen Verteidigungsminister Major Ali Arifi, die zu einem unverbindlichen, inoffiziellen Schaufensterbummel in die Staaten reiste. Und weil alles inoffiziell abgewickelt werden sollte, hatte der Präsident seinen Bruder als Fremdenführer in das Unternehmen eingebaut und somit die Regierung listig davor bewahrt, die Reisegruppe offiziell zur Kenntnis nehmen zu müssen, ohne die Libyer zu brüskieren, die sehr wohl wußten, daß Bingo McKay, obwohl ohne Regierungsamt, der dritt- oder viertmächtigste Mann in den Staaten war. Viele sagten auch, der zweitmächtigste.

Die Reisegruppe war natürlich nicht mal in die Nähe von Washington gelangt. Sie hatte ihren Trip in Houston begonnen, wo die vielgeschmähten Ölgesellschaften, die sehr darauf bedacht waren, bei der Regierung wieder in Gnaden aufgenommen zu werden, ihnen einen üppigen Empfang bereiteten. Von Texas ging die Reise weiter nach Südkalifornien, wo der Delegation das neue Kampfflugzeug F-18a vorgestellt wurde, auf das die Libyer bekanntermaßen scharf, um nicht zu sagen lüstern waren, weil es entschieden mehr Eindruck auf die wachsend aggressiven Nachbarn, die Ägypter, machen würde als die momentan verfügbare Luftflotte von alternden MiG 25.

Der Demonstrationsflug war für den nächsten Tag auf dem Luftwaffenstützpunkt Vandenberg angesetzt, anschließend war ein schneller Abstecher nach Nordkalifornien geplant, nach San José – oder die Silicon Gulch –, wo der letzte Schrei in elektronischer Zauberei aus den Bunkern gerollt werden sollte, zur Besichtigung als mögliche Tauschobjekte für Öl.

Zuvor mußte aber noch Disneyland absolviert werden. Für dieses Unternehmen hatte Bingo McKay die Führung der Gruppe seiner Assistentin Dr. Eleanor Rhodes angedient, die er fünf Jahre zuvor frisch von der Universität mit dem Angebot engagiert hatte, daß »ich Ihnen nichts bieten kann außer Geld und der Zusage, daß Sie da sind, wo die Weichen gestellt werden. Falls Sie an so was interessiert sein sollten«.

Da Eleanor Rhodes' Dissertationsthema die »Bandbreite der Täuschung in der zweiten Nixon-Regierung« gelautet hatte, war sie genau das, woran Eleanor Rhodes interessiert war, und ihr fixer Verstand und ihr bemerkenswertes Gedächtnis trugen in den folgenden fünf Jahren wesentlich dazu bei, Bingos politischen Spürsinn, der ohnehin phänomenal ausgebildet war, noch zu verfeinern.

Nebenbei war er wahrscheinlich auch immer ein bißchen verliebt in sie, hatte das aber auf sich beruhen lassen, weil sie erstens zu jung war, sich zweitens nicht an den Zweiten Weltkrieg erinnern konnte, und drittens, wie er argwöhnte, eine der gelegentlichen Bettgenossinnen des Präsidenten war, eine Sache, über die zu schweigen Bingo entschlossen war, solange der Drachen sie nicht aufwühlte. Der Drachen war Dominique McKay, des Präsidenten Viertel-Choctaw-Ehefrau.

Es war kurz nach fünf Uhr nachmittags (an dem Tag, als der Mann, der Felix hieß, fast zweitausend Meter tief ins Meer gefallen war), als die zehn Wagen starke libysche Karawane, garniert mit achtzehn Sicherheitsmännern der Firma Wackenhut, aus Disneyland ins Marriott Hotel zurückkehrte. Die Delegierten verschwanden sofort in ihren Zimmern, um bis zum Dinner auszuruhen, das für sie von den leitenden Direktoren der McDonnel und Northrop Corporations gegeben wurde, die gemeinsam die F-18a entwickelt hatten.

Um 18 Uhr kam der Anruf aus Tripolis. Der Anrufer war der neue Machthaber Libyens, Oberst Youssef Mourabet. Der Anruf wurde von Verteidigungsminister Major Ali Arifi entgegengenommen. Sie redeten neunzehn Minuten miteinander in maghribisch, einem Beduinendialekt.

Um 18 Uhr 24 ließ Ali Arifi Eleanor Rhodes in seine Suite kommen. Er redete fünf Minuten auf sie ein, ohne innezuhalten oder Fragen zu erlauben. Um 18 Uhr 36 klopfte Eleanor Rhodes an Bingo McKays Tür.

Er öffnete und wollte was Witziges über Disneyland sagen, besann sich aber beim Anblick ihres finsteren Gesichts eines besseren.

»Wir haben ein Problem«, sagte sie, kaum daß die Tür geschlossen war.

»Groß?«

»Groß genug. Sie fliegen heute abend nach Vegas, zum Spielen. Ihnen wird aufgefallen sein, daß ich nicht sagte, sie möchten fliegen. Sie fliegen.«

»Ich schätze, ich werde versuchen, es ihnen auszureden.«

Sie schüttelte den Kopf. »An Ihrer Stelle würde ich es gar nicht erst versuchen, glaube ich.«

»So ist das also.«

»So ist das. Sie starten um acht.« Eleanor Rhodes ging zum Telefon. »Wir sind auch eingeladen, aber mit oder ohne uns – sie fliegen.« Sie nahm den Hörer hoch.

»Rufen Sie Wackenhuts Sicherheitsdienst an?«

Sie schüttelte den Kopf. »Die wollen sie nicht dabeihaben. Ich rufe Milroy in Vegas an.« Frank Milroy war der Polizeichef von Las Vegas.

»Sagen Sie ihm, daß ich höchste Sicherheitsstufe erwarte«, sagte Bingo McKay, »mindestens im Verhältnis drei zu eins.«

Eleanor Rhodes nickte und begann zu wählen. Um 18 Uhr 50 waren die Sicherheitsmaßnahmen in Vegas angelaufen, das Northrop-McDonnell-Douglas-Dinner abgesagt und die achtzehn Wackenhut-Sicherheitsmänner zurückgepfiffen worden, um die Libyer vom Marriott Hotel in Anaheim zum Los Angeles International Airport zu eskortieren, wo die Delegation an Bord ihrer bestens ausgestatteten Boeing 727 gehen wollte. Die 727 war die Privatmaschine des verstorbenen Oberst Gaddhafi gewesen und wurde von einer libyschen Crew geflogen, die von Pan American ausgebildet worden war.

Die libysche Delegation saß schon in den Wagen, als Bingo McKay und Eleanor Rhodes aus dem Hotel kamen und in die letzte Limousine der Prozession kletterten. Acht Kilometer vom Flughafen entfernt gesellte sich eine vier Mann starke Motorradeskorte zu der Wagenprozession, die die Polizei von Los Angeles abkommandiert hatte, um die Gäste aufs Flugfeld zu begleiten. Die Libyer verließen ihre Wagen und eilten die Gangway hoch in ihre Maschine. Die letzten, die hinaufkletterten, waren Bingo McKay und Eleanor Rhodes.

Als sie die Maschine betraten, wurden sie von einem lächelnden Ali Arifi begrüßt. »Ich bin entzückt, Sie doch noch bei uns zu sehen.«

»Ziemlich plötzlicher Entschluß, Exzellenz, oder?« fragte McKay.

Arifi hob die Schultern. »Wer ahnt schon voraus, wann einem das Glück lacht?«

Bingo McKays Argwohn regte sich, als die Maschine bereits zwanzig Minuten in der Luft war. Irgend etwas stimmte nicht, irgend etwas stimmte überhaupt nicht. Aber erst zehn Minuten später wußte er mit absoluter Sicherheit, daß ihr Ziel in dieser Nacht nicht Vegas sein würde. Denn jetzt flog die Maschine in Richtung Osten, das Lichtermeer von Las Vegas breitete sich neuntausend Meter tief und schon vier Kilometer hinter ihnen aus und funkelte in den Himmel.

Die Libyer hatten sich alle im vorderen Teil der Maschine versammelt und McKay und Eleanor Rhodes allein in der Lounge gelassen. McKay stieß Miss Rhodes unauffällig mit dem Ellenbogen an und zeigte nach unten. Sie blickte aus dem Fenster und starrte ihn dann nur an. Es war überflüssig, Fragen zu stellen.

»Ich schätze, ich sehe mal nach, was diese Burschen mit uns im Sinn haben«, sagte McKay und erhob sich.

Sie nickte bedachtsam. »Tun Sie das.«

McKay ging zur Zwischentür und probierte den Türgriff. Die Tür war zugesperrt. Er klopfte – und sofort wurde sie aufgesperrt und geöffnet, von Ali Arifi, der immer noch sein breites Lächeln trug.

»Kommen Sie herein, Mr. McKay«, sagte Arifi. »Wir haben gerade über Sie gesprochen.«

McKay trat ein und hörte, wie hinter ihm die Tür wieder geschlossen und versperrt wurde. Er drehte sich aber nicht um, um sich zu vergewissern, weil sich eine Kanone ziemlich dicht über der Gürtellinie in seinen Rücken bohrte. Doch war es nicht nur die Kanone, die McKay davon abhielt, sich umzudrehen. Von gleichem Interesse war das Tablett, das aus der Rückenlehne eines Sitzes herausgezogen worden war.

Es war ein ganz gewöhnliches Tablett, eins von der Sorte, auf der während eines Linienflugs die Mahlzeiten serviert werden. Dies hier war bedeckt mit einem blütenweißen Tuch, auf dem Tuch lag akkurat eine Ansammlung chirurgischer Instrumente, und neben den Instrumenten stand der Arzt, der die Delegation begleitete, Dr. Abdulhamid Souri, und hielt eine Spritze in der Hand. Er hob die Augen von der Spritze, um Bingo McKay anzusehen.

»Was, zum Teufel, soll das?« sagte McKay.

Dr. Souri lächelte. »Es tut nicht weh, Mr. McKay«, sagte er sanft, »ich verspreche Ihnen, daß es kein bißchen weh tut.«

5

Die Mitteilung war igendwie komisch und umständlich abgefaßt, vielleicht bei der Übermittlung verstümmelt, aber immer noch dringlich, ja sogar beängstigend genug, um den nigerianischen Botschafter, Seine Exzellenz Olufemi Dokubo, dazu zu bewegen, aus einem gesunden Schlaf in seiner Washingtoner Residenz in der Woodley Road aufzuwachen und aufzustehen, seinen Adjutanten und seinen Fahrer kommen zu lassen und sich um vier Uhr morgens am Dulles International Airport einzufinden, kurz bevor die libysche 727 zum Auftanken landete.

Die Mitteilung war an den Kontrollturm von Dulles gefunkt und von dort per Telefon an die nigerianische Botschaft auf der 16th Street Northwest weitergegeben worden. Der junge Mann, der Nachtdienst hatte und sie in Empfang nahm, war ein dreiundzwanzigjähriger Ibo aus Enugu und studierte Volkswirtschaft an der Georgetown University.

Der Student, der nicht gewagt hatte, den Botschafter zu wecken, hatte statt dessen dessen Adjutant geweckt und ihm die Nachricht vorgelesen.

»Es heißt da, und ich habe genau mitgeschrieben: ›Zwingend Anwesenheit Flughafen Dulles erforderlich. Geschätzte Ankunft unserer Maschine 0400. Schicksal der Menschheit steht möglicherweise auf dem Spiel.‹ Unterzeichnet ist mit Ali Arifi.«

Es entstand eine lange Pause, ehe der Adjutant schließlich sagte: »Haben Sie sich auch nicht verhört? Ich meine bei dem letzten Teil, mit der Menscheit und so.«

Der Student mußte lachen, fing sich aber schnell und sagte ernst: »Nein, Sir. Ich habe es mir dreimal wiederholen lassen.«

Der Adjutant dankte mürrisch und hängte ein. Er setzte sich auf die Bettkante und starrte auf die Nachricht, die er mitgeschrieben hatte. Alle Libyer sind verrückt, dachte er, nicht zum erstenmal. Seit er in den letzten Monaten mit ihren Angelegenheiten befaßt war, weil die nigerianische Botschaft nach dem Abbruch der

Beziehungen zwischen den Vereinigten Staaten und Libyen widerstrebend die Interessen Libyens in den Staaten wahrnahm, gab es für ihn daran keinen Zweifel.

Blieb dennoch die Tatsache, daß die Nachricht von Ali Arifi unterzeichnet war, und daß, verstümmelt oder nicht, irgend etwas mit der libyschen Reisegruppe furchtbar schiefgelaufen sein mußte, bei deren Vorbereitung er tüchtig mitgeholfen hatte. Er seufzte und nahm den Telefonhörer hoch, sah aber erst mal auf seine Uhr. Halb drei. Der Alte wird blau anlaufen vor Zorn. Zögernd begann der Adjutant zu wählen.

Wegen des praktisch nicht vorhandenen Verkehrs brauchten sie nur dreiunddreißig Minuten, um den Flughafen zu erreichen. Als sie angekommen waren, erhielten sie eine weitere dringende Nachricht von der libyschen 727. Es war die Aufforderung an den Botschafter, für den reibungslosen Ablauf der Zoll- und Paßformalitäten und des Auftankens zu sorgen. Botschafter Dokubo regelte die Angelegenheit dann mit gewohntem Geschick, man hätte sogar sagen können, mit Sanftmut, wobei er seinen berühmten Charme versprühte, der ihn in den zwanzig Jahren seit der Unabhängigkeit bis fast an die Spitze des diplomatischen Dienstes seines Landes getragen hatte.

Als die Maschine aufgetankt und die argwöhnischen Zoll- und Paßbeamten besänftigt waren, wurde Botschafter Dokubo von einem Beamten zur 727 gefahren, der nicht aufhörte, sich über die Regelwidrigkeit des vorgesehenen Starts zu beklagen. Botschafter Dokubo lächelte, nickte teilnahmsvoll und meinte schließlich versöhnlich: »Man darf nicht vergessen, Mr. Druxhall, daß die meisten Libyer ein klein wenig seltsam sind. Zuviel Wüste, schätzungsweise.« Der Beamte hatte seine mürrische Zustimmung zur Einschätzung des Botschafters genickt.

Die Gangway war schon an ihrem Platz, als sie die Maschine erreichten. Der Beamte wartete im Wagen, während der Botschafter die Maschine bestieg. Die Lounge war leer bis auf Verteidigungsminister Ali Arifi, der aufstand und sich leicht verneigte, nicht verbeugte.

Botschafter Dokubo blickte sich um. »Also, Minister, ich hoffe, Sie können mich darüber aufklären, wie ich um vier Uhr morgens dazu beitragen kann, die Menschheit zu retten.«

»Sie fanden meine Nachricht melodramatisch?«

»Ein bißchen.«

Arifi winkte den Botschafter in einen Sessel. Der Botschafter war ein massiger, schwerer Mann um die Fünfzig, ziemlich groß, mit einem wahren Globus von Schädel, dessen schokoladenfarbene Wangen von den Narben des Yorubastammes zersägt waren. Er besaß ein berühmtes, weißes Lächeln, das er jetzt einsetzte, während er im Sessel Platz nahm, ohne die Augen von Arifi zu wenden. Der ist nervös, dachte der Botschafter. Nein, das sind nicht bloß die Nerven. Das ist Angst.

Arifi hatte seine hagere Gestalt auf die Lehne eines Sessels neben dem Botschafter plaziert. Er beugte sich vor und stützte die Arme auf seine dürren Knie. Sein linkes Augenlid zuckte kaum merklich. Sein Gesicht war dunkel und ausgehöhlt und wurde beherrscht von einer stark ausgeprägten Nase, die sich weit vorschob und dann auf einen breiten Mund herabsenkte, der fast lippenlos war, wie bei einem Fisch.

»Ich möchte zunächst eines klarstellen«, sagte Arifi in ausgezeichnetem Englisch mit allerdings melodischem italienischen Beiklang und einer für einen so hageren Mann merkwürdig tiefen Stimme. »Die Bitte, die ich an Sie richte, kommt nicht von mir, sondern von Oberst Mourabet.«

»Der Oberst ist bei bester Gesundheit, hoffe ich.«

»Ja, seine Gesundheit ist ausgezeichnet, Dank sei Gott.«

»Und seine Familie, geht es ihr auch gut?« fuhr der Botschafter fort, noch um vier Uhr morgens der gewiefte Diplomat.

»Auch sie befindet sich durch die Gnade Gottes bei bester Gesundheit.«

»Ich bin entzückt, das zu hören. Aber nun wüßte ich gern, wie ich dem Oberst zu Diensten sein kann.«

»Er wäre für immer in Ihrer Schuld, wenn Sie Präsident McKay eine Botschaft und ein Päckchen überbrächten. Beides darf nur dem Präsidenten persönlich ausgehändigt werden. Ich betone noch einmal, nur dem Präsidenten persönlich.«

»Ein Päckchen?« sagte Botschafter Dokubo und dachte sofort an eine Bombe. »Wie klein?«

Arifi zog die Schublade eines eingebauten Sekretärs auf und entnahm ihr eine kleine Guccischachtel, vielleicht sieben Zentimeter im Quadrat und zwei Zentimeter hoch. Sie war mit roter Kordel umwickelt und mit rosa Kaugummi versiegelt. Er bot die Schachtel dem Botschafter fast entschuldigend an. »Ich bedaure, daß wir kein Siegelwachs zur Verfügung hatten.«

Dokubo nahm sie vorsichtig in Empfang. »Ein Geschenk?« fragte er und wußte, daß es keins war.

»Eher ein Andenken, würde ich sagen.«

»Als Dank für Ihren Besuch hier?«

»Der Besuch war kein Erfolg«, sagte Arifi steif. »Wir hielten es für erforderlich, ihn abzubrechen.«

»Das tut mir leid. Ich hatte gehofft, er würde sich als erfolgreich erweisen.«

»Vielleicht ein andermal.«

»Ja, vielleicht ein andermal. Aber Sie erwähnten noch eine Botschaft.«

Arifi nickte, holte aus seiner inneren Brusttasche einen steifen, gelbbraunen Umschlag und überreichte ihn. Er war gleichfalls mit einem Streifen rosa Kaugummi versiegelt. Der Botschafter schniefte und konnte Zimt riechen.

»Auch der Brief ist selbstverständlich vertraulich«, sagte Arifi. Inzwischen war aus dem nervösen Zucken am linken Augenwinkel ein heftiges Klopfen geworden.

»Und von vitaler Bedeutung für . . . hm . . . die Menschheit?«

»Oberst Mourabet ist davon überzeugt«, sagte Arifi kalt. »An Ihrer Stelle, Exzellenz, würde ich die Wichtigkeit unseres Begehrens nicht deshalb herunterspielen, weil es sich so melodramatisch ausnimmt. Große Ereignisse wirken oft nur melodramatisch, ihre echte Tragik begreift man erst hinterher.«

Der Mann ist total verrückt, dachte der Botschafter, während er nachgerade fasziniert das immer heftiger werdende Zucken an Arifis Auge beobachtete, das völlig außer Kontrolle zu geraten schien.

»Ich danke Ihnen für Ihr Vertrauen«, murmelte der Botschafter und hievte sich aus dem Sessel.

Arifi erhob sich gleichfalls und legte eine warnende Hand auf den Arm des Botschafters. »Noch eins, Exzellenz. Wir wären Ihnen über die Maßen dankbar, wenn Sie bis, sagen wir, zehn Uhr warteten, ehe Sie beim Präsidenten vorsprechen.«

Das gibt ihnen einen Vorsprung von etwa sechs Stunden, überlegte der Botschafter. Bei etwa neunhundert Kilometern Reisegeschwindigkeit in der Stunde sind sie zu der Zeit schon . . .

Wo? Über Marokko oder vielleicht Algerien, wenn sie in die Richtung fliegen.

»Der Präsident ist, wie Sie wissen, ein sehr beschäftigter Mann«, sagte er. »Ich habe keine Ahnung, wann ich einen Termin bekommen werde.«

»Wichtig ist nur, daß er nach zehn Uhr stattfindet.«

»Ich tue mein Bestes.«

Arifi lächelte. Sein Zucken war wirklich außer Kontrolle geraten.

»Mehr Entgegenkommen kann niemand erwarten.«

Erst um 11 Uhr 45 an jenem Morgen wurde Botschafter Dokubo ins Oval Office geleitet. Der Termin war auf Drängen des Außenministers zustandegekommen, der vom Botschafter morgens um sieben angerufen worden war. Und obwohl Dokubo sich sehr vorsichtig über die Gründe seines Begehrens äußerte, hatten sein berühmt gesunder Menschenverstand und die riesigen Ölreserven seines Landes den Außenminister davon überzeugt, daß das Treffen stattfinden sollte.

»Mehr, als Sie mir bisher gesagt haben, können Sie nicht sagen, wenn ich das richtig sehe?« hatte der Außenminister gesagt.

»Bedaure, nein. Ich sehe nicht, wie ich es könnte, ohne mein Wort zu brechen.«

»Natürlich. Ich verstehe. Wir sind übriges begreiflicherweise tief enttäuscht über den Abbruch des Besuchs der libyschen Delegation, auch wenn er nur inoffiziell war. Haben Sie eine Ahnung, warum sie beschlossen haben, abzureisen?«

»Angeblich war der Besuch kein Erfolg. Ich zitiere wörtlich.«

»Diese neue Garnitur in Libyen finde ich höchst . . . nun, seltsam«, hatte der Außenminister gesagt.

»Verrückt, würde ich sagen.«

»Genau. Ich will sehen, was ich für Sie tun kann.«

Nach dem Telefongespräch ließ Botschafter Dokubo seinen Adjutanten kommen.

»Ich schätze, Sie haben nicht zufällig Kaugummi bei sich?« fragte der Botschafter und betrachtete die Guccischachtel vor sich auf dem Schreibtisch.

»Nein, Sir.«

»Haben Sie eine Ahnung, was für eine Sorte das hier sein

könnte?« fragte Dokubo und zeigte auf die Schachtel.

Der Adjutant nahm sie hoch und roch an dem Kaugummi. »Dentyne, würde ich sagen, Sir. In der Richtung.«

»Besorgen Sie was.«

Der Adjutant verschwand und kehrte wenige Minuten mit einem Päckchen Dentyne-Kaugummi zurück, das er von einem Amtsdiener der Botschaft bekommen hatte.

»Kauen Sie zwei«, sagte der Botschafter.

Der Adjutant wickelte zwei Streifen Kaugummi aus und schob sie sich in den Mund. Während er kaute, prüfte der Botschafter sorgfältig die Guccischachtel. Er wog sie in der Handfläche.

»Ich glaube nicht, daß es eine Bombe ist. Sie?«

»Es gibt so etwas wie Briefbomben, Sir«, sagte der Adjutant.

»Nun, es wird sich bald zeigen«, sagte der Botschafter. Er schälte behutsam den Kaugummi ab, der über die Ecken der Schachtel geklebt war. Dann löste er gleichermaßen behutsam die Kordel. Anschließend blickte er zu seinem Adjutanten hoch und sagte: »Sie können das Zimmer verlassen, wenn Sie wünschen.«

Der Adjutant schluckte. »Nein, Sir, das wird nicht nötig sein.«

Der Botschafter nickte und öffnete vorsichtig die Schachtel. »Großer Gott!« sagte der Adjutant.

Des Botschafters Termin um 11 Uhr 45 mit Präsident McKay war zwischen einen Fototermin und ein Treffen mit dem Direktor des FBI eingeschoben worden, dessen Agenten an der Westküste alarmiert worden waren, um nach Bingo McKay und Eleanor Rhodes zu suchen, die trotz mehrfacher Anrufe im Hotel Marriott in Anaheim nicht aufzufinden waren.

Natürlich bestand immer noch die Chance, daß Bingo, ein eingefleischter Junggeselle, sich mit ein oder zwei Gespielinnen in den entfernteren Regionen von Hollywood oder Malibu schlafengelegt hatte. Aber in dem Fall hätte er normalerweise dafür gesorgt, daß Eleanor Rhodes an seiner Stelle erreichbar war. Als weder sie noch er aufzufinden waren, hatte der Präsident wieder einmal die gottverdammte Sturheit seines Bruders verwünscht, mit der er jeden Sicherheitsschutz ablehnte.

Seine Besorgnis wuchs, als der Außenminister ihn telefonisch von dem merkwürdigen Treffen der Libyer mit dem nigerianischen Botschafter unterrichtete. »Haben wir irgendwas gemacht, das sie verärgert haben könnte? Irgend etwas?« hatte der Präsident gefragt.

Der Außenminister war mit seiner Antwort vorsichtig. »Nichts, dessen ich mir bewußt wäre, Mr. President.«

»Womit ein weites Feld unerforscht bliebe, oder?«

»Ein äußerst weites Feld, Sir.«

»Kümmern Sie sich darum, sehen Sie zu, was Sie herausfinden können. Ich schätze, ich sollte Dokubo treffen. Sagen wir, um elf Uhr fünfundvierzig. Vielleicht hat er was, das ich ans FBI weitergeben kann.«

»Ich setze den Botschafter davon in Kenntnis.«

»Gut. Und hören Sie sich um, was unsere libyschen Touristen so verstimmt haben könnte – vielleicht hat jemand ihnen Schweinekoteletts zum Lunch serviert oder so was in der Art.«

Als Botschafter Dokubo um 11 Uhr 45 ins Oval Office geleitet wurde, fiel dem Präsidenten sofort dessen grimmiger Gesichtsausdruck auf. Nachdem sie einander die Hände geschüttelt und ein paar Freundlichkeiten ausgetauscht hatten, fragte der Präsident: »Sie bringen schlechte Nachrichten, nicht wahr?«

Dokubo nickte. »Ich glaube nicht, daß sie gut sind.« Er nahm seinen Diplomatenkoffer, legte ihn sich auf den Schoß und öffnete ihn. Zuerst nahm er den gelbbraunen Umschlag heraus, dann die Guccischachtel und plazierte beides auf den Schreibtisch des Präsidenten.

»Ich habe meine Sicherheitsbeamten beides überprüfen lassen«, sagte er. »Sie haben mir versichert, daß beides keinen Sprengstoff enthält.«

Der Präsident betrachtete die kleine Schachtel und sah hoch. »Kaugummi.«

»Sie haben sich dafür entschuldigt, daß sie keinen Siegellack hatten.«

»Haben sie gesagt, was drin ist?«

»Ein Andenken, sagte jedenfalls Ali Arifi.«

»Der Verteidigungsminister, nicht wahr?«

»Ja.«

»Hat er gesagt, was für ein Andenken?«

»Nein, Mr. President, das hat er nicht.«

Der Präsident zerschnitt die rote Kordel mit einer Schere,

pellte dann den Kaugummi ab und hob den Deckel der Schachtel. Der Präsident war hochgewachsen, mit dem sehnigen Körper eines Tennisprofis, und er sah auf eine merkwürdig unbekümmerte Weise blendend aus, wie etwa ein Mann, der aus irgendwelchen Gründen annimmt, er sei häßlich, sich aber nicht sonderlich darum schert. In ein paar Jahren, vielleicht erst in zehn, würde er entschieden distinguierter wirken, aber vielleicht nicht so zupackend. Er hatte eine hohe, breite Stirn und tiefliegende, grünliche Augen, eine unbedeutende Nase, einen Mund, der spöttisch schien, wenn er nicht lächelte, und ein fast perfekt geformtes Kinn, das die Segelohren wettmachte, die seit Generationen an die männlichen McKays vererbt wurden, mitsamt dem nötigen dicken, aschblonden Haar, um sie zu bedecken.

Nachdem der Präsident die Schachtel geöffnet hatte, schien seine ständige Bräune zu verblassen. »Allmächtiger!« sagte er und blickte schnell zu Botschafter Dokubo hoch, dessen Augen jede Abstufung der Szene für seine halb vollendeten Memoiren aufgenommen hatten.

Das abgetrennte Ohr ruhte in der Guccischachtel auf einem Mullpolster. Es war ein großes Ohr, ausgeblutet und nicht länger rosa – genau besehen fast weiß –, und die Augen des Botschafters wanderten von ihm zum linken Ohr des Präsidenten und verglichen beide. Das ist das seines Bruders, entschied er schließlich. Diese Idioten haben das Ohr des Bruders abgeschnitten.

Der Botschafter machte ein kleines, räusperndes Geräusch tief unten in seiner Kehle und sagte: »Es scheint ein Ohr zu sein, Mr. President. Ein menschliches Ohr.«

Die rechte Hand des Präsidenten bewegte sich unaufgefordert zum rechten Ohr, das sie irgendwie beruhigt zu fassen bekam. Er nahm seine Augen nicht von der Schachtel, als er den gelbbraunen Umschlag aufschlitzte. Er überflog den Inhalt, las ihn noch einmal, langsamer, und warf den Brief über den Schreibtisch Botschafter Dokubo zu. Der Botschafter war überhaupt nicht sicher, ob das hieß, daß er den Brief lesen sollte; erst als der Präsident sich mit seinem Sessel umdrehte und aus dem Fenster blickte, stürzte Dokubo sich förmlich auf den Brief und las fast gierig die kritzelige Handschrift, wobei er versuchte, jedes Wort in sein Gedächtnis einzubrennen.

Der Brief war undatiert, die Anrede ein brüskes »Mr. President«. Der Brief selbst lautete:

Ihre berüchtigten CIA-Schakale haben Gustavo Berrio-Brito entführt, den Freiheitskämpfer, der Millionen Unterdrückter unter dem Namen Felix bekannt ist. Als Geiseln haben wir Ihren Bruder und seine Begleiterin genommen. Wenn Sie nicht unverzüglich Gustavo Berrio-Brito freilassen, schicken wir Ihren Bruder Stück für Stück an Sie zurück. Anbei ein Zeichen unserer Entschlossenheit.

Der Brief war schlicht, aber eindrucksvoll mit dem Nachnamen des libyschen Machthabers unterzeichnet: »Mourabet«. Darunter, in einer ganz anderen, leicht zittrigen Schrift stand: »Diese Jungs machen keine Witze«, der Nachsatz war mit »Bingo« unterschrieben.

Botschafter Dokubo legte den Brief sorgfältig auf den Schreibtisch zurück, während der Präsident sich mit seinem Sessel ihm wieder zudrehte, einen grimmigen Ausdruck im aschfahlen Gesicht.

»Sie haben ihn gelesen?«

Botschafter Dokubo nickte. »Ich habe ihn gelesen, Mr. President.«

Der Präsident erhob sich, der Botschafter auch. Der Präsident betrachtete sekundenlang nachdenklich den Nigerianer und sprach dann, seine Worte sorgfältig wählend: »Ich bin mir noch nicht sicher, welche Schritte wir unternehmen werden, Exzellenz. Aber es könnte sein, daß wir Sie bitten werden, eine Art von Vermittlerrolle zu übernehmen. Würden Sie zustimmen?«

Dokubo nickte feierlich. »Mein Land und ich stehen Ihnen zur Verfügung, Mr. President.«

»Ich danke Ihnen. Und ich bin überzeugt, daß ich mich auf Ihre absolute Verschwiegenheit verlassen kann.«

»Absolut, Mr. President.«

Nachdem Dokubo das Oval Office verlassen hatte, eilte er zu seinem wartenden Mercedes. Und noch ehe sein Fahrer auch nur das Südtor erreicht hatte, machte Dokubo sich eiligst Notizen über die morgendliche Begegnung, den Diplomatenkoffer als Schreibtisch benutzend. Diese Begegnung sollte der Höhepunkt seiner Memoiren werden, hatte er beschlossen.

Der Präsident hatte sich unterdessen wieder herumgedreht und starrte auf den Rasen vor dem Fenster. Als er sich wieder zurückdrehte, war sein Gesicht nicht länger aschfahl. Es hatte wieder seine normale Bräune angenommen, bis auf die Röte, die an seinem Hals bis zu den Ohren hochgekrochen war. Sein Mund war ein dünner, zorniger Strich, als er den Telefonhörer hochnahm.

Als seine Sekretärin sich meldete, fauchte er ins Telefon: »Holen Sie mir diesen Scheiß-Coombs von der Scheiß-CIA. Sofort.«

6

Der zierlich wirkende Mann mit dem glatten grauen Haar und dem kleinen spitzen Mund kannte das ganze Vokabular auswendig. Mitsamt der eingestreuten unflätigen Flüche, die er selbst nie gebrauchte und deren Verwendung bei anderen er aufgrund der Tatsache mißbilligte, daß sie einen ausgeprägten Mangel an Phantasie verrieten. Trotzdem war er weder verwundert noch bestürzt, daß eine wütende Wortkaskade aus dem Mund des Präsidenten der Vereinigten Staaten auf ihn niederprasselte.

Wenn überhaupt, langweilte sie ihn, obwohl sie ihm Unfähigkeit und Mangel an Charakter unterstellte. Also schloß er nach kurzem Hinhören sein inneres Ohr vor dem Wortschwall und dachte statt dessen an seine Rosen.

Der zierlich wirkende Mann, dessen Rosen oft Preise gewannen, war Thane Coombs, der vor neun Monaten, an seinem achtundfünfzigsten Geburtstag, zum Direktor der Central Intelligence Agency ernannt worden war. Coombs war außerdem fast der letzte der Veteranen des OSS, jenem berühmten militärischen Geheimdienst aus dem Zweiten Weltkrieg, der später die Central Intelligence Agency mit seinen Leuten versorgte. Daß Coombs sich lange genug gehalten hatte, um schließlich Direktor der CIA zu werden, verdankte er eher seinem politischen Geschick, das bemerkenswert war, als seinem Intellekt, der, wenn auch nicht absolut brillant, ihn doch gescheiter sein ließ als die meisten.

Als der Präsident nach sechs Minuten noch keine Zeichen von Erschöpfung zu erkennen gab, ließ Coombs sein Hirn zur müßigen Betrachtung der Tatsache driften, daß der Mann da hinter Woodrow Wilsons Schreibtisch erst drei Jahre alt gewesen war, als ein gewisser, zweiundzwanzig Jahre alter Lieutenant Thane Coombs über Frankreich in der Nähe von Dijon mit dem Fallschirm als Mitglied eines Kommandounternehmens abgesprungen war. Aber da das eher eine Gedankenspielerei war, beschloß Coombs, dem Präsidenten ins Wort zu fallen. Das Wort, in das er fiel, war »Arschloch«.

»Wir waren es nicht, Mr. President.«

Der Präsident vervollständigte das Wort noch, hielt dann aber mitten im Satz inne. Er gaffte mit offenem Mund aus Überraschung und Unglauben, bis ihm klar wurde, was er da machte und er den Mund zu einer harten Linie totalen Argwohns schloß.

»Nicht?« fragte er und ließ es eher wie eine Anklage klingen.

»Nein, Sir«, sagte Coombs und wählte die nächsten Worte mit Bedacht. »Die CIA hat nichts, aber auch gar nichts mit der Entführung oder dem Verschwinden des Venezolaners Gustavo Berrio-Brito, auch unter dem Namen Felix bekannt, zu tun. Absolut nichts.«

»Die Libyer glauben, Sie hätten ihn entführt.«

»Ich bedaure aufrichtig, daß unser immer noch ziemlich schlechter Ruf Ihren Bruder möglicherweise gefährdet hat, aber . . .«

Der Präsident schnitt ihm das Wort ab. »Wer dann?«

»Sie meinen, wer Felix entführt hat?«

Damit erntete Coombs ein scharfes, ungeduldiges Nicken des Präsidenten.

»Ich habe keine Ahnung. Keine.«

»Aber Sie waren es nicht?« sagte der Präsident und schien fast zu hoffen, daß Coombs log.

»Nein, Sir. Sehen Sie, Felix – wir können ihn genausogut Felix nennen, finden Sie nicht auch?«

»Sicher.«

»Also, Felix ist, oder vielleicht sollte ich sagen, war, der Anführer einer fünf Mann starken Terroristengruppe, die darauf besteht, sich Roter Amboß zu nennen.«

»Immer irgendso ein ausgefallener Scheißname.«

»Ich stimme Ihnen zu. Die Gruppe setzte sich zusammen aus Felix, einem Japaner, einem Deutschen, einer Französin und einer Landsmännin von Felix, seiner Gelegenheitsgeliebten. Ihr Name war Maria Luisa de la Cova.«

»War?«

Coombs nickte. »Sie wurde heute morgen tot in London aufgefunden. In Hammersmith, um präzise zu sein, von ein paar Kindern. Sie war an einen Stuhl gefesselt und erdrosselt worden. Auch gefoltert. Mit einer Zigarette.«

»Warum?«

»Wissen wir nicht.«

»Keine Vermutung?«

Coombs zögerte, er war noch nie ein Freund von Vermutungen gewesen. »Es wäre vorstellbar, daß sie diejenige war, die Felix an seine Entführer verraten hat.«

»Die Bande Roter Amboß hat viele Leute getötet, wenn ich mich recht erinnere.«

»Zweiundsiebzig genau«, sagte Coombs, der sich immer bemühte, genau zu sein. Er begann, die Opfer mit Hilfe seiner linken Finger aufzuzählen. »Vierzehn in Manila. Zweiunddreißig in der El-Al-Maschine in Brüssel. Sechzehn bei der Schießerei in Gatwick. Weitere sechs in Rom – die neun Kniescheibenschüsse nicht gerechnet. Und dann die vier in Beirut, bei denen es sich wahrscheinlich um israelische Agenten gehandelt hat, obwohl das nie bestätigt wurde.«

»Und es sind nur fünf?«

»Fünf. Aber jetzt, ohne Felix und die de la Cova, nur noch drei.«

»Wer finanziert sie?«

»Zunächst finanzierten sie sich selbst, durch Bankraube und Entführungen. Ausschließlich französische Banken und italienische Entführungen. Nach den Morden in Beirut bot Gaddhafi ihnen Asyl in Tripolis an. Felix und Gaddhafi mochten einander auf Anhieb, verwandte Seelen, schätze ich, und wurden enge Freunde. Von da an hatte der Rote Amboß keine Geldsorgen mehr. Als nach Gaddhafis Tod Mourabet an die Macht kam, entwickelte sich zwischen ihm und Felix eine gleich enge Beziehung. Vielleicht enger. Irgendwer setzte sogar das Gerücht in Umlauf, Felix hätte es Gaddhafi besorgt, aber wir glauben, daß es nicht mehr ist als ein Gerücht.«

Der Präsident musterte Coombs sekundenlang mit kalten Augen, schien dann aber zu einem Entschluß zu kommen. Er öffnete eine Schreibtischschublade, holte die kleine Guccischachtel heraus und plazierte sie exakt in die Mitte des Schreibtischs. »Ich möchte, daß Sie sich etwas ansehen«, sagte er und entfernte den Deckel.

Coombs sah hin. »Barmherziger!« sagte er und geriet damit an die Grenzen dessen, was er sich an Gefühlsausbrüchen gestattete. »Ein Ohr, offenbar.«

»Das Ohr meines Bruders.«

»Ihres Bruders«, sagte Coombs mit gesenkter Stimme, die, wie er glaubte, nach Mitgefühl klang.

»Sie haben das Ohr meines Bruders abgeschnitten und es mir über den nigerianischen Botschafter zukommen lassen, um mich von der Ernsthaftigkeit ihrer Absichten zu überzeugen. Ich glaube ihnen. Ich glaube, daß die Libyer meinen Bruder und Miss Rhodes töten werden, wenn dieser Felix nicht von seinen Entführern freigelassen wird, wer immer das sein mag. Sie sagen, Sie wissen nicht, wer Felix hat. Meine Frage: Können Sie es herausfinden?«

»Wir können es versuchen, Mr. President.«

»Versuchen.« Ein Versuch war offensichtlich nicht das, was der Präsident sich vorstellte.

»Ja.«

»Was schätzen Sie, haben ihn vielleicht die Israelis?«

Coombs sah zweifelnd aus. »Eine Möglichkeit, nur – wenn die Israelis Felix hätten, hätte inzwischen die ganze Welt davon erfahren, schätze ich. Das eigentliche Problem ist doch, daß die Libyer sich in den letzten zehn, zwölf Jahren ungeheuer viel Feinde gemacht haben. Als die Ölquellen so richtig zu sprudeln begannen, fing Gaddhafi an, sich in die inneren Angelegenheiten anderer Staaten einzumischen – die Philippinen, Somalia, Nordirland, Äthiopien, Afghanistan, Libanon, Tschad, Malta, Uganda für kurze Zeit, sogar Iran. Er hatte genug Ölgeld, um herumzuspielen. Also zweigte er einiges ab, um Terroristengruppen wie den Roten Amboß zu finanzieren. Er ging sogar soweit, ein paar ausgebrannte Ex-Terroristen mit tausend Dollar oder so monatlich in Pension zu schicken. Folglich ist es vorstellbar, daß die Entführer von Felix gezielt Libyen treffen wollen. Eine denkbare Möglichkeit, mehr nicht.«

Es war schwierig zu sagen, ob der Präsident überhaupt zugehört hatte, weil er die ganze Zeit auf irgendeinen Punkt über Coombs' linker Schulter gestarrt hatte.

Er starrte immer noch auf den Punkt, als er sagte: »Es bleibt mir nichts anderes übrig als zu lügen. Über den nigerianischen Botschafter werde ich die Libyer in dem Glauben lassen, wir hätten tatsächlich Felix. Meine erste Lüge. Ich werde die Medien über den augenblicklichen Aufenthaltsort meines Bruders belügen. Meine zweite Lüge. Und drittens werde ich über den Grund für die abrupte Abreise der Libyer lügen müssen. Keine davon wird lange standhalten.«

»Nein«, sagte Coombs, »keine.«

»Trotzdem werde ich lügen, um meinen Bruder am Leben zu halten und um zu verhindern, daß die United Parcel mir seine Finger und Zehen nacheinander zustellt. Aber während ich lüge, erwarte ich zwei Dinge von Ihrem Laden.«

Coombs nickte nur vorsichtig.

»Erstens erwarte ich, daß Sie herausfinden, wo man meinen Bruder versteckt hält. Wenn es eine Stadt ist, möchte ich die genaue Adresse und die Telefonnummer und die Markierung im Stadtplan. Wenn es ein Zimmer ist, will ich wissen, wieviel Fenster es hat. Wenn es ein Zelt ist, will ich die Farbe wissen.«

»Das wird . . . schwierig sein, Mr. President.«

»Schwierig oder unmöglich?«

»Schwierig«, sagte Coombs schließlich, weil er nicht einsah, warum er seinen Job verlieren sollte. »Darf ich fragen, was Sie mit unseren möglichen Informationen zu tun gedenken?«

»Nein.«

»Verstehe, Sir.«

»Zweitens möchte ich, daß Sie herausfinden, wer Felix hat, und daß Sie ihn herbeischaffen. Wie Sie das machen und was es kostet, ist mir egal. Sie haben uneingeschränkte Vollmacht.«

»Das hätte ich gern schriftlich, Mr. President.«

»Ihr gutes Recht«, sagte McKay. Er nahm einen Briefbogen und begann zu schreiben. Er schrieb nur einen Satz, unterzeichnete, überlas ihn und reichte den Bogen Coombs. »Genügt Ihnen das?«

Coombs las sorgfältig. »Ja, Sir«, sagte er, »das genügt mir.«

Es war nur vierundzwanzig Stunden nach den Wahlen im

November gewesen, als Bingo McKay in die Suite des gewählten Präsidenten im achten Stock des Skirvin Tower Hotel in Oklahoma City spazierte, sich umblickte und jeden anwies, rauszugehen – Dominique eingeschlossen, die zukünftige First Lady.

Der Präsident hatte die Anweisungen seines Bruders kommentarlos akzeptiert. Grinsend fragte er: »Was ist?«

»Es gibt da einen Burschen, den du kennenlernen solltest.«

»Wen?«

»Setz dich, Brüderchen«, forderte Bingo McKay den Präsidenten auf, »setz dich und hör mir gut zu.«

Jerome McKay setzte sich mit einem dünnen Scotch und einem warmherzigen, amüsierten Lächeln hin. »Jesus, Bingo, du siehst wieder so nach Weltuntergang aus. Was ist denn los?«

»Hör genau zu. Irgendwann kann irgendwas passieren. Ich weiß nicht, was und wann. Aber es könnte dreckig werden, und vielleicht bin ich nicht zur Hand.«

Jerome McKay wollte etwas sagen, aber sein Bruder hob die Hand. »Du hörst nur zu. Wenn ich nicht da bin, brauchst du jemanden, auf den du dich absolut verlassen kannst, jemanden, der alle Tricks kennt und Pannen so beheben kann, wie ich manchmal Pannen behebe. Kannst du mir folgen?«

»Ich denke schon.«

»Deshalb möchte ich, daß du den Burschen kennenlernst, jetzt. Er kann Pannen beheben.«

»Aber nicht umsonst, oder?«

»Nein. Er ist ausgesprochen teuer.«

»Haben wir ihn schon mal gebraucht?«

»Willst du das wirklich wissen?«

Jerome McKay schüttelte den Kopf. »Aber er ist gut, sagst du?«

»Er ist gut.«

»Und heißt wie?«

»Paul Grimes.«

Die zweite Begegnung zwischen Paul Grimes und Präsident McKay fand nicht im Oval Office statt. Sie trafen sich statt dessen in einem kleinen Zimmer, eher eine Art von Studentenbude, im dritten Stock des alten Executive Office Building. Zwischen ihnen auf dem Schreibtisch, immer noch in der Guccischachtel, lag Bingo McKays abgetrenntes Ohr, über dessen weiteres Schicksal der

Präsident noch nicht entschieden hatte. Zunächst wollte er es in eine Plastiktüte verpacken und in einer Tiefkühltruhe im Weißen Haus deponieren.

Das Treffen fand eine Dreiviertelstunde nach der Begegnung des Präsidenten mit dem Direktor der CIA statt. Paul Grimes studierte das abgetrennte Ohr einen Augenblick lang, seufzte, las den libyschen Brief, las ihn noch mal und blickte zu McKay hoch.

»Tja, Sir, ich kann nur sagen, den alten Bingo hat's verdammt hart erwischt.«

Grimes schwieg eine Weile, schließlich seufzte er wieder. »Das kostet.«

»Ist es machbar?«

»Das habe ich nicht gesagt. Ich sagte bloß, es kostet.«

»Wieviel?«

Grimes hob die Schultern. »Zweihunderttausend sofort, als Anfang. Mehr später. Wahrscheinlich verdammt viel mehr, später.«

Der Präsident nahm den Telefonhörer hoch, und Grimes vermerkte anerkennend, daß sich sofort jemand meldete. McKay blickte Grimes an. »Wohin wollen Sie es haben?«

Grimes dachte kurz nach. »Nach London«, sagte er, »auf die Barclays Bank.«

»Auf Ihren Namen?«

Grimes schüttelte den Kopf. »Für Crosspatch Limited.«

Ins Telefon sagte der Präsident: »Rufen Sie Wheeler in Oklahoma an und sagen Sie ihm, er soll zweihunderttausend vom Doremi-Sonderkonto bei der Liberty National an Crosspatch Limited, Barclays, London, überweisen.«

Als der Präsident den Hörer zurücklegte, ohne danke oder good-bye zu sagen, starrte Grimes schon wieder auf die offene Guccischachtel. »Sie haben es also wirklich abgeschnitten.«

»Ja, sie haben es wirklich abgeschnitten.«

»Wieviel Zeit habe ich?«

»Nicht viel. Vielleicht zehn Tage. Keinesfalls mehr.«

Grimes seufzte schon wieder. »Also, wenn ich den Burschen kriegen kann, an den ich denke, wäre ich . . .«

Der Präsident unterbrach. »Ich möchte es nicht wissen.«

Grimes nickte nachdenklich. »Verstehe, Sir. Vermutlich ist es besser so.«

»Ich will sie nur zurück. Beide.«

Grimes erhob sich schnell, aber so überraschend behende wie viele Dicke. »Ich werde nichts unversucht lassen, Mr. President.«

7

Sieben Stunden, nachdem die Leiche des Mannes, der Felix hieß, fast zweitausend Meter tief ins Meer gefallen war, landete die Boeing 727, aus der er herausgestoßen worden war, ziemlich holperig auf der mit Schlaglöchern übersäten privaten Rollbahn am nördlichen Zipfel der karibischen Insel, die 204 Jahre lang britischer Besitz gewesen war, bis sie ihre Unabhängigkeit erklärte und sich zur Demokratischen Volksrepublik ausrief.

Die Insel war an ihren äußersten Rändern etwa fünfzig Kilometer lang und zwei Kilometer breit. Über ihr Rückgrat zog sich eine Bergkette, deren höchster Gipfel die runden zweitausend Meter knapp verfehlte. Auf der Insel lebten 28 047 Einwohner, jedenfalls laut letzter Volkszählung, die allerdings schon 1974, sechs Monate vor der Unabhängigkeitserklärung, noch von den Engländern durchgeführt worden war, aber die vier- bis fünftausend Bergbewohner ausgespart hatte, die in den wegelosen Bergen wohnten.

Die meisten der Inselbewohner, an die zwanzigtausend, lebten in der Hauptstadt der Republik am südlichen Zipfel. Am nördlichen Zipfel lag die alte Mecarro-Kaffeeplantage mit ihren 640 Morgen Land. Die Rollbahn lag schon im Bereich der Plantage, die von der Demokratischen Volksrepublik auf fünf Jahre an den Amerikaner verpachtet worden war, für eine Million Dollar, die in die öffentlichen Kassen floß, plus 200 000 Dollar auf die Hand, die in den Taschen des Premierministers, des Innenministers und des Ministers für Nationale Sicherheit verschwanden.

Auf der alten Mecarro-Plantage wuchsen keine Kaffeebäume. Kein Kaffeebaum war dort je gewachsen. Ein reicher Kolumbianer mit Namen Mecarro hatte 1936 das Land gepachtet und sich ein schönes Haus darauf gebaut. Im nächsten Jahr hatte er Kaffee angepflanzt. Im Jahr darauf, 1938, hatte ein Hurrikan die Pflanzung weggefegt, das Haus jedoch wundersamerweise ausgespart. Es wurde von einem Nonnenorden bezogen. Die letzte Ordensschwester war vor drei Jahren gestorben, und die Mecarro-Plantage blieb unbewohnt, bis sie an den Amerikaner verpachtet werden konnte, der ungeheuer reich war. Er wurde außerdem von der Polizei in sieben Staaten gesucht, einer der Hauptgründe, weshalb er sich auf der volksrepublikanischen Insel niederließ. Die Republik hatte keine Auslieferungsverträge geschlossen, weshalb der Amerikaner schon die Staatsbürgerschaft beantragt hatte.

Der dreiundsechzigjährige Pilot und der fünfundsechzigjährige Kopilot halfen dem Mann, der sich Arnold nannte, den Doktor aus der Maschine zu tragen und auf den Rücksitz des Jeeps zu setzen, der von Jack Spiceman, einem Ex-FBI-Agenten, gefahren wurde. Der Doktor war stockbetrunken.

Arnold kletterte auf den Beifahrersitz. Als der Jeep sich nicht vom Fleck rührte, sagte Arnold: »Los, fahren wir.«

»Was ist mit Felix?« fragte Spiceman.

Arnold ließ seine rechte Hand nach oben fahren und dann vertikal nach unten sausen.

»Kein Witz?« fragte Spiceman.

»Kein Witz.«

Arnold war natürlich nicht sein richtiger Name. Sein richtiger Name war Franklin Keeling, und früher einmal war er ein hochgeschätzter, hochqualifizierter, absolut vertrauenswürdiger Beamter der Central Intelligence Agency gewesen. 1975 hatte man ihn gefeuert, nachdem Gold für 200 000 Dollar in Angola verschwunden war. Das Gold war ihm mit der Maßgabe anvertraut worden, es einem rechtsgerichteten Revolutionär namens João Machado auszuhändigen. Man hörte nie wieder etwas von Machado oder dem Gold, bis auf eine unterzeichnete Empfangsbescheinigung, die Keeling zu seiner Verteidigung vorlegte. Die Unterschrift führte dann zu einem erbitterten Streit zwischen sieben CIA-Fachleuten für Urkundenfälschung. Vier hielten die Unterschrift für echt, drei beharrten darauf, daß sie gefälscht war. Dennoch wurde Keeling gefeuert. Neun Monate später, als er die 200 000 Dollar verjubelt hatte, verdingte Keeling sich bei jenem reichen Amerikaner, der ihm jetzt im grünen Salon des alten Mecarro-Herrenhauses gegenübersaß und sich erklären ließ, wie es gekommen war, daß Felix vergessen hatte, weiterzuatmen.

Als Keeling mit seiner Erklärung fertig war, zündete er sich eine Zigarette an und wartete interessiert, was der reiche Amerikaner antworten würde. Er war fast sicher, daß die Antwort nichts mit dem Tod von Felix zu tun haben würde. So arbeitete das Hirn des reichen Amerikaners nicht.

»Was macht das Buch?« fragte der reiche Amerikaner.

Um sich die Mußestunden auf der Inselrepublik zu vertreiben, hatte Keeling gelegentlich an einem Buch gearbeitet, in dem er talentlos und unglaubwürdig die Geschichte seiner fünfzehn Jahre bei der CIA erzählte. Ihm war das erstaunliche Kunststück gelungen, ein ebenso ödes wie ehrenrühriges Buch über ein an sich spannendes Thema zu schreiben.

»Bin auf Seite 218«, sagte er.

»Lösegeld, meine ich. Sie auch?« fragte der reiche Amerikaner. »Zehn Millionen mindestens.«

Es bedurfte konzentrierter intellektueller Berechnungen, um mit dem reichen Amerikaner ein Gespräch zu führen, da er gern in unbekannte Sphären vorstieß. Der Name des reichen Amerikaners war Leland Timble, und mit neunzehn war er nach einem brillanten Examen vom College geradewegs in einer von Hughes' Denkfabriken mit Hauptquartier in Malibu gelandet. Timble hatte dann fünf Jahre in Hughes' Firma über Computer nachgedacht. Dann, an einem warmen Augustnachmittag im Jahr 1976, hatte er über das Drucktastentelefon in seiner Wohnung in Santa Monica mit bloß einer Verbindung zu einem Terminal dreißig Millionen Dollar von den Filialen der First National Bank in Tulsa, Fort Worth, Omaha, Denver, Memphis, Portland und Indianapolis auf ein Geheimkonto der Chase Manhattan Bank und von dort weiter auf Nummernkonten in Panama und Nassau transferiert. Timble war damals vierundzwanzig, jetzt war er neunundzwanzig.

Das Geld war so brillant und durchdacht gestohlen worden, daß es volle drei Monate dauerte, bis es überhaupt vermißt wurde. Von Panama und Nassau aus führte dann die Spur zu einer Bank in Luxemburg, von wo es in aller Stille über einen Zeitraum von zwei Monaten in bar von Angestellten einer Geldtransportfirma abgehoben wurde, die später angab, das Bargeld zu verschiedenen Zeiten an eine mittelalte Französin, einen ältlichen Araber, einen jungen Texaner und einen nicht näher zu beschreibenden Schweden ausgehändigt zu haben, von denen nie einer gefunden werden konnte.

Drei Jahre nach der Unterschlagung lag in der Post des *Scientific American* ein anonymer Artikel mit dem Titel »Wie Ma Bell Sie reich machen kann«. Obwohl der Titel so flott klang, gelang es einem der studierten Redakteure nur partiell, zu begreifen, was der Artikel zu erklären versuchte, weil die Gedankenkonstruktionen und mathematischen Berechnungen zu sibyllinisch geraten waren.

Die Redakteure händigten den Arikel dem FBI aus, das ihn von einem Nobelpreisträger übersetzen ließ, der seinerseits dem FBI riet, jede einzelne Kopie zu verbrennen, außer sie wären willens, dem Kollaps des nationalen Bankwesens zuzusehen.

Der einzige Hinweis, den das FBI hatte, war der Poststempel auf dem Briefumschlag. Er war in Rio de Janeiro aufgegeben. Der Sonderagent Jack Spiceman brauchte sechs Monate, um Leland Timble in Rio aufzuspüren. Nach einem kleinen Schwatz von höchstens fünfzehn Minuten Dauer erklärte Spiceman sich bereit, für 300 000 Dollar im Jahr für Timble zu arbeiten. Es war dann Spiceman, der die Inselrepublik als sicheren Zufluchtsort vorschlug und die Konditionen mit den Machthabern aushandelte. Es war auch Spiceman, der vorschlug, den in Ungnade gefallenen Ex-CIA-Mann Franklin Keeling als wertvolle Bereicherung in den kleinen Stab Timbles aufzunehmen.

Als Antwort auf Timbles Vorschlag, ein Zehn-Millionen-Lösegeld in Betracht zu ziehen, wich Keeling in eine unverbindliche Antwort aus, was er in Gesprächen mit Timble oft machte, wenn er die Fährte noch nicht aufgenommen hatte.

»Der Doktor säuft wieder«, sagte er, »im Augenblick ist er stockbetrunken.«

»Ich setze wieder auf die Vereinten Nationen. Sie auch?«

»Sie meinen, Sie wollen sich mal wieder des alten schwarzen Joe bedienen?« sagte Keeling.

Der alte schwarze Joe, wie Keeling ihn nannte, hieß Dr. Joseph Mapangou und war Gambias Vertreter bei den UN. Für ein jährliches Festhonorar von fünfzigtausend Dollar hatte sich Dr. Mapangou für Timble auf verschiedenste Weise als äußerst nützlich erwiesen, nicht zuletzt wegen seiner phänomenalen Begabung, die Düfte, die aus der New Yorker Gerüchteküche drangen, als erster wahrzunehmen. So war er es beispielsweise gewesen, der Timble den Wink gegeben hatte, daß die Gruppe Roter Amboß möglicherweise in London zu finden wäre.

»Und was hat das Ganze gekostet?« fragte Timble und zog

Spiralblock und Kugelschreiber aus der Tasche. Wenn es um Geld ging, verlor sich der Hauch von milder Zerstreutheit, der ihn umgab. Seine großen braunen Augen wurden schmal und glitzerten, und sein Gesicht, trotz Timbles neunundzwanzig Jahren fast noch so rund und ungeprägt wie das eines Kindes, schien sich in die Länge zu ziehen und ließ ihn härter aussehen.

Keeling hatte die Zahlen im Kopf. »Es kostete vierunddreißigtausend, um überhaupt auf ihre Fährte zu kommen.«

Timble notierte die Zahl.

»Dann feilschte ich Slatew auf neunzehntausend für den Schirm runter.«

»Den Bulgaren«, sagte Timble und notierte.

Keeling nickte. »Die de la Cova war ein günstiger Kauf, zwanzigtausend.«

Timbles Mündchen schürzte sich anerkennend, als er die Zahl hinschrieb.

»Der kleine Schwule, der mal bei MI 6 war, tat es nicht unter vierzigtausend.«

Timble furchte die Stirn, sagte aber nichts, sondern notierte die Zahl.

»Die Jungs aus dem East End, die Taxi und Fahrer stellten, kassierten dafür fünftausend, und dann mußte ich nochmal zwanzigtausend um Heathrow herum springen lassen.«

»Macht zusammen 138 000 Dollar«, sagte Timble. »Nicht schlecht, obwohl ich finde, Sie hätten den Preis für den Schirm noch ein bißchen drücken können.«

»Vielleicht hätte ich ihn mieten sollen«, sagte Keeling und verzichtete auf hörbaren Spott in seiner Stimme, da Timble dafür ohnehin keine Antenne hatte.

Timbles Gesicht erhellte sich dann doch für den Bruchteil einer Sekunde. Aber nur für den Bruchteil. »Nein«, sagte er, »ich schätze, das hätte nicht funktioniert.«

»Eben.«

»Immerhin, 138 000 Dollar sind nicht schlecht. Zumal das Lösegeld zehn Millionen sein wird. Je zehn Millionen, natürlich, oder sagte ich das schon?«

Keeling rieb sich mit seiner großen Hand die untere Gesichtspartie. »Leland?«

»Ja?«

»Ich muß Sie noch was fragen.«

»Ich höre.«

»Geben Sie mir diesmal eine ehrliche Antwort?«

»Aber sicher.«

»An wen verkaufen wir Felix, der nicht mal mehr die Haie füttert, gleich zweimal?«

Für einen Augenblick veränderte sich Timbles Gesichtsausdruck. Die Empfindung, die aufblitzte, mochte Zorn oder fassungslose Verzweiflung sein. Wie bei einem Kind war die Ausdrucksfähigkeit bei ihm begrenzt und wechselte so unvermittelt, daß man oft nicht wußte, was er wirklich empfand.

»Sie haben doch nicht etwa meine Theorien über den Zufall vergessen, oder, Franklin? Das würde mich empfindlich treffen. Die meisten Unternehmen scheitern aus Mangel an Zufallsplanung. Die Fähigkeit, das Unerwartete sowie das Unvorhersehbare im voraus zu berechnen und beides einzukalkulieren . . .«

»Leland«, unterbrach Keeling.

»Ja?«

»Ich habe es nicht vergessen.«

Ein Ausdruck reiner Freude schoß in Timbles Gesicht und war auch schon wieder verschwunden. Hätte ich auch nur geblinkt, hätte ich ihn verpaßt, überlegte Keeling.

»Dachte ich's mir doch«, sagte Timble und lächelte glücklich mit geschlossenen Lippen. Wenn er so lächelte, erinnerte er Keeling an eines der blöden Gesichter, die manche Leute unter ihre Briefe zeichneten.

»Leland«, sagte Keeling.

»Ja?«

»Lassen Sie mich noch einmal fragen. An wen verkaufen wir Felix im Meer gleich zweimal?«

»Sagte ich das nicht bereits?«

»Nein.«

»Oh. Also, erst an Israel und dann an Libyen. Oder vielleicht umgekehrt.«

8

Einen Tag nach seiner Begegnung mit Paul Grimes flog Chubb Dunjee an Bord einer Maschine der Iberia Airlines nach London. Es war Donnerstag und regnete. Er ging durch die Zoll- und Paßkontrolle gleich zum PanAm-Schalter und buchte dort mit Hilfe seiner fast abgelaufenen American-Express-Karte einen einfachen Erster-Klasse-Flug nach Rom für die nächste Maschine, die in zwei Stunden starten sollte.

Er hatte sich entschlossen, Paul Grimes' Angebot, leicht ein Bündel Geld zu machen, einem Test zu unterziehen, obwohl er im Lauf der Jahre seinen Glauben an leicht verdientes Geld fast verloren hatte.

In einer Telefonzelle wählte er die Londoner Nummer, die er auf Drängen Grimes' auswendig gelernt hatte. Es klingelte zweimal durch, ehe eine Frauenstimme sich unverbindlich meldete.

»Dunjee am Apparat.«

»Augenblick.«

Es klickte und schwirrte, und dann war Grimes am Telefon. »Wo bist du?«

»In Heathrow. Für die nächsten anderthalb Stunden sitze ich in der VIP-Lounge der PanAm. Wenn dann nicht die Hälfte dessen, worüber wir in Sintra gesprochen haben, hier ist, bin ich weg.«

»Verdammt schwierig, Chubb.«

»Nicht mein Problem.«

Grimes seufzte. »Okay, es wird da sein«, sagte er und hängte ein.

Dunjee verschaffte sich mühelos Zutritt zur PanAm-VIP-Lounge, die sich indes als eher trüber Aufenthaltsort entpuppte, mit ihren diversen abgenutzten Sofas und Sesselgruppen, dem Fernsehapparat und dem Gratisausschank alkoholischer Getränke, bei dem die Flaschen halsunten in einer Art Minikarussell hingen. Es gab auch noch Schälchen mit Nüssen, Kartoffelchips und Crackers und einen enormen, leuchtend gelben Käsestückchenberg, der irgendwie radioaktiv aussah und möglicherweise deshalb noch von niemandem angerührt worden war. Dunjee ließ die Blicke schweifen, konnte aber niemanden entdecken, der auch nur entfernt wie ein VIP ausgesehen hätte. Er mixte sich einen Gratiswhisky mit Wasser und richtete sich in einem Sessel aufs Warten ein.

Nach genau einer Stunde und zwei Minuten traf Grimes' Botin ein: eine hochgewachsene Frau, die entweder auf die Dreißig zuging oder sie gerade hinter sich hatte. Trotz des Regens hatte sie eine große dunkle Sonnenbrille getragen, die sie beim Betreten der Lounge abnahm. Dunjee war richtig erleichtert, als sie die Brille in ihrer Handtasche verschwinden ließ und nicht oben in ihr kurzes blondes Haar schob, das vom Regen feucht und dunkel war.

Die junge Frau blickte sich suchend um. Sie hakte schnell verschiedene andere männliche Fluggäste ab, entschied sich dann für Dunjee, musterte ihn kurz und schritt auf ihn zu. Ihre Art zu gehen gefiel Dunjee.

Als sie Dunjee erreicht hatte, blieb sie stehen und starrte ihn erst mal interessiert, beinahe neugierig, an. »Er behauptet, Sie schielten ein bißchen«, sagte sie. »Ich finde es nett. Ich bin Delft Csider. Csider mit cs.«

»Delft?«

»Wegen der Augen.«

Dunjee sah, daß sie tatsächlich blau waren, vielleicht sogar von einem Delfter-Blau. Sie paßten zu ihrem blassen zarten Teint in dem ausgeprägten Gesicht mit den hohen Backenknochen, das auf mehr als einen slawischen Vorfahren schließen ließ. Aus unbegreiflichen Gründen fragte er sich, wieviele Sprachen sie wohl beherrschte.

»Sie waren am Telefon, richtig?« sagte Dunjee, während er sich erhob.

»Richtig.«

Er zeigte auf den großen prallen Manilaumschlag, der von ihrer linken Hand gegen den feuchten, cremeweißen Regenmantel gepreßt wurde. An der Hand war kein Ring. »Meiner?« fragte er.

Sie nickte und fuhr mit der rechten Hand in die Schultertasche. Sie zog ein gefaltetes Papier hervor.

»Sie müssen den Empfang bescheinigen«, sagte sie.

»Bescheinigen?«

»Ja, Sie wissen doch, mit Ihrem Namen.«

Dunjee lächelte. »Ist das wahr?«

Er nahm einen Kugelschreiber aus der Tasche und ohne auch nur zu überfliegen, was auf dem Stück Papier stand, schrieb er irgend etwas hin. Dann reichte er es ihr zurück.

»Felix Krull«, las sie, »ziemlich komischer Name.«

»Nicht so komisch wie Ihre Bitte um eine Quittung.«

Sie hob die Schultern und übergab ihm den prallen Manilaumschlag. »Er fand, ich sollte es wenigstens versuchen.«

Dunjee klopfte auf den Umschlag. »Möchten Sie was trinken, während ich den Inhalt prüfe?«

»Gern.«

Er nickte zu dem alkoholspendenden Minikarussell hin. »Bedienen Sie sich.«

Als Dunjee sich anschickte, hinauszugehen, tippte sie mit der Hand auf seinen Ärmel. »Und was machen Sie, wenn etwas fehlen sollte?«

»Es fehlt nichts.«

»Warum dann prüfen?«

»Weil ich, wenn ich es nicht jetzt tue, mir später vielleicht wünsche, ich hätte es getan, wozu es dann zu spät wäre.«

»Eine komplizierte Logik.«

»Eine komplizierte Welt, würde ich sagen.«

Dunjee ging, fand die Herrentoilette und öffnete in einer freien Toilette den Umschlag. Er enthielt fünfzigtausend Dollar in gummibandumschnürten Fünfzig- und Hundertdollarnoten und die auf einen kleinen Zettel getippte Notiz: »Ich rufe dich gegen Mittag an.« Sie war nicht unterschrieben.

Dunjee zerknüllte den Zettel und warf ihn ins Klo. Dann kehrte er in die Lounge zurück, mixte sich den zweiten Drink und gesellte sich zu Delft Csider, die, gebührend entfernt von den anderen, in einer Ecke Platz genommen hatte und in einer abgewetzten Ausgabe von *Country Life* blätterte.

Sie sah hoch, als er sich hinsetzte. »Alles da?«

»Alles da. Ist noch jemand an diesem Schlamassel dran?«

»Nein. Nur er und ich.«

»Und Sie sind was?«

»Die Unterstützung.«

»Wieso ausgerechnet Sie?«

»Ich kann die Sprachen, sollte es soweit kommen.«

»Wieviele?«

»Sechs.«

»Lassen Sie mich schätzen: Französisch, Deutsch, Spanisch, Italienisch und . . .«, er pausierte, ». . . Ungarisch.«

Sie würdigte seine Schätzung mit einem winzigen Nicken und

einem noch winzigeren Lächeln. »Eine haben Sie ausgelassen.«

»Welche?«

»Arabisch.«

»Mit Arabisch macht's sieben.«

»Englisch zähle ich nicht.«

»Sie sind Engländerin?«

»Nein.«

»Das merkt man aber nicht.«

Ihr schien das uninteressant. Sie leerte ihr Glas, ließ das Eis kreisen und sagte: »Ich bin mit dem Wagen da, wenn Sie Transportprobleme haben.«

»Habe ich. Vielen Dank.«

»Wo wohnen Sie? Im Connaught?«

»Sehe ich nach Connaught aus?«

Sie blickte ihn wieder prüfend an. »Fast.«

Dunjee stornierte seinen Flug nach Rom, während Delft Csider ihren Wagen holte, der sich als ältlicher Morgan mit geflicktem Dach entpuppte. Dunjee warf seinen Koffer auf den Rücksitz und kletterte neben Delft Csider.

»Alt, aber verläßlich«, sagte sie, »der Wagen, meine ich.«

Den größten Teil der rasanten, holprigen Fahrt über die M 4 verbrachten sie schweigend. Der heftige Regen bahnte sich problemlos seinen Weg durchs geflickte Dach und legte sich wie graue Gelatine auf die Windschutzscheibe. Die abgenutzten Scheibenwischer schrubbten tapfer und entschlossen, jedoch ohne große Wirkung, hin und her. Nach einer Viertelstunde sagte Dunjee: »Sie sollten sich neue Wischer anschaffen.«

»Sieht fast so aus.«

»Und neue Stoßdämpfer.«

»Die sind neu.«

Fünf Minuten später sagte sie: »Ich überlege gerade.«

»Was?«

»Woher der Name Dunjee kommt.«

»Keine Ahnung. Vielleicht ist er schottisch.«

»Und Chubb?«

»Mein Vater war Schmied. Ich hatte noch einen älteren Bruder, der Yale hieß. Aber er ist gestorben.«

»Das tut mir leid.«

»Muß es nicht. Er war drei und ich ein Jahr alt.«

Dunjees Hotel war das Hilton. Nachdem er sich bei Delft Csider bedankt hatte, gestattete er dem Portier, seinen Koffer vom Rücksitz zu nehmen und sich von ihm mit einem riesigen schwarzen Schirm vorm Regen schützen zu lassen. Drinnen an der Rezeption taxierte ihn das erfahrene Auge des Empfangschefs auf ein Hundertzweiundzwanzig-Dollar-Zimmer im sechsten Stock mit Blick auf den Hyde Park. Oben im Zimmer deponierte der mittealterliche Page, der möglicherweise letzte Engländer, der noch im Hotelservice tätig war, seinen Koffer auf den Ständer und legte den Zimmerschlüssel oben auf den Fernsehapparat. Dunjee zog eine Zwanzigdollarnote hervor, faltete sie längs und hielt sie dem Mann hin, der sie mit Dank geschickt in seiner Tasche verschwinden ließ und abwartete, was Dunjee für sein Geld erwartete.

»Es könnte sein, daß ich gern ein bißchen spiele, aber nicht die achtundvierzig Stunden abwarten möchte, die das Gesetz vorschreibt.«

Der Page lächelte. Es war das Lächeln des geübten Verschwörers. »Das läßt sich arrangieren, Sir. Ohne Schwierigkeiten. Wenn Sie nachher in Ihrem Fach unten nachsehen, finden Sie dort eine ausgefüllte Mitgliedskarte. Und es ist ein angenehmer Klub, Sir.«

»Poker?«

»Seven-Card-Stud, glaube ich, Sir.«

»Danke.«

»Viel Glück beim Spiel, Sir.«

Als der Page gegangen war, packte Dunjee schnell aus. Dann setzte er sich auf die Bettkante, nahm sein Adreßbuch heraus, suchte eine Nummer und wählte sie. Er ließ neunzehnmal durchklingeln, ehe er aufgab und auf seine Uhr sah. Es war sechzehn Minuten vor zwölf. Er stand auf und wechselte in einen Sessel am Fenster und schlug die *Herald Tribune* auf. Er sah wieder auf die Uhr. Sein Rekord für das Rätsel war vierzehn Minuten. Es war ein drei Monate alter Rekord, den zu brechen Dunjee fast aufgegeben hatte. Sechzehn Minuten später, als noch drei Wörter fehlten, klingelte das Telefon.

Dunjee meldete sich nach dem zweiten Klingeln. Es war Paul Grimes. »Laß uns zusammen essen gehen.«

»Gern. Und wo?«

»Bei mir.« Grimes gab Dunjee eine Kensington-Adresse in der Nähe von Harrods.

»Gibt es Fisch?«
»Nein. Warum fragst du?«
»Weil ich Fisch satthabe.«

Grimes bewohnte ein schmales, dreigeschossiges Haus, das fast cremefarben angestrichen war und vorn auf einen kleinen grünen Park blickte. Der kleine Park hatte ein schwarzes Eisengitter um sich herum und ein zugesperrtes Tor. Dunjee stieg aus dem Taxi und beobachtete eine verschleierte Araberin, die das Tor aufschloß und einen großen Kinderwagen in den Park schob.

Dunjee lief die sechs Stufen hoch und klingelte. Er versuchte, überrascht auszusehen, als Grimes persönlich öffnete.

»Kein Butler?« fragte Dunjee, während er eintrat. »Irgendwie hatte ich auf einen Butler gehofft.«

»Ich wohne gar nicht hier«, sagte Grimes. »Ich kann es mir nicht mehr leisten.«

Dunjee blickte sich in der Halle um. Es gab kein einziges Möbelstück. Nicht mal einen Hutständer. »Wem gehört es dann?«

»Mir«, sagte Grimes und schob zwei elegante Schiebetüren auseinander. »Ich habe das Haus vor zehn, elf Jahren gekauft. Es war vollgestopft mit alten Möbeln. Viktorianisch, lauter kurioses Zeug. Aber mir gefiel es und meiner Frau auch. Aus irgendwelchen Gründen liebt sie London. Also behielten wir die Möbel und wohnten hier, wenn wir in London waren, vielleicht vier-, fünfmal im Jahr. Ja, und dann kommt eines Tages, vor etwa drei Monaten, so ein Typ aus Kansas City daher, ein Händler, und bietet mir für die Möbel so viel, wie ich für das ganze Haus bezahlt habe. Ich habe sie ihm verkauft, alle.«

Sie waren in einem Salon gelandet, der mit einer Lampe, zwei Faltstühlen und einem Bridgetisch möbliert war. Auf dem Tisch stand ein kleiner Kübel mit Brathähnchen.

Grimes winkte Dunjee in einen der Faltstühle und sagte: »Lunch.«

Dunjee setzte sich, linste in den Kübel und wählte einen Schenkel. Grimes langte unter den Tisch in eine Papiertüte und kam mit zwei Bierdosen wieder hoch. »Gläser gibt's nicht«, sagte er und reichte Dunjee eine.

»Überflüssig«, sagte Dunjee.

Sie aßen Hähnchen, lauwarme Fritten und süßlichen Krautsalat, den Dunjee nicht sonderlich mochte. Und als sie fertig waren, stopfte Grimes die Reste in eine große Plastiktüte, verschwand damit in der Küche und kehrte mit einer Thermoskanne und zwei Pappbechern zurück.

»Kaffee«, sagte er, »schwarz«.

»Ausgezeichnet.«

Als der Kaffee eingegossen war, lehnte Grimes sich im Faltstuhl zurück und starrte Dunjee an. »An so was habe ich noch nie mit dir gearbeitet«, sagte er, »aber ich habe mit Leuten gesprochen, die dich aus Mexiko kennen. Sie behaupten, du gingst ausgesprochen komisch vor.«

»Komisch?«

»Unorthodox wäre vielleicht das bessere Wort. Sie behaupten, du bedientest dich unorthodoxer Methoden, um ans Ziel zu kommen.«

»Ich habe lediglich stets versucht, den leichtesten Weg zu finden. Es war manchmal übrigens auch der längste.«

»Wie gehst du jetzt vor?«

»Man erwartet von dir doch nicht etwa regelmäßige Berichte ans Weiße Haus, oder?«

Grimes schüttelte den Kopf. »Das einzige, was ich liefern soll und liefern will, sind Ergebnisse.«

»Ich muß einen Draht zu einem Libyer finden.«

»Welchem?«

»Weiß ich noch nicht. Ich hoffe auf den, der Felix' Kontaktmann in London war. Aber da erhoffe ich mir vielleicht zuviel.«

»Wie willst du das anfangen?«

Dunjee lächelte sparsam und nahm einen Schluck Kaffee. Als er weiterhin fortfuhr zu schweigen, seufzte Grimes und sagte: »Fünfzigtausend Dollar, Chubb! Die müßten eigentlich ein bißchen Ermunterung kaufen.«

Dunjee schien nachzudenken. Schließlich sagte er: »Genau, die Csider.«

»Was ist mit ihr?«

»Könnte sein, daß ich Verwendung für sie habe.«

»Wie?«

»Weiß ich noch nicht.«

Grimes zündete sich eine Zigarette an, stieß eine Rauchwolke aus und wedelte sie weg. »Was ist mit dem Libyer?«

»Du meinst, mit dem Draht zum Libyer?«
Grimes nickte.
»Ich suche einen Typ auf, den ich von New York her gut kenne.«
»Aus deinen UN-Zeiten?«
»Ja. Er schuldet mir noch einen Gefallen, oder zwei.«
»Engländer?«
»Engländer.«
»Willst du etwa . . .« Grimes ließ die Frage unvollendet auslaufen.
Dunjee lächelte. »Du weißt doch, ich liebe . . . Umwege.«
»Was machte denn dieser . . . Typ?«
»In den UN?«
Grimes nickte wieder.
Dunjee hob die Schultern. »Er war Spion.«

9

Die Adresse in der Pimlico Street, die Dunjee in seinem kleinen Adreßbuch notiert hatte, war schon zehn Jahre alt, und er hatte keine Ahnung, ob sie oder die Telefonnummer, die er verschiedentlich gewählt hatte, noch stimmte.

Es war fast drei, als er aus dem Taxi in den Regen stieg, einen kurzen Blick auf das düstere, ziegelgemauerte Beispiel architektonischer Einfallslosigkeit aus dem Jahre 1913 warf, und dann die Treppen in die Eingangshalle hinaufeilte. Dort gab es zwei Reihen mit schwarzen Klingelknöpfen und den Kästen für die Namen der Bewohner.

In dem Schlitz neben dem Klingelknopf für die Wohnung 3-E steckte eine Visitenkarte, auf der »Hugh Scullard« stand, nur war Hugh ausgestrichen und durch Pauline ersetzt worden.

»Verdammter Mist«, sagte Dunjee, selbst überrascht, daß er es laut gesagt hatte, und drückte auf den Klingelknopf. Als nichts passierte, klingelte er nochmal.

Er wollte gerade zum drittenmal klingeln, als eine Frauenstimme über die Sprechanlage fragte: »Was wollen Sie?«

»Ich bin's, Chubb Dunjee, Pauline.«

»Wer?«

»Chubb Dunjee.«

Es dauerte, bis die Frau schließlich sagte: »Schulde ich Ihnen

Geld?«

»Nein.«

»Dann kommen Sie rauf.«

Der Türdrücker summte, und Dunjee stieß die Tür auf. Es gab dann einen kleinen Fahrstuhl, der in einem Käfig aus Glas und Schmiedeeisen hing und ein Schild »außer Betrieb« an der Fahrstuhltür hängen hatte. Dunjee stieg vier Treppen hoch und klopfte an die Tür von 3-E.

Ein Riegel wurde zurückgeschoben. Dann ein zweiter, die Tür öffnete sich um den Spalt ihrer zehn Zentimeter langen Kette. Ein Auge erschien, rotgerändert, trübe, mit Schlafkörnchen in der einen Ecke.

Dunjee nickte und lächelte das Auge an. »Pauline.«

»Hallo, Congressman«, sagte Pauline.

Die Tür schloß sich, die Kette wurde entfernt, die Tür wurde wieder aufgemacht. »Komm rein«, sagte Pauline. »Die Wohnung ist verschlampt, ich auch.«

Dunjee trat ein, schloß die Tür hinter sich, blickte in die Runde und sagte: »Was ist passiert?«

»Was nicht?« sagte die Frau.

Dunjee überlegte, ob Pauline ein- oder auszog. In einer Zimmerecke waren Kartons mit Büchern bis fast zur Decke gestapelt. Auf dem obersten saß halb schlafend eine graue Katze. Vor dem Kamin lag ein zusammengerollter Teppich. An der Wand lehnten ein paar Bilder. Die Möbel, eine Couch, ein paar Sessel und Stühle, ein paar Tischchen und Lampen, waren dicht neben dem großen Fenster zusammengerückt. Das Fenster hatte Jalousien, aber keine Vorhänge. Die Jalousien waren herabgelassen.

Pauline Scullard machte eine vage Handbewegung gegen den Raum. »Mir ist alles über den Kopf gewachsen – oder so.«

Dunjee zog seinen Regenmantel aus, sah sich nach einem Platz um, wo er ihn hätte hintun können, und entschied sich für einen der Bücherkartons. Als er sich umdrehte, goß Pauline gerade Schnaps in ein Glas. Sie reichte es ihm und füllte dann ein anderes für sich.

»Setz dich doch«, sagte sie, »irgendwohin.«

Dunjee wählte die Couch. Pauline nahm ein paar Zeitschriften aus einem Sessel, warf sie auf den Boden und setzte sich auch hin. Sie zupfte am Minirock und hielt sittsam die Knie fest beieinander, die Füße nach links gestellt.

»Ich habe auch ordentliche Kleider«, sagte sie. »Drei, glaube ich. Ich trage sie dienstags und freitags, an den Besuchstagen.«

»Wo ist Hugh denn?«

»Hugh ist nicht hier.«

»Wie lange seid ihr zurück?«

»Du meinst hier, in dieser Wohnung? Weißt du, wir waren furchtbar schlau, als wir die Wohnung kauften, in Erbpacht. Das war achtundsechzig. Die Erbpacht lief noch zweiundneunzig Jahre. Bleiben jetzt noch . . . achtundsiebzig?«

»Neun«, sagte Dunjee, »Neunundsiebzig.«

»Neunundsiebzig. Das sollte eigentlich für uns reichen, oder?«

»Was ist passiert, Pauline?« fragte Dunjee ungeduldig.

»Du meinst nach New York?«

Er nickte.

»Tja, wir gingen nach Beirut und blieben ewig da. Anschließend gingen wir nach Berlin, aber das war kein Erfolg, also kamen wir wieder heim. Und hier sind wir, Mopsy und ich.«

»Die Katze.«

»Ja. Das da oben auf den Büchern ist Mopsy. Magst du rauchen?« Sie langte in die Tasche einer grauen Männerstrickjacke, die fast die Länge des vorsintflutlichen Minirocks erreichte, und holte eine Schachtel Senior Service hervor. Dunjee, der selten rauchte, nahm zwei Zigaretten aus der Schachtel, zündete sie an und reichte eine Pauline. Pauline inhalierte tief, leerte ihr Glas in drei Zügen und lächelte.

»Wie nachlässig von mir. Ein Aschenbecher.« Sie stand auf und fahndete im Zimmer, bis sie fand, wonach sie gesucht hatte. »Hier.« Sie stellte eine leere Katzenfutterdose vor Dunjee. Sie war nicht ausgespült.

»Komm, Pauline, erzähl mir alles.«

»Tja, da gibt's nicht viel zu erzählen. Wir kamen vor fünf, vielleicht auch sechs Monaten hierher zurück. . . . Und dann drehte Hugh plötzlich durch. Also ziehe ich jetzt dienstags und freitags eins von meinen drei hübschen Kleidern an und besuche ihn.« Sie lächelte wieder, ein angestrengtes, irgendwie graues Lächeln.

»Er drehte durch?«

Sie nickte. »Wir verfrachteten ihn in diese ach so reizende Klapsmühle in St. John's Wood. Eine private Klapsmühle, versteht sich, und wahnsinnig teuer, und ich bin plötzlich bitterarm. Weißt du noch, wie ich reich war? Zweitausend im Jahr für immer und ewig. Damals war das reich, oder? Ich meine, das war fast so was wie eine Erbschaft.«

»Du hast kein Geld mehr?«

Sie starrte ihn sekundenlang an, ehe sie nickte. Dunjee stellte fest, daß sie immer noch eine äußerst attraktive Frau war, trotz ihres Aufzugs und der tränenverquollenen Augen. Sie hatte immer noch den schönen Teint und das kurzgelockte, strohblonde Haar. Wenn sie nur angefangen hätte, sich die Zähne zu bürsten und mit dem Weinen aufzuhören, hätte sie nicht viel anders ausgesehen als in New York vor einem Dutzend Jahren, obwohl sie inzwischen siebenunddreißig oder achtunddreißig sein mußte.

Dunjee seufzte, nahm seine Brieftasche heraus, fischte ein paar Hundertdollarnoten hervor, ohne sie zu zählen, und hielt sie Pauline hin. »Hier«, sagte er, »kauf dir was Schönes.«

Sie betrachtete das Geld, rührte es aber nicht an.

»Das ist Pokergeld. Ich habe nicht dafür gearbeitet.«

»Lieber ein Darlehen?«

»Gut.«

Sie nahm das Geld. »Es wird aber dauern, bis ich . . .«

»Verstehe, schon gut.«

»Bist ein netter Kerl, Chubb.«

»Erzähl mir von Hugh.«

Sie nahm die Flasche Scotch vom Boden, goß sich ihr Glas voll und bot die Flasche Dunjee an. Er schüttelte den Kopf. Sie stellte die Flasche auf den Boden zurück.

»Es fing schon in Beirut an«, sagte sie, »aber richtig schlimm wurde es erst in Berlin. Sie haben uns heimgeschickt und Hugh pensioniert. Fast zwei Monate haben wir so wie jetzt gelebt. Ich durfte nichts anrühren. Er saß hier am Fenster in seinem Sessel und starrte durch die Jalousien nach draußen. Er sagte, er warte auf sie. Er schlief auch nur noch auf der Couch. Ich brachte ihm das Essen auf dem Tablett hier ans Fenster. Er aß kaum noch was. Schließlich ging ich los, um sie aufzusuchen, du weißt schon, *sie*, und sie schickten einen Arzt, einen Nervenarzt, schätze ich; zwei Tage später haben sie ihn abgeholt und in dieser privaten Klapsmühle verstaut. Sie ist ja so angenehm, und dienstags und freitags schaffe ich es irgendwie, mich herzurichten, hinzugehen und ihn zu besuchen. Er leidet an paranoider Schizophrenie, behaupten die Ärzte. Ich fürchte, es ist ansteckend.« Sie lächelte trostlos.

»Kann ich ihn sehen?«

»Warum?«

»Ich könnte ihm ein paar Zigarren bringen. Er rauchte doch gern Zigarren.«

»Es geht ihm aber gar nicht gut.«

»Ist er ansprechbar?«

»Meistens schon. Sein Arzt ist Jude. Hugh glaubt, er sei vom israelischen Geheimdienst, der Mossad. Ich weiß nicht, für wen er dich halten wird. Wo warst du inzwischen?«

»In Mexiko«, sagte Dunjee. »Und Portugal.«

»Erfreulich?«

»Ruhig.«

»Ich schätze, ich könnte anrufen und sagen, du seist ein alter Freund von Hugh. Er hat nicht mehr viele. Alle unsere alten Freunde sind jetzt unsere Gläubiger.«

»Ich würde ihn gern heute nachmittag sehen.«

»Ich versuche es.«

Während sie telefonierte, sah Pauline Scullard auf das Geld, das sie immer noch in ihrer linken Hand hielt. Sie schien von seinem Anblick verblüfft. Den Hörer zwischen Schulter und Ohr klemmend, begann sie, das Geld zu zählen. Sie zählte es zweimal. Als das Gespräch beendet war, drehte sie sich zu Dunjee um und sagte: »Du kannst ihn besuchen. Um halb sechs.«

»Ich bringe ihm ein paar Zigarren mit.«

»Das sind tausendvierhundert Dollar, Chubb.«

Dunjee lächelte. »Kauf dir was Schönes.«

»Ein Kleid?«

»Zum Beispiel.«

Das Haus war unendlich alt und lag in einer ruhigen Seitenstraße in St. John's Wood. Das Zimmer, in dem Hugh Scullard auf seinem Bett saß und die Kiste Zigarren öffnete, ging auf die Straße. Am Fenster gab es keine Stäbe, an der Tür, die geöffnet war, kein Steckschloß.

Ab und zu schlurfte ein Patient in Bademantel und Pantoffeln vorbei und wagte den schnellen, fast verstohlenen Blick eines Menschen, der fürchtet erwischt zu werden, ins Zimmer, ehe er weiterschlurfte. Alle Patienten schienen Männer zu sein, mittelalte Männer.

Hugh Scullard, gleichfalls in Schlafanzug, Bademantel und Pantoffeln, nahm eine Zigarre aus der Kiste und hielt sie sich, den Tabakduft genießend, unter die Nase, ehe er die Kiste Dunjee anbot. Dunjee lehnte ab. »Ich habe Zigarren nie was abgewinnen können, Hugh«, sagte er.

»Blödsinn«, sagte Scullard, »rauchen dürfen wir, aber keine Streichhölzer haben. Es gibt da so einen elektrischen Anzünder in der Halle, wo die Schwester sitzt, den müssen wir benützen. Ausgemachter Blödsinn.«

»Hier«, sagte Dunjee und reichte Scullard sein Wegwerffeuerzeug. »Behalt's.«

Scullard lächelte. »Wenn sie das finden, streichen sie mir wahrscheinlich für drei Tage den Nachtisch.«

Er zündete sich mit dem Feuerzeug die Zigarre an, paffte ein paarmal, hielt sie dann von sich weg und betrachtete sie mit sichtlichem Wohlbehagen.

»Wie sah sie aus?« fragte er.

»Pauline?«

»Ja, Pauline.«

»Schlimm.«

Scullard lächelte wieder. Das Lächeln ließ ihn jünger aussehen, fast so jung, wie er wirklich war, fünfzig. Ohne das Lächeln sah er aus wie sechzig, vielleicht fünfundsechzig.

»Immer noch der ehrliche Chubb, wie?«

»Immer noch – wenn ich nicht arbeite.«

»Arbeitest du?«

»Ein wenig«, sagte Dunjee.

»Nicht für sie, hoffe ich.«

»Wer sind sie?«

Scullard nickte gegen das Fenster. »Sieh raus. Auf der anderen Straßenseite steht ein grüner Volvo. Am Lenkrad sitzt ein Mann, etwa fünfunddreißig, sechsunddreißig, dunkler Teint, Brille. Er steht jeden Tag da.«

Dunjee ging zum Fenster und sah hinaus. Der grüne Volvo stand da, und der Mann hinterm Steuer hatte einen dunklen Teint. Eine junge Frau im Regenmantel und mit einem Schirm über der weißen Schwesternhaube hastete über die Straße und stieg in den Wagen.

Der Mann küßte sie. Der Wagen fuhr ab.

»Er scheint seine Frau oder seine Freundin abzuholen«, sagte Dunjee, »offenbar eine Schwester.«

»O ja, sie ist Schwester«, sagte Scullard. »Schwester Ganor. Was, schätzt du, ist das für ein Name?«

»Irisch?«

Scullard buchstabierte ihn.

»Keine Ahnung«, sagte Dunjee.

»Israelisch«, sagte Scullard und fügte bedeutungsvoll hinzu: »Schwester Ganor und Dr. Levin.«

»Dr. Levin ist dein Arzt?«

»Ich habe ihn natürlich gleich erkannt.«

»Wie?«

Scullard lächelte geheimnisvoll. »Er leistete sich einen kleinen Schnitzer, einen winzig kleinen, damit hat er sich verraten. Aber ich habe mir nichts anmerken lassen. Ich habe es Pauline gesagt, die kümmert sich darum. Nächste Woche um diese Zeit sind wir wieder in Beirut.«

»Du verläßt dich auf Pauline?«

»Aber sicher. Warum nicht?«

»Mir scheint, sie steht ziemlich unter Streß. Warum überläßt du das nicht jemand anderem?«

»Wem?«

»Den Libyern, zum Beispiel«, sagte Dunjee, seine Chance wahrnehmend und sich insgeheim weit weg wünschend, nach Sintra oder sogar zurück nach Mexiko. »Du hast doch in New York eine Menge Libyer gekannt. Oder ein paar, wenigstens. Mit all dem Ölgeld haben die jetzt ihre Finger überall im Spiel.«

»Der Oberst ist tot.«

»Ich weiß.«

»Trotzdem . . .« Scullards Gedanken schlidderten vom Thema weg. »Du warst in Mexiko.«

»Eine Weile, ja.«

»Ich habe davon gehört. Sogar darüber gelesen, irgendwo. Der Bakschisch-Mann. Was ist passiert?«

»Sie fingen an, Gefangene auszutauschen, das ist passiert«, sagte Dunjee. »Das Geschäft ließ nach. Genaugenommen fand gar kein Geschäft mehr statt.«

»Seltsame Art von Geschäft, oder?«

»Sehr seltsam.«

»Von der anderen Geschichte geredet.«

»Du meinst die Lib . . .?« Dunjee hielt inne, als Scullard einen Finger auf die Lippen legte und dann mit derselben Hand sein Ohr umschloß, während er mit der Zigarre im Zimmer herumzeigte. Dunjee nickte. Scullard bedeutete ihm, daß die Wände Ohren hätten. Er nahm seinen Kugelschreiber heraus und einen Umschlag und reichte beides Scullard, der eifrig zu schreiben begann und dann den Umschlag an Dunjee zurückgab.

Auf dem Umschlag stand: ›Ruf Faraj Abedsaid an, Kulturattaché, lib. Botsch. Laß ihn wissen, daß ich Donnerstag in einer Woche startbereit bin. Pauline und Mopsy auch.‹

»Ihr alle drei?« fragte Dunjee.

Scullard nickte mit seinem langen dünnen Schädel und sog die Wangen ein, was seinen Kopf fast wie einen Totenkopf aussehen ließ. Seine dunklen Augen waren plötzlich hell und aufgeregt.

»Bist du sicher, daß er der Richtige ist?« sagte Dunjee.

»Wir sind sozusagen im gleichen Beruf, er und ich. Er ist diplomierter Petrotechniker, sogar bei euch in den Staaten ausgebildet. In Oklahoma, glaube ich.« Scullard legte eine Pause ein, leckte sich über die dünnen Lippen, lächelte und sagte: »Sag ihm bitte, ich wüßte genau, wo gebohrt werden muß.«

»Okay«, sagte Dunjee, »ich sage es ihm.«

Als Dunjee durch die Halle am Tisch der Schwester vorbeiging, trat ein Mann in den Dreißigern mit einem adrett geschnittenen Schnurrbart und einem Anzug mit Weste aus seinem Zimmer. »Mr. Dunjee?«

»Ja, bitte?«

»Ich bin Dr. Levin. Hätten Sie einen Augenblick Zeit für mich?«

»Selbstverständlich.«

»Gehen wir doch in mein Sprechzimmer«, sagte Levin und führte Dunjee in einen Raum, in dem ein Tisch aus Nußbaumwurzel stand, der doppelt so groß war wie ein normaler Schreibtisch, dazu zwei Sessel und eine Couch. »Bitte«, forderte Levin Dunjee auf, Platz zu nehmen.

Als sie beide saßen, lächelte Levin und sagte: »Sie sind ein alter Freund von Mr. Scullard, wenn ich richtig verstanden habe.«

»Ja, aus New York.«

»Ich schätze, Sie haben die Veränderungen an ihm bemerkt.«

»Er ist komplett verrückt, nicht wahr?«

Levin lächelte wieder, aber diesmal war es ein trauriges Lächeln. »Ich teile nicht die fast schon krankhafte Abneigung einiger meiner Kollegen gegen dieses Wort und stimme Ihnen folglich zu. Er ist komplett verrückt.«

»Kann sich sein Zustand noch bessern?«

»Ich hoffe.«

»Er glaubt, Sie arbeiteten für den israelischen Geheimdienst. Sie und Schwester Ganor.«

»Bernie Levin, der gefürchtete Mossad-Agent.«

»Er glaubt auch, er werde nächste Woche hier ausbrechen.«

Dr. Levin seufzte. »Nun ja, immerhin hat er noch Pläne für die Zukunft.«

»Ich habe ihm ein Feuerzeug gegeben.«

Dr. Levin seufzte wieder und furchte die Stirn. »Ich wünschte, Sie hätten das nicht getan.«

»Ich auch«, sagte Dunjee.

10

Um sechs Uhr am nächsten Morgen war Dunjee in einem sogenannten Griechischen Klub gelandet und warf billige weiße Teller vor die Füße der Sängerin. Die Sängerin war auch griechisch und leicht angewelkt, hatte aber eine kräftige, klare Stimme und ein strahlendes Lächeln, und Dunjee seinerseits hatte nichts gegen den kleinen Bart, der auf ihrer Oberlippe sproß.

Dunjee war mit seinen beiden neuen besten Freunden, einem weiteren Griechen und einem Ungarn, beide Spieler, hier gelandet. Der Klub, eines jener illegalen Unternehmen, die gegen vier Uhr morgens öffnen, wenn die offiziellen Spielklubs schließen, gehörte einem Mr. Tikopoulous, der von seiner Sängerin sehr angetan schien.

Dunjee hatte inzwischen die Freundschaft zu seinen neuen besten Freunden schon fast zehn Stunden gepflegt. Er hatte sich ihre unwandelbare und lauthals bekundete Freundschaft und uneingeschränkte Loyalität erworben, indem er fast zweitausend Pfund an einem Pokertisch im *Embankment Sporting Club* an sie verloren hatte, der übrigens nicht annähernd am Embankment lag, sondern eher irgendwo neben der Edgeware Road.

Dunjee hatte sein Geld gekonnt verloren, dann und wann hatte er sich sogar gewinnen lassen, um den Schein zu wahren. Das meiste hatten ihm der Grieche und der Ungar abgewonnen. Sie hatten ihn auch bedauernd an den gemeinschaftlichen Busen der Freundschaft gezogen, betrübt seine Verluste beklagt und nach einem oder zwei verstohlenen Blicken in seine immer noch fette Brieftasche vorgeschlagen, sein Glück doch noch mal in einem Schuppen zu versuchen, von dem sie zufällig wüßten und der bis in den frühen Morgen geöffnet hätte.

Der Schuppen war dann ein kleines, dreckiges Unternehmen in Paddington, das einem Mann gehörte, der sich Major Blake nannte und durchblicken ließ, daß er abgedankter Gardeoffizier mit ebenso spannender wie tragischer Vergangenheit sei. Bei Major Blake war es Dunjee wieder gelungen, weitere fünfhundert Pfund überzeugend zu verlieren und auf diese Weise die ohnehin schon unlösbaren Bande der Freundschaft mit dem Griechen und dem Ungarn noch fester zu knüpfen, die nun entschlossen schienen, ihn nicht mehr aus den Augen zu lassen.

Als Major Blake dann im Morgengrauen seine Tore geschlossen hatte, bestanden der Grieche und der Ungar darauf, Dunjee in Mr. Tikopoulous' Griechischen Klub einzuladen, wo man gut griechisch essen, etwas Morgenwhisky trinken und billige weiße Teller vor die Füße der Sängerin werfen konnte.

Der Ungar entdeckte als erster die junge Frau, die Dunjee weiter auf seinen verschlungenen Pfaden zu dem, was er suchte, führen sollte. Sie kam mit einer anderen, etwas älteren Frau in eben dem Augenblick herein, als Mr. Tikopoulous einen frischen Stapel Teller an Dunjees Tisch lieferte.

»Sieh mal, wer da kommt«, sagte der Ungar. Mr. Tikopoulous drehte sich um, strahlte, als er sah, wer da gekommen war, und brachte die beiden Frauen an einen reservierten Tisch neben der kleinen Tanzfläche, die inzwischen scherbenübersät war.

»Wer ist das?« fragte Dunjee, während er einen Teller vom frischen Stapel nahm und in Richtung Sängerin warf, die sich mit einem Lächeln bedankte.

Der Ungar schob bedachtsam die Unterlippe vor, was er offenbar immer zu tun pflegte, bevor er eine seiner gewichtigeren Bekanntmachungen von sich gab. Dunjee war aufgefallen, daß der

Ungar niemals irgend etwas bloß so hinsagte, bei ihm klang alles eher nach Verkündigung. Sein Name war Lou Zentai, und genannt wurde er Ungar Lou, um ihn vom Schützen Lou zu unterscheiden, dem anderen Dauerkunden im *Embankment Sporting Club*. Schütze Lou war Engländer und hatte mal zwei Gastspiele in der Fremdenlegion gegeben, redete aber nicht gern darüber. Ungar Lou seinerseits behauptete, Freiheitskämpfer in Ungarn 1956 gewesen zu sein, und langweilte jeden mit Geschichten über seine Heldentaten vor sowjetischen Panzern.

»Das«, sagte Ungar Lou und betrachtete genüßlich die junge Frau, »das ist wahrscheinlich das Tollste, was du in London bumsen kannst.«

Er sah dann den Griechen an und zog kaum merklich eine Augenbraue hoch. Als Antwort senkte der Grieche ein Augenlid um weniger als einen Millimeter. Sie hatten sich über irgend etwas verständigt, nur wußte Dunjee nicht, über was.

Er betrachtete die junge Frau genauer. Sie war gertenschlank, mit langen, braungebrannten Beinen. Er sah zu, wie sie ihre Jacke auszog. Darunter trug sie eine grüne Seidenbluse, bei der die drei oder vier obersten Knöpfe lässig aufgeknöpft waren. Selbst von Dunjees Platz aus konnte man durch die dünne Seide ihre zwei kleinen festen Brüste sehen. An den Füßen trug sie grüne Sandalen. Ihre Fußnägel waren blutrot angemalt.

Sie wandte sich nach Dunjee um, fing seinen abschätzenden Blick auf und lachte. Er würde sie nie lächeln sehen. Es würde immer das rasche, ungezähmte Lachen sein, bei dem sie schimmernde, sehr weiße, merkwürdig kleine Zähne zeigte, die äußerst scharf schienen. Sie schürzte dann die vollen Lippen wie ein kleines Mädchen. Ein verwöhntes kleines Mädchen. Ihr Kinn war so hübsch wie der lange, schlanke Hals und die kleine Stupsnase, aber das Hübscheste waren ihre Augen. Riesig groß, sehr braun, sehr feucht und sehr leidenschaftlich. Wäre ihr Schmollmund nicht gewesen, sie hätte permanent erstaunt ausgesehen. So sah sie einfach wie ertappt aus. Dunjee konnte sich denken, wobei.

»Sieht teuer aus«, sagte er, während er sich wieder seinen beiden Freunden zuwandte, einen Teller vom Stapel nahm und ihn der Sängerin zuwarf, die ihn wieder mit einem strahlenden Lächeln belohnte.

»Nicht für dich«, sagte der Grieche und schmunzelte ein bißchen. Er hieß Anthony Perdikis und war von Beruf Spieler. Er war auch stiller Teilhaber eines Lokals am Rand von Soho, in dem er sich aber nie blicken ließ, wie er sagte. Mit seinen zweiundvierzig Jahren war der Grieche glatt, schwarzäugig, kahl und auf dem Weg zu Korpulenz.

Perdikis' Schmunzeln verwandelte sich in ein warmes, herzliches Lächeln. Zu warm, zu herzlich, fand Dunjee. Er lächelte noch, als er sagte: »Mein Freund Chubb, du hast verdammtes Pech gehabt. Aber dein verdammtes Pech hat uns Glück gebracht. Also bestehen Lou und ich darauf, daß wir dir ein kleines Geschenk machen.«

Perdikis drehte sich um und schnippte mit den Fingern Mr. Tikopoulous an den Tisch, der auch gleich herbeigeeilt kam. Sie redeten auf griechisch fast eine Minute, und für Dunjee hörte es sich an, wie Griechisch sich immer für ihn anhörte – als werde eine Verschwörung ausgebrütet, möglicherweise eine Revolution, mindestens aber ein Staatsstreich.

Mr. Tikopoulous jedoch schien entzückt über das, was ihm angetragen wurde, denn er warf fortwährend kleine listige Blicke auf Dunjee, lächelte und kicherte unentwegt.

Schließlich ging er weg, kam aber bald mit einer Flasche Champagner und ein paar Gläsern zurück, die er mit einiger Feierlichkeit auf den Tisch plazierte, an dem die beiden Frauen saßen. Sie redeten kurz miteinander, dann kehrte Mr. Tikopoulous an Dunjees Tisch zurück, verneigte sich fast förmlich und sagte: »Die jungen Damen bedanken sich herzlich für den Champagner, Sir, und lassen fragen, ob Sie etwas dagegen hätten, sich zu ihnen zu setzen.«

»Unser kleines Geschenk, lieber Chubb«, sagte Perdikis und legte wieder sein Schmunzeln auf. »Ein kleines Geschenk für einen ganzen Tag, von Lou und mir.«

Dunjee wollte es gerade mit Dank zurückweisen, als Ungar Lou die Unterlippe vorschob und eine weitere Verkündigung von sich gab. »Halte dich von ihren Freunden fern.«

Dunjee zeigte sofort Interesse. »Warum?«

»Die taugen nichts, deshalb. Diebe, Zuhälter, Schurken – alle miteinander. Alle verdammtes Pack.«

»Nun ja, sie sieht irgendwie ganz interessant aus«, sagte Dunjee. »Nur eines paßt mir nicht.«

»Was?« sagte Perdikis.

»Ich zahle für meine Damen immer selbst.«

Dem Griechen gelang es, gekränkt auszusehen. »Aber sie ist unser Geschenk, Lous und meins. Es ist alles abgemacht.«

Dunjee lächelte und stand auf. »In den Staaten, Tony«, erfand er schnell, »glaubt man, es bringe Unglück, wenn man jemand anderen für sein Mädchen zahlen läßt.«

Perdikis quittierte das mit einem Zwinkern seiner schwarzen Augen und einem Nicken. Für Aberglauben bei Spielern hatte er durchaus Verständnis. »Wir sehen dich natürlich heute abend, oder?«

»Darauf kannst du wetten«, sagte Dunjee, nahm einen der letzten Teller und warf ihn vor die Füße der Sängerin, die ihn wiederum mit einem ungeheuren Lächeln belohnte.

Als Dunjee an den Tisch der beiden Frauen trat, blickte er auf die junge Frau in der grünen Bluse hinab, sagte aber nichts. Er schätzte sie auf fünfundzwanzig, womit er richtig lag, aber er schätzte auch, daß sie in zwei Jahren um mindestens zehn Jahre gealtert sein würde.

Sie blickte ihrerseits interessiert zu ihm hoch, eindeutig taxierte sie ihn. Als sie damit fertig war, setzte sie ihr Lachen auf. »Ein Jammer, daß Sie bei der Wahl Ihrer Freunde weniger Geschmack beweisen als bei der Wahl von Champagner«, sagte sie.

Dunjee setzte sich und goß sich ein Glas Champagner ein. »Was paßt Ihnen an meinen Freunden nicht?«

»Alles.«

»Und? Sie kommen ja nicht auf meine Party.«

»Ach, jetzt ist es Ihre Party?«

»Meine Party.«

»Nur wir beide – oder wir drei?«

Dunjee sah zu der hübschen Brünetten hin, vermutlich Ausländerin, mit leeren Augen und einem weichen, zügellosen Mund.

»Wir drei, würde ich sagen, oder?« meinte er zu ihr.

»Ja, natürlich«, sagte die junge Frau in der grünen Bluse, »zu dritt macht es viel mehr Spaß als zu zweit. Entschieden mehr. Ich heiße Vicki Sloan, und das ist meine Freundin Sunday Smith. Das ist kein Witz. Sie heißt wirklich so.«

Sunday Smith hielt offenbar die Zeit für gekommen, auch etwas zu sagen, also sagte sie: »Ich mag Amerikaner«, und fuhr sich langsam mit der Zunge über die Oberlippe.

»Und wie nennen Sie sich heute morgen?« fragte Vicki Sloan Dunjee.

»Dunjee. Chubb Dunjee.«

Sie lachte. Ein lautes Lachen, das oben auf der Tonleiter anfing und bis zum Bariton hinunterkollerte. »Den haben Sie doch nicht gerade erfunden, oder?«

»Nicht um sechs Uhr morgens.«

»Chubb Dunjee«, sagte Sunday Smith, als wäre sie wieder an der Reihe zu reden. »Der Name ist Spitze.«

Die Party begann nach halb sieben am selben Morgen in Dunjees Hotelzimmer im sechsten Stock des Hilton. Sie mauserte sich zu einer milden Orgie, die kurz vor neun endete. Die beiden Frauen zeigten viel Routine, aber wenig Phantasie, und während der kleinen französischen Schau erwischte Dunjee Sunday Smith bei einem kleinen Gähner, obwohl sie sich vor Lust hätte winden müssen.

Um neun war es Zeit, den Damen die schlechte Nachricht mitzuteilen, aber da hatte Dunjee schon dafür gesorgt, daß er ziemlich betrunken war. Trunkenheit war komischerweise etwas, das er nicht überzeugend vortäuschen konnte. Vicki Sloan war hart getroffen. Sehr hart.

»Was soll das heißen, *du hast es nicht*?« fragte sie und schrie fast die letzten vier Wörter heraus.

Dunjee sah aus dem Sessel hoch, in den er gesackt war. Er grinste lässig. »Momentane Geldknappheit, Liebling. Aber keine Sorge, du bekommst dein Geld.«

Nackt, wie sie war, beugte sie sich über ihn, die Arme auf den beiden Sessellehnen. Ihr Gesicht war nur handbreit von seinem entfernt. Er konnte ihren Atem riechen, was nicht angenehm war. Ihre Augen schienen wütend, aber als sie sprach, klang ihre Stimme eher beherrscht. »Du schuldest uns fünfhundert Scheiß-Mäuse, Jack.«

Dunjee nickte freundlich. »Oder tausend Dollar. Wie ihr wollt.«

»Wann?« wollte sie wissen.

Dunjee legte seine Stirn in nachdenkliche Falten. »Wann?« wiederholte er. »Ja, wann? Sagen wir, heute mittag. Wie wäre das? Bis dahin habe ich es. Keine Sorge.«

Sie richtete sich auf, schüttelte langsam den Kopf, während sie ihre Sachen zusammensuchte und hineinschlüpfte. Beim Anziehen sagte sie: »Ich mache mir keine Sorgen. Du bist derjenige, der sich Sorgen machen soll. Wo ist dein Paß?«

»Nimm seinen Scheißpaß«, sagte Sunday Smith.

Dunjee gab vor, sich nicht erinnern zu können, wo er ihn hingetan hatte. Alle drei durchsuchten das Zimmer, bis Dunjee schließlich unter die Matratze sah, wohin er den Paß hatte verschwinden lassen. »Meint ihr den?«

Vicki Sloan schnappte ihn blitzschnell, prüfte ihn und ließ ihn in ihrer Handtasche verschwinden. »Wenn du den wiederhaben willst, rate ich dir, heute mittag mitsamt dem Geld hier zu sein.«

»Du kommst also heute mittag zurück, richtig?« fragte Dunjee, obwohl er es besser wußte.

»Ich? Ich doch nicht. Aber ein anderer.«

Dunjee fand, es sei an der Zeit, die beiden loszuwerden. Er ging um die beiden Frauen herum zur Tür, schob die Riegel zurück und löste die Kette. »Okay, ich zahle an den, der kommt. Ich biete ihm sogar einen Drink an, wenn er Durst hat.«

Vicki Sloan hatte schon die Hand am Türknauf, als sie ihn wütend anstarrte und sagte: »Ich würde nicht versuchen, ihn reinzulegen, wenn ich du wäre. Er kann ganz schön gemein werden, wenn man ihn reinlegt.«

Sie öffnete die Tür und ging, gefolgt von Sunday Smith, die sich jedoch noch die Zeit nahm zu sagen: »Hast du das Geld nicht, Freundchen, dann schneidet er dir dein Scheißherz raus.«

Als sie weg waren, schloß Dunjee die Tür und betrachtete sein verwüstetes Zimmer. Er erwog, das Zimmermädchen kommen zu lassen, vielleicht sogar den Zimmerservice mit Frühstück, entschied sich aber dagegen. Er setzte sich aufs Bett und zündete eine Zigarette an. Nach ein paar lustlosen Zügen drückte er sie aus und legte sich hin. Drei Minuten später schlief er schon tief und fest.

Er schlief noch, als kurz vor zwölf an seiner Zimmertür gehämmert wurde. Dunjee brauchte eine Weile, ehe er richtig wach war. Er kam zu dem Schluß, daß er sich irgendwo zwischen grauenhaft und fürchterlich fühlte. Er ließ weiterhämmern und ging ins Bad, um sich im Spiegel zu betrachten. Er sah noch schlimmer aus, als er sich fühlte – womit er gerechnet hatte. Er schöpfte sich kaltes Wasser ins Gesicht, trocknete es flüchtig, ging dann zur Tür und öffnete sie.

Der Mann vor ihm trug ein graues Tweedjackett und einen grimmigen Blick, aber beim Anblick von Dunjee löste sich der Blick auf in ein trauriges, schiefes Grinsen. »Gott steh' uns bei«, sagte er, »wollen Sie mir wegsterben, Jung?«

»Möglich«, sagte Dunjee. »Kommen Sie herein.«

Der Mann folgte Dunjee ins Zimmer und ließ die Blicke über die Flaschen und Gläser und das zerwühlte Bett schweifen. »Wir haben wohl ordentlich zugelangt, oder?«

»Sind Sie ihr Zuhälter?«

»Ich bin eine arme Seele, Bruder, die das Pech hat, eine Hure zu lieben, und ich sterbe fast vor Durst.« Er holte Dunjees Paß heraus und warf ihn auf den Schreibtisch. »Mit den besten Empfehlungen.«

Dunjee kletterte aufs Bett, reckte sich und entfernte das Gitter der Klimaanlage. Er holte seine Brieftasche heraus, setzte das Gitter wieder ein und sprang zurück auf den Boden. Er öffnete die Brieftasche, als wollte er ihren Inhalt prüfen, und ließ den Mann einen schnellen Blick auf all die Hundertdollarscheine werfen, die sie enthielt. »Kommen Sie, trinken wir was«, sagte Dunjee und zählte zehn Scheine ab.

Der Mann steuerte die Flaschen an. Er war nicht ganz so groß wie Dunjee, aber breiter und mindestens sieben, acht Jahre jünger. Er hatte schütteres blondes Haar, viel zu viel Stirn und die traurigen Augen eines gescheiterten Priesters. Er hatte gerade ausreichend Kinn, aber vielleicht ein bißchen zuviel Mund. Er mixte geschickt die Drinks und reichte Dunjee einen, dann hob er sein Glas und sagte:

»Es lebe der Selbstmord, Junge. Mir scheint das in Ihrer Lage wohl der angemessene und richtige Trinkspruch zu sein.«

»Möglich«, sagte Dunjee, formte die Geldscheine zu einem kleinen Fächer und hielt sie dem Mann hin. Es gab ein kurzes Zögern, ehe der Mann das Geld nahm und in seine Hosentasche stopfte.

»Sie haben überbezahlt, wissen Sie das?«

»Ich weiß«, sagte Dunjee. »Wie heißen Sie?«

»Harold Hopkins, Sir, und bitte würdigen Sie, wie gut ich mit meinen Hs umgehe.« Für einen Londoner war das ein gesellschaftliches Gütezeichen.

Dunjee nickte müde, ging zum nächstbesten Sessel und ließ sich hineinsacken. Hopkins nahm auf der Bettkante Platz. »Ich liebe dieses Weibsstück wirklich«, sagte er. »Ist das nicht schlimm?«

Dunjee schloß die Augen und lehnte den Kopf zurück. »Wie lange haben Sie gesessen, Harold?«

»Sieht man das?«

»Schon. Sie sind ein bißchen zu blaß, selbst für London.«

»Irgendwas war mir vor die Füße gefallen. Machte fünfzehn Monate ohne Bewährung. Vor zwei Wochen bin ich rausgekommen.«

»Was war Ihnen denn vor die Füße gefallen?«

»Eine Perlenkette. Und dies und das aus Gold und Platin. Und ein paar Diamanten.«

»Ich brauche jemanden«, sagte Dunjee, die Augen immer noch geschlossen.

»Und wer könnte das sein?«

»Ein Dieb.«

»Aber, Sir – ein amerikanischer Gentleman wie Sie!«

»Ich brauche einen guten Dieb, Harold«, sagte Dunjee und machte die Augen auf.

Einige Sekunden verstrichen, ehe Hopkins nachdenklich und nicht ohne Würde sagte: »Ich bin ein guter«, und irgendwie wußte Dunjee, daß das stimmte.

11

Als Thane Coombs, Direktor der Central Intelligence, sein großes Büro im siebten Stock des CIA-Hauptquartiers in Langley betrat, mußte er erst mal den massigen, kahlköpfigen Mann wecken, der in einem der am Fußboden arretierten Sessel ein Nickerchen machte.

Die sechs arretierten Sessel bildeten einen Halbkreis vor Coombs' Schreibtisch und waren seine allererste Bestellung, nachdem er als Direktor der CIA den Amtseid geleistet hatte. Der Radius des Halbkreises, der von den Sesseln gebildet wurde, war genau ein Meter fünfzig, und wie Coombs errechnet hatte, genau die Entfernung, die nötig war, um ihm den Atem anderer von der Nase zu halten. Als Chef der CIA sah er keinen Grund, sich diesen Luxus nicht zu leisten. Er hatte eine empfindliche Nase und wollte damit lieber seine Rosen riechen und nicht Atem, der nach Tabak roch oder Alkohol oder faulenden Zähnen oder, schlimmer noch, nach Magensäure, die durch Ehrgeiz und Angst und schlechte Ehen produziert wurde.

Als er auf den großen Mann zuging und mit den Fingern in dessen linkes Ohr schnippte, krauste er die Nase, weil er den Whisky roch und die Zigaretten und den Knoblauch, möglicherweise auch den Hauch von Marihuana. So roch der massige Mann fast immer.

Der schlafende Mensch hieß Alex Reese, und er war auch sofort wach, entschuldigte sich aber nicht, sondern lieferte seine unvermeidliche Erklärung. »Muß einen Moment eingenickt sein.«

Reese konnte überall zu jeder Zeit schlafen und tat es auch. Er war einszweiundneunzig groß und wog zweieinhalb Zentner, wovon ein guter Teil, obwohl nicht alles, sich in der Magengegend niedergelassen hatte. Er war ein Mensch, der Götter und Dämonen verlachte, die Menschheit verachtete und auch Tiere nicht sonderlich mochte. Neun Jahre seines Lebens hatte er beim FBI und zwölf bei der CIA verbracht. Er trank jeden Tag eine Viertelflasche billigen Whisky, das meiste davon vormittags, war von der CIA viermal eingestellt und dreimal gefeuert worden, und hatte feierlich, allerdings in kleinstem Kreis, zwei Verdienstorden bekommen und kurz betrachten dürfen, ehe man sie ihm im Namen der nationalen Sicherheit wieder fortnahm und wegschloß. Er war jetzt vierundvierzig Jahre alt, dreimal verheiratet, dreimal geschieden, und neigte sexuell zu Teenagern, die er schamlos verfolgte. Hätte es sein Hirn nicht gegeben, wäre er untragbar gewesen. Sein Hirn aber war außergewöhnlich.

Coombs ging hinter seinen Schreibtisch und schniefte argwöhnisch. »Verraten Sie mir eins«, sagte er, »baden Sie je?«

»Jeden Samstag abend«, sagte Reese und fügte hinzu, weil es so alt und abgedroschen war: »Ob ich es nötig habe oder nicht.« Anschließend lachte er sein nervenzerfetzendes Lachen, das irgendwo zwischen dem Brüllen eines See-Elefanten und dem schlauen Gebell eines Fuchses lag.

Coombs seufzte und setzte sich hin. Reese versuchte, den arretierten Sessel näher zum Schreibtisch zu rücken, und ließ dabei den Papierstapel vom Schoß rutschen. Er ging runter auf Hände und Knie und sammelte ihn auf. »Warum müssen Sie überhaupt diese verdammten Sessel an den Boden ketten?« fragte er, während er sich wieder setzte. »Haben Sie Schiß, irgendwer könnte einen fahren lassen?«

Coombs schloß die Augen und lehnte sich zurück. »Lesen Sie vor, was Sie haben.«

Reese nahm ein Blatt Papier vom Schoß und begann, den Auszug aus der Pressekonferenz, die vor zweiundzwanzig Minuten im Weißen Haus zu Ende gegangen war, vorzulesen. Er las in monotonem Baß ohne jede Modulation.

»*Los Angeles Times*: Mr. President, vor fünf Tagen brach die libysche Delegation aus heiterem Himmel ihren Besuch ab und flog nach Tripolis zurück. Nach meinen Informationen wurde die Reise abgebrochen, weil Ihr Bruder sich geweigert hatte, die Libyer zum Glücksspiel nach Las Vegas reisen zu lassen. Ist das Ihrer Meinung nach vorstellbar?
Präsident: ›Nein. (Gelächter). Ich bezweifle auch ernsthaft, daß Bingo je versuchen würde, irgendwen von irgendwas abzuhalten, das er gern tun möchte, vornehmlich, wenn es um Glücksspiel geht. Wie Sie wissen, ist mein Bruder so eine Art Freigeist.‹ (Gelächter).

United Press International: ›Mr. President, Frank Milroy, Polizeichef von Las Vegas, sagt, Ihr Bruder habe ihn aus Los Angeles angerufen und um maximalen Schutz für die libysche Delegation gebeten. Aber dann sei die Delegation gar nicht aufgetaucht. Polizeichef Milroy hat bisher vergebens versucht, Ihren Bruder zu erreichen. Meine Frage, Sir: Können Sie uns sagen, wo Ihr Bruder sich aufhält oder ob er auf irgendeine Weise die libysche Delegation gekränkt oder beleidigt hat?‹

Präsident: ›Das sind zwei Fragen. Zur ersten: Bingo meldet sich nicht bei mir, ich melde mich bei ihm. (Gelächter). Ich habe vor ein paar Tagen indirekt von ihm gehört. Er hat die libysche Delegation in keiner Weise beleidigt. Sie hat den Besuch aus eigenen, uns unbekannten Gründen abgebrochen.‹

Chicago Sun-Times: ›Sie haben also keine Erklärung für den Abbruch der Reise, Sir?‹

Präsident: ›Nein, bedaure. Das müßten Sie die libysche Delegation fragen.‹«

»Er ist billig weggekommen«, sagte Reese und legte das Blatt auf den Schoß, um sich eine Zigarette anzuzünden. Er riß ein Streichholz an, blickte sich nach einem Aschenbecher um und ließ das

Streichholz, weil er keinen fand, auf den Teppichboden fallen.

Coombs hievte sich so weit aus dem Sessel, bis er sich über die Schreibtischecke hinweg vergewissern konnte, daß das Streichholz aus war. Während er sich wieder hinsetzte, sagte er: »Schon bemerkenswert. Er hat die Sache durchgezogen, ohne wirklich zu lügen. Was sonst noch?«

Reese schien die Frage nicht gehört zu haben. Er kratzte sich genüßlich am Hosenstall und blickte zur Decke. »Wissen Sie was? Ich glaube, ich habe Läuse.«

»Herr, gib mir Kraft«, flüsterte Coombs.

Reese fuhr fort, sich zu kratzen, bis er schließlich zufrieden aufseufzte und lächelte. »Aaah, jetzt ist's besser.« Er blickte zu Coombs hinüber, und sein Lächeln verschwand. »Sie geben mir diesen Haufen Scheiße, wann – vor fünf Tagen? Yeah, fünf. Sie geben ihn mir, weil ich dicht und der einzige bin, der das Hirn hat, damit was anzufangen. Also, ich bin da auf ein paar saftige Punkte gestoßen, aber ehe wir einsteigen, möchte ich über die Bezahlung reden. Ich will London.«

»Unmöglich.«

»Dann können Sie mich mal . . .«, sagte Reese und stand auf.

»Rom.«

»London oder nichts.«

»Warum nicht Rom? Das Klima ist gesünder, das Essen ist unvergleichlich viel besser, die Arbeit befriedigender. Ich wäre entschieden lieber Chef in Rom als in London.«

Reese schüttelte entschlossen den Kopf. »Wissen Sie«, sagte er, »es gibt da vierzehn-, fünfzehnjährige Puppen in London, die . . .«

»Okay, London«, sagte Coombs und flüsterte: »Gott verzeih mir.«

»Wunderbar«, sagte Reese und teilte mit einem glücklichen, angegilbten Lächeln sein Gesicht in zwei Hälften. Über dem Lächeln saß seine große Nase, die sich aufwärts erst nach rechts, dann nach links, dann wieder nach rechts bog. Die zwei geheimnisvollen grauen Augen zu beiden Seiten blickten unter buschigen, mächtigen Brauen in scheinbar ungläubigem Staunen auf die Welt. Die Stirn war von Denkerfalten zerfurcht, die sich bis dorthin hochschoben, wo der Haaransatz gewesen wäre, wenn es noch Haar gegeben hätte, das es aber bis auf einen braungrauen, schütteren Kranz um Ohren und Nacken nicht mehr gab. Unten endete das Gesicht in einem mächtigen, aggressiven Kinn fast von der Größe einer Faust. Alles in allem war es ein häßliches, aber irgendwie weises Gesicht, vielleicht ein Gesicht aus der Renaissance, weise und verderbt.

»Punkt eins«, sagte Reese und schnippte seine Zigarettenasche auf den Teppichboden. »Bingo ist nicht mehr in Libyen.«

»Woher wissen Sie das?«

»Von den Ägyptern.«

»Erbarmung«, sagte Coombs nur.

»Ich kann es mir nicht aussuchen.«

»Das akzeptiere ich nicht.«

Reese schien egal, was Coombs akzeptierte. »Sie sind an mich herangetreten. Dieser schleimige Wahab, erinnern Sie sich?«

Coombs nickte.

»Er hatte gerüchteweise gehört, daß die Israelis Felix geschnappt hätten. Er wollte wissen, was wir gehört hatten. Ich habe ihm gesagt, ich würde mich für ihn umhören, wenn er was für mich prüfen würde. Ich verkaufte ihm das Märchen vom prominenten Amerikaner, der in Libyen verlorengegangen ist oder sich verirrt hat. Ich habe ihm gesagt, ich müßte wissen, wo der Amerikaner sich aufhält – präzise. Die Story klang ziemlich windig, weil die Ägypter ja wissen, wie beschissen unser Verhältnis zu Libyen ist, trotzdem hoffte ich, fündig zu werden. Als der alte schleimige Wahab dann wieder bei mir auftauchte, konnte er sich vor Lachen kaum halten. Der ›prominente Amerikaner‹, sagte er, und ich konnte förmlich hören, wie er ihn in Anführungszeichen packte, also, der ›prominente Amerikaner‹ wäre für vierundzwanzig Stunden in Tripolis gewesen und dann woanders hingebracht worden – außer Landes, nur konnte Wahab, so gerissen und schleimig er sein mag, nicht rausfinden, wohin. Aber er weiß, daß es Bingo ist.«

Coombs seufzte. »Wie lange, schätzen Sie, wird er den Mund halten?«

»Eine Woche vielleicht. Ich habe ihm gesagt, daß ein neuer Mercedes 450 S vor seiner Türschwelle steht, wenn er eine Woche den Mund hält, und daß ich ihm seinen verdammten Arm breche, wenn er ihn nicht hält. Vielleicht schafft er eine Woche, vielleicht nicht.«

Coombs nickte und machte sich Notizen. »Aber die Ägypter

glauben inzwischen auch, wir hätten Felix?«

»Yeah, sie glauben das, weil die Libyer es glauben. Ich ließ sie dabei.«

»Gut«, sagte Coombs. »Es scheint das einzige, was der Präsident in der Hand hat zum Handeln.« Er legte den Bleistift hin und inspizierte seinen linken Handrücken. »Uns bleiben zwei Aufgaben: Finden Sie erstens heraus, wer Felix wirklich hat, und holen Sie ihn zurück, und zweitens, wo der Bruder des Präsidenten gefangengehalten wird.« Er verlagerte seinen Blick von seiner Hand zu Reese. Es war ein kalter Blick, voller Vorwurf, und sein Ton war noch kälter. »Im Augenblick scheint die Summe unserer Erkenntnisse zu sein, daß, Punkt eins, Bingo McKay nicht mehr in Libyen ist, obwohl wir nicht die leiseste Ahnung haben, wo er sein könnte. Punkt zwei, Sie haben nicht den geringsten Anhaltspunkt, wo Felix sein könnte oder wer ihn entführt hat.«

»Daran arbeite ich«, sagte Reese und kratzte sich am Ohr.

»Legen Sie Tempo zu.«

»Ein anderer Punkt«, sagte Reese, »Paul Grimes.«

Coombs' linke Augenbraue formte einen interessierten Bogen. »Oh!«

»Er war gleich nach Ihnen beim Präsident und fing dann an, sich in der Stadt über Chubb Dunjee umzuhören. Erinnern Sie sich?«

Coombs nickte nachdenklich. »Mexiko.«

»Yeah, Mexiko. Grimes flog anschließend nach Lissabon und nahm ein Taxi nach Sintra, weil Dunjee sich vergraben hatte. Einen Tag später flog Dunjee nach London.«

»Und Mr. Grimes?«

»Ist auch da.«

»Interessant. Mr. Dunjee. Was erzählt man sich so über ihn?«

»Jeder hält ihn für einen verkrachten Politiker.«

»Und Sie?«

»Ausgesprochen umsichtig«, sagte Reese, »sehr gerissen, Einzelgänger, Tüftler. Kein Verhaltensmuster.«

»Ein brillanter Kopf?«

Reese dachte nach. »Jedenfalls mordsgescheit.«

»Mordsgescheit«, sagte Coombs und machte sich wieder Notizen. »Halten wir mit ihn Kontakt. Lose, natürlich.«

»Natürlich«, sagte Reese, stand auf und trat an Coombs' Schreibtisch, wo er die zentimeterlange Asche drohend über die polierte Oberfläche hielt, bis Coombs ein kleines Keramikschälchen aus der Schublade holte. Reese drückte zufrieden seine Zigarette darin aus und reichte Coombs zwei eng betippte Bögen.

»Was ist das?«

»Gedankensplitter«, sagte Reese. »Mitternächtliche Träumereien. Und – es gibt keine Kopien.«

»Reden Sie schon.«

»Über die libysche Besuchsreise. Niemand weiß eigentlich genau, wie sie überhaupt zustande gekommen ist.«

»Die Libyer hatten darum gebeten.«

Reese schüttelte den Kopf. »Eben nicht.«

Coombs furchte die Stirn. »Lassen Sie mich nachdenken«, sagte er. »Das Weiße Haus hat ein paar Andeutungen durchsickern lassen, wenn ich mich richtig erinnere. Vielleicht war es auch Bingo McKay. So gesehen war es ja seine Schau, seine und die des Präsidenten.«

Wieder schüttelte Reese den Kopf. »Auch falsch. Ich habe das gecheckt. Zunächst war es ein Gerücht bei den UN in New York. Übrigens verdammt schwer festzustellen. Das Gerücht war simpel. Öl für Waffen. Libyens Öl – unsere Waffen. Dasselbe Gerücht tauchte aber zu etwa der gleichen Zeit auch in Rom auf. Unsere Botschaft bekommt Wind davon, und plötzlich ist es kein Gerücht mehr. Es mausert sich zu einer netten kleinen Story auf Seite sechsundzwanzig der *New York Times*, vom Rom-Korrespondenten, die davon handelt, daß die Libyer nicht die Absicht haben, zu einem Schaufensterbummel in die Vereinigten Staaten zu reisen. Das Auswärtige Amt antwortet höflich in zwei- bis dreihundert Wörtern, daß die Libyer gar nicht eingeladen worden sind. Und damit stirbt die Sache – für etwa eine Woche.«

Coombs nickte, als erinnerte er sich. »Dann was?«

»Sie wurde wiedergeboren.«

»Eine Art Auferstehung?«

»Art von, ja.«

»Wer war . . . dabei?«

»Der Botschafter in Rom, zum Beispiel. Ihm war auf Umwegen zu Ohren gekommen, daß die Libyer es sich anders überlegt hatten.«

»Er hörte das von wem?«

»Den Nigerianern. Und was passiert dann? Es erfolgt eine

sorgfältig formulierte Antwort auf eine sorgfältig gestellte Frage bei einer der üblichen Pressekonferenzen des Außenministeriums, die praktisch besagt, daß das Außenministerium keine Einwände gegen einen *privaten* Schaufensterbummel der Libyer hätte. Tja, der Junge vom Außenamt hat das noch nicht mal richtig ausgespuckt, da schicken ein paar Ölgesellschaften unten in Houston schon eine Einladung an die Libyer. Andere Ölfirmen stimmen mit ein, Bingo McKay wird der inoffizielle Fremdenführer und die Reise ist geritzt.«

Coombs grübelte, als hätte er Schwierigkeiten beim Addieren einer Zahlenreihe. »Wie lange hat das alles gedauert?«

»Von Anfang bis Ende? Etwa drei Monate.«

»Hm. Und die Nigerianer haben mitgemischt, die ganze Zeit?«

»Ja.«

»Haben wir mit ihnen gesprochen?«

»Ich, ja. Hier und in New York. Ihre UN-Jungs sind ziemlich sicher, daß sie das Gerücht zuerst aus Gambia hörten – obwohl sie dafür nicht den Kopf verwetten würden, da sie es für möglich halten, daß das Gerücht gleichzeitig auch in Rom gehandelt wurde.«

»Gambia«, sagte Coombs nachdenklich. Er starrte Reese an und wiederholte für sich: »Gambia.«

Reese sagte erst mal gar nichts. Er zündete sich eine Zigarette an und fragte dann: »Gibt's hier eigentlich was zu trinken?«

»Interessant«, sagte Coombs, griff dabei automatisch in eine untere Schublade, stellte eine Flasche kalifornischen Brandy auf den Schreibtisch neben die silberne Thermoskanne mit kaltem Wasser und beobachtete mißbilligend, wie Reese sich eine gehörige Portion in ein Glas goß. »Wir sollten nicht vergessen, Reese, daß Felix in London in der Zeit entführt worden ist, als die Libyer sich bei uns die Auslagen betrachteten. Vielleicht eine zufällige Gleichzeitigkeit, obwohl ich seit langem überzeugt bin, daß die Natur so was verabscheut, ebenso wie ein Vakuum. Beides ist unnatürlich.«

»Kommt aber vor«, sagte Reese und leerte sein Glas.

Coombs hob die Schultern und sagte wieder nachdenklich: »Gambia.«

»Sie landen immer bei Gambia, oder?«

Coombs nickte. »Bei Dr. Joseph Mapangou, präziser.«

»Dem widerlichen kleinen Scheißer.«
»Trotzdem ein höchst brauchbarer Kanal, wie ich höre.«
»Ist die Kloake auch; brauchbar, meine ich.«
»Am besten redet mal jemand mit ihm, mit Dr. Mapangou.« Coombs blickte Reese an. »Zu welchem Stamm gehört er eigentlich?« fragte er und hoffte, Reese wüßte es nicht, ahnte aber schon, daß er vergebens hoffte.
»Mandingo«, sagte Reese auch prompt. »Wäre er kein Mandingo, hätte er es nicht in die UN geschafft.«
»Sie reden mit ihm, nicht wahr?«
»Mapangou?« sagte Reese. »Sicher, ich rede mit ihm.«

12

Der pensionierte Malteser Schmuggler war schon über siebzig und hätte eine Brille brauchen können, aber seine Augen waren doch noch scharf genug, um die Dreißig-Meter-Yacht wiederzuerkennen, die morgens im Hafen festgemacht hatte. Er kannte sie gut, weil sie in Valletta unter englischer Aufsicht vor fünfundzwanzig Jahren gebaut worden war. Oder sechsundzwanzig?
Sie war für den König gebaut worden, erinnerte er sich. Den König von Libyen. Er versuchte, sich seines Namens zu erinnern, aber er wollte ihm nicht einfallen, also gab er's auf und war zufrieden, einfach auf dem Kai zu sitzen, den Rücken an die sonnengewärmte Holzkiste gelehnt, und die Gedanken wandern zu lassen und zuzusehen, wie die drei Zollbeamten an Bord der Yacht gingen.
Als die drei Zollbeamten nach weniger als zehn Minuten eilig die Yacht wieder verließen, mutmaßte der Alte, daß sie allesamt um ein paar Pfund reicher waren. Er machte ihnen daraus keinen Vorwurf. Wer konnte wirklich hingebungsvoll einen Job versehen, der von einem verlangte, daß man ausgerechnet die Reichen und Mächtigen piesackte? Und die Libyer waren inzwischen beides, reich und mächtig.
Der Alte hatte für die Libyer nicht viel übrig, die sich in den letzten Jahren auf Malta drängelten, für diese Großmäuler mit ihren großen Plänen und ihren Ölmillionen – obwohl ihre Großmäuligkeit in den letzten Monaten nachgelassen hatte. Aber so gesehen hatte er auch für die Engländer und die Italiener und die

Franzosen nicht viel übrig, oder für die Deutschen.

Der Alte hatte schon lange das Gefühl, daß immer noch zuviel Ausländer auf Malta waren. Immer schon gewesen waren. Jetzt waren es eben die Libyer und die deutschen Touristen und auch die Amerikaner mit ihrer Jeansfabrik. Engländer waren rarer geworden. Nicht mehr so zahlreich wie vor fünfundzwanzig Jahren, als sie die Yacht des abgesetzten Königs Idris gebaut hatten.

Der Alte freute sich, daß ihm der Name des libyschen Königs doch noch eingefallen war. Aber so ging es ihm immer. Wollte er sich gewaltsam an was erinnern, funktionierte es nicht. Erst wenn er seinen Gedanken freien Lauf ließ, ja, sie sogar ein bißchen fliegen ließ wie die Möwen im blauen Himmel, fand sich ein, wonach er gesucht hatte. Immer. Nun ja, fast immer.

Der Alte rückte sich zufrieden ein bißchen bequemer zurecht, holte eine Zigarette aus der Tasche und zündete sie mit einem französischen Feuerzeug an. Sein Name war Mario Cagni, aber seit Jahren nannten die meisten ihn Jimmy, wegen des amerikanischen Filmschauspielers, der immer die Gangster spielte, die umgebracht wurden, obwohl der sich anders schrieb und auch anders ausgesprochen wurde. Trotzdem nannten fast alle ihn immer noch Jimmy, wenn auch die meisten, besonders die Jungen, nicht mehr wußten, weshalb, und es auch gar nicht wissen wollten.

Cagni war Schmuggler gewesen, fünfzig Jahre lang, und ein guter. Jetzt, pensioniert und bei der verwitweten Tochter lebend, die ihn nicht den ganzen Tag im Haus haben wollte, verbrachte der Alte viel Zeit am Hafen in der Nähe der Boote, die für so viele Jahre ein unerläßliches Zubehör seines Berufs gewesen waren.

Er hatte fast schon beschlossen, aufzustehen und sein bevorzugtes Café anzusteuern, um seinen Morgenkaffee zu trinken, als der Japaner an Bord der Yacht ging. Cagni fand das interessant. Nicht gerade aufregend, aber interessant genug, um am Kai mit dem Rücken gegen die sonnenwarme Holzkiste und den Augen auf der Yacht sitzenzubleiben. Er senkte die Augen gerade lang genug, um einen Bleistift und ein Stück Papier aus seiner Tasche zu holen und aufzuschreiben »ein Asiate (vielleicht Japse?) mit Kamera, 10 Uhr 17«. Dann zündete er sich eine neue Zigarette an und wartete ab, ob noch irgendwas Interessantes passierte.

Um zwanzig nach zehn ging der Deutsche an Bord. Jedenfalls sah er für Cagni deutsch aus – all das blonde Haar und die weiße Haut und kein Hals. Er notierte »ein Deutscher (oder Holländer?) 10 Uhr 20, 70–75 kg, ca. einsachtzig, tres blanc.«

Cagni war ungeheuer stolz auf seine Sprachkenntnisse. Er sprach vier Sprachen, ohne Maltesisch, und keine sonderlich gut. Am stolzesten war er auf sein Französisch, das sich in seiner Branche als höchst nützlich erwiesen hatte, besonders bei den Geschäften mit den Korsen. Es war dann auch Französisch, dessen er sich bediente, um die junge, dunkelhaarige Frau zu beschreiben, die um Viertel vor elf an Bord ging. Cagni schrieb, daß sie »tres jolie« sei.

Anschließend wartete Cagni bis halb zwölf, aber als nichts Interessantes mehr passierte, stand er auf, streckte sich und beschloß, den Polen aufzusuchen, um zu sehen, ob er ihm verkaufen konnte, was er notiert hatte.

Unter König Idris I. hatte die Yacht *Sunrise I* geheißen, und der Name stand in goldenen Lettern auf arabisch und englisch an Bug und Heck. Jetzt war sie in *True Oasis* umgetauft, der Name stand entsprechend den internationalen Gepflogenheiten immer noch in Goldbuchstaben auf arabisch und englisch an Bug und Heck, aber die englischen Lettern waren auffällig kleiner als die arabischen.

Unten in der kleinen Kabine neben der, die einmal der königliche Salon gewesen war, hatte Ko Yoshikawa sein rechtes Auge gegen das sogenannte Fischauge gepreßt, das optische Überwachungssystem, das in die Trennwand eingebaut worden war. So konnte er beobachten, wie Dr. Abdulhamid Souri den Verband auf der linken Seite von Bingo McKays Kopf wechselte, auf der Seite, wo er kein Ohr mehr hatte.

Seit der Entführung von Felix hatte Ko das Kommando über den verbliebenen Rest der Gruppe Roter Amboß übernommen, nach einer lustlosen Wahl, die in Rom stattgefunden hatte. Ko war durch mündliche Abstimmung gewählt worden, die Stimmen bestanden aus einem gelangweilten Nicken des wimpernlosen Deutschen, Bernt Diringshoffen, und einem gleichgültigen Schulterzucken der in Algerien geborenen Françoise Leget.

Um die Terroristengruppe aufzufüllen, hatten sie in Rom vier mögliche Kandidaten geprüft, drei italienische Kommunisten und einen Veteranen der amerikanischen Bewegung. Alle fielen durch, die Italiener wegen Provinzialismus – sie hatten durchblicken lassen, daß sie jeden Abend zum Essen gern wieder zu Hause wären –, und der Amerikaner wegen Dilettantismus, was übersetzt hieß, daß er drogensüchtig und bloß auf Geld aus war, um seine Neigung zu finanzieren.

Ko wandte sich vom Fischauge ab und dem hageren, nervösen Libyer mit dem Zucken im linken Augenwinkel zu, der auf der Kante eines Chromstuhls hockte. Der hagere Mann war Ali Arifi, der libysche Verteidigungsminister.

»Sie haben es also tatsächlich abgeschnitten?« fragte Ko, als Diringshoffen aufgestanden war, um seinen Platz einzunehmen. Françoise Leget saß auf der Kante der Koje und rauchte mit nervösen, irritierten Bewegungen.

Da Kos Frage eindeutig rhetorisch gewesen war, sah Arifi außer einem Nicken keinen Grund für eine Antwort.

»Und wie haben die Amerikaner sich geäußert?« sagte Ko.

»Präsident McKay besteht darauf, mit seinem Bruder zu sprechen, ehe er in Verhandlungen eintritt. Behaupten wenigstens die Nigerianer.«

»Felix ist tot«, sagte Françoise Leget.

Arifi blickte erst sie und dann Ko überrascht an.

»Sie hatte einen Traum«, sagte Ko. »Im Traum war Felix in einen amerikanischen Wagen gesetzt und von einer Schrottpresse zu einem niedlichen Würfel zusammengefaltet worden. Sie glaubt an Träume.«

Das tat Ali Arifi auch, sah aber keine Notwendigkeit, es zu erwähnen. Statt dessen blickte er auf seine Uhr und sagte: »Ich muß gehen.«

»Wir müssen sie zwingen, uns mit Felix reden zu lassen«, sagte Françoise Leget und drückte ihre Zigarette aus. »Es war ein Chevrolet. Der Wagen, in dem Felix starb.«

Niemand beachtete sie. Bernt Diringshoffen drehte sich um und sah die anderen mit einem amüsierten Lächeln an. »Sie haben es wahrhaftig abgeschnitten«, sagte er.

»Die Nigerianer sind bereit, bei den Verhandlungen zu vermitteln, richtig?« sagte Ko zu Arifi.

Arifi nickte. »Ihr Botschafter in den Staaten fliegt nach Rom.

Ein Mann, der Dokubo heißt. Olufemi Dokubo. Scheint ganz vernünftig, vielleicht etwas zu selbstgefällig.«

»Sie kennen ihn?«

»Ja.«

»Und Abedsaid fliegt wann von London nach Rom?« Ko bezog sich auf Faraj Abedsaid, den Kulturattaché der Libyschen Botschaft in London.

»Irgendwann morgen«, sagte Arifi. »Er hat unsere absolute Vollmacht für die Verhandlungen.«

»Wir verschwenden doch nur Zeit«, sagte Françoise Leget, »Felix ist tot.«

»Halt den Mund, Françoise«, sagte Ko, ohne sie anzusehen. Sie stand auf und ging zur Fischaugenlinse.

»Die Amerikaner werden uns nicht mit Felix reden lassen«, sagte Diringshoffen. »Das ist nicht ihr Verhandlungsstil.«

»Der Oberst besteht darauf«, sagte Arifi. »Er war eisenhart.«

»Ist er . . . verstimmt?« fragte Ko.

»Er ist schlicht wütend.«

Ko nickte, als überraschte ihn das nicht. »Ich finde«, sagte er, »ich finde, wir sollten ihnen einen Beweis liefern, daß McKay lebt. Ein Polaroidfoto von ihm mit der Zeitung von heute sollte genügen. Dann könnten wir auf einem ähnlichen Beweis für Felix' Wohlbefinden bestehen.«

»Wo ist die Frau?« fragte Françoise Leget, sich umdrehend.

»In der Kabine auf der anderen Seite des Salons«, sagte Arifi.

»Erlauben Sie ihnen, für bestimmte Zeiten zusammenzusein?«

»Wir haben sie heute morgen kurz miteinander reden lassen.«

»Sie sollten sie getrennt halten«, sagte Françoise Leget, »getrennt, gefesselt und die Augen verbunden, jedenfalls die meiste Zeit. Das macht sie fertig.«

Das Zucken an Arifis linkem Auge verstärkte sich. »Ja, gewiß, Sie sind die Profis auf dem Gebiet. Deshalb sind Sie für die Überwachung verantwortlich.«

»Was ist mit der Crew?«

»Die Crew wie die Soldaten sind angewiesen, Ihren Befehlen zu gehorchen, außerdem darf niemand an Land.«

»Und der Zoll?«

»Großzügig bestochen – aber nicht großzügig genug, um Argwohn zu erregen.«

»Wie lange können wir hier in Valletta bleiben?« fragte Ko.

»Solange erforderlich«, sagte Arifi. »Nach Rom ist es mit dem Flugzeug ein Katzensprung. Die Verbindungen mit dem Oberst in Tripolis funktionieren einwandfrei. Und die Malteser sind gastfreundlich und überhaupt nicht neugierig.«

»Woher wissen wir, daß Ihr Geheimdienst so gut ist, wie Sie behaupten?« fragte Françoise Leget und zündete sich eine Zigarette an.

»Wenigstens«, sagte Arifi steif, »haben wir keine Informanten unter uns.«

Françoise Leget errötete und wollte etwas sagen, änderte aber ihre Absicht und paffte hektisch an ihrer Zigarette.

»Tja dann«, sagte Arifi unbeschwerter, als ihm zumute war, »sehen wir bei Mr. McKay rein?«

Ko machte das Polaroidfoto von Bingo McKay, auf einem Stuhl sitzend, die *International Herald Tribune* mit der ersten Seite zur Kamera in Händen.

»Beweis dafür, daß ich noch springlebendig bin, wie?« sagte er.

»So etwas in der Art, ja«, sagte Arifi.

»Und das Trio hier ist der Restbestand vom Unternehmen Felix, von dem Sie mir erzählt haben?«

»Sie sind mit Ihrer Überwachung beauftragt.«

»Richtig netter Restbestand«, sagte Bingo und zwinkerte Françoise Leget zu.

»Tut das Ohr sehr weh, Monsieur?« fragte sie.

»Überhaupt nicht, kleine Lady, aber nett von Ihnen, zu fragen. Der alte Doktor Souri hier ist ein tadelloser Ohrabschneider. Sollte ich je vorhaben, mir das andere abschneiden zu lassen, gehe ich garantiert zu ihm.«

»Ich verlasse Sie jetzt, Mr. McKay, und kehre nach Tripolis zurück«, sagte Arifi.

»War ausgesprochen nett, mit Ihnen zu reden, Exzellenz. Aber ich finde doch, Sie sollten was gegen das Zucken tun – der Doktor sollte Ihnen irgendwas spritzen, ehe Sie abreisen.«

Arifis Hand fuhr unwillkürlich zu seinem linken Augenwinkel, wo es heftig zuckte. »Goodbye, Mr. McKay.«

»Ach, ehe ich's vergesse, Exzellenz. Besteht für mich irgendeine Chance, an ein bißchen Whisky zu kommen, um mich aufzuwärmen? Vorausgesetzt natürlich, daß es Ihnen keine religiösen Probleme bereitet. Das möchte ich natürlich vermeiden.«

»Ich . . . Ich kümmere mich darum«, sagte Arifi und eilte aus dem Salon.

Bingo McKay reckte sich, lächelte und zwinkerte Françoise Leget wieder zu. »Wir sind nicht zufällig an der Riviera, kleine Lady?« sagte er. »Ich frage, weil Sie mich Monsieur genannt haben, weil das Französisch ist und ich also schätzte, daß wir vielleicht in Cannes festgemacht haben oder in einem anderen hübschen Hafen.«

Ko lächelte, schüttelte den Kopf und sagte: »Guter Versuch, Mr. McKay.«

McKay lächelte zurück. »Nennen Sie mich Bingo.«

Der Pole, den Mario Cagni, der pensionierte Schmuggler, aufsuchen wollte, war genau besehen Amerikaner der dritten Generation aus Pittsburgh, mit dem polnischen Namen Frank Krystosik. Er war Systemanalytiker für die Alamo-Textilfabrik, die Jeans produzierte und das größte Privatunternehmen auf der Insel war. Krystosik war noch Teilzeitspion für die CIA. Jedenfalls hielt er sich dafür. Der CIA-Dienststellenchef in Rom hielt ihn für einen eher unbedeutenden Mitarbeiter von ohnehin zweifelhaftem Wert, während das CIA-Hauptquartier in Langley von seiner Existenz so gut wie gar nichts wußte.

Krystosik lieferte sporadisch Berichte über die Libyer und ihre wirtschaftlichen Aktivitäten auf Malta, die in den letzten Jahren bemerkenswert zugenommen hatten. Nichts von dem Zeug war von sonderlichem Interesse, das meiste stand ohnehin entweder im *Economist* oder den römischen Zeitungen. Nur ab und zu förderte er Brauchbares zutage, und deshalb behielt der Dienststellenchef in Rom ihn und schickte ihm sogar von Zeit zu Zeit ein bißchen Geld.

Krystosik benutzte das Geld, um sich etwas aufzubauen, das er für sich das Krystosik-Netz nannte, von dem niemand auch nur eine Ahnung hatte. Es bestand wesentlich aus alten Schmugglern wie Cagni und pensionierten britischen Berufssoldaten, die mit ihren Malteser Frauen auf Malta geblieben waren. Sie hatten herausgefunden, daß nachgerade alles, was sie Krystosik andienten, wahr oder erfunden, ihnen mindestens einen Lunch und ein oder zwei Bier einbrachte, wenn nicht sogar Bargeld. Das Krystosik-Netz wäre weiter gespannt gewesen, wenn nicht die alten Schmuggler und die Ex-Soldaten eifersüchtig über die Mitgliederliste gewacht hätten. Lücken im Netz taten sich nur durch Tod oder Haftstrafen auf, die durch Nachwahlen geschlossen wurden. Die Warteliste dafür war vergleichsweise lang.

Krystosik benutzte oft seine Mittagspause, um sich mit seinen Agenten zu treffen – eine Gepflogenheit, die von seinen Agenten eifrig gefördert wurde, nachdem sie gemerkt hatten, daß Krystosik jedesmal zuverlässig die Rechnung an sich nahm.

Cagni und Krystosik trafen sich in einem kleinen Lokal, das für seine Kalbfleischgerichte berühmt war. Cagni hatte gerade eins verspeist und saß beim dritten Glas Wein. Krystosik hatte es sich zur strikten Regel gemacht, nie mit seinen Agenten zu trinken. Er hatte viele solcher Regeln, und viele davon stammten aus dem kompletten, sorgfältig gesammelten Paperback-Oeuvre von David St. John, der am Watergate-Einbruch beteiligt gewesen und verurteilt worden war und seine reichen Erfahrungen unter diesem Pseudonym aufgeschrieben hatte.

Mit zweiunddreißig war Krystosik ledig und fett und verlor langsam die Haare. Wegen seines Gewichts hatte er sich nur einen Salat zum Lunch bestellt. Jetzt nahm er seine Brille mit den getönten Gläsern ab, polierte sie, polierte sie wieder und polierte sie noch ein weiteres Mal, setzte sie wieder auf und fragte endlich: »Also, was hast du?«

Cagni benutzte seinen rechten Ellenbogen, um Krystosik eine Zeitung zuzuschieben. Er hatte die Zeitung aus einem Papierkorb gefischt und seine morgendlichen Notizen hineingelegt. Krystosik liebte zusammengefaltete Zeitungen als Gütezeichen seiner professionellen Schläue, und Cagni, der das wußte, machte ihm die Freude.

Krystosik nickte bedeutsam und ließ seine rechte Hand beiläufig auf die zusammengefaltete Zeitung fallen. Cagni schluckte schnell den Rest des dritten Glas Weins und signalisierte dem Wirt seinen Wunsch nach einem vierten.

»Ein Japse und ein Deutscher«, sagte er, als der Wein gekommen war, »vielleicht auch Holländer, und eine Frau, vielleicht Französin, vielleicht Spanierin. Alle gingen heute morgen innerhalb einer Stunde an Bord einer libyschen Yacht. Was sagst du nun?«

Krystosik schob die Unterlippe vor und nickte wieder bedeutsam und ließ auf diese Weise durchblicken, daß er nicht im mindesten von dieser neuen Wendung der Ereignisse und ihren verhängnisvollen Konsequenzen überrascht sei. »Das paßt«, sagte er.

»Was paßt?«

Aber Krystosik schüttelte nur geheimnisvoll den Kopf. Cagni überlegte, ob er riskieren sollte, noch ein Glas Wein zu bestellen, sah dann aber davon ab, weil er fand, man sollte nicht ohne Not zu oft zur Quelle gehen. »Es ist die *True Oasis*«, sagte er.

»Was?«

»So heißt das Schiff. Früher war es die *Sunrise I*, jetzt heißt sie *True Oasis*. Ich habe alles aufgeschrieben. Müßte was bei rausspringen, schätze ich, oder?«

Krystosik nahm die Zeitung mit der linken Hand hoch und langte mit der rechten in seine Hosentasche. Er stand auf und streckte seine Rechte Cagni hin, die er bei dem Versuch, den Geldschein in der Handfläche zu verbergen, fast zur Faust geballt hatte. Cagni war an die Ungeschicklichkeit des Amerikaners gewöhnt. Trotzdem zeigte er sein Können, als er den Geldschein leicht und geschickt in seiner Handfläche verschwinden ließ und in die eigene Tasche praktizierte. Er nahm dann noch die Rechnung hoch und reichte sie Krystosik. »Die hättest du fast vergessen.«

Erst draußen vor dem Lokal besah Cagni sich den Schein. Ein amerikanischer Zwanziger. Der Mann ist ein ausgemachter Narr, dachte Cagni glücklich und machte sich auf den Weg zurück zum Hafen und der sonnenwarmen Holzkiste, wo er warten und weiter beobachten würde.

Am selben Abend verschloß Krystosik seine Bürotür in der Alamo-Textilfabrik, nachdem alle das Gebäude verlassen hatten, holte seine Reiseschreibmaschhine aus ihrem Koffer und schickte sich an, Cagnis Notizen in das zu übersetzen, was er für echtes Spionagesisch hielt.

Als er fertig war, verbrannte er sorgfältig Cagnis Zettel in einem Aschenbecher, ging zur Herrentoilette und spülte die Asche weg, kehrte in sein Büro zurück und tippte die Deckadresse in Rom auf einen neutralen weißen Umschlag.

Mit einigem Glück würde der Brief zwei Tage unterwegs sein und am dritten ausgeliefert werden, falls die römischen Briefträger bei guter Laune waren. Tatsächlich brauchte der Brief dann vier Tage, um die römische Deckadresse zu erreichen. Und erst am fünften Tag bekam der CIA-Dienststellenchef ihn zu Gesicht. Aber zu dem Zeitpunkt war Chubb Dunjee schon in Rom eingetroffen.

13

Der Wohnblock war vergleichsweise neu – jedenfalls für Kensington – und der Saudi, dem er gehörte, stammte aus Dschidda am Roten Meer. Obwohl die Mieten astronomisch hoch waren, schien kein Mieter daran Anstoß zu nehmen, weil fast alle aus dem Mittleren Osten kamen und es ohnehin eine lange Warteliste gab, möglicherweise weil der Block vollständig von arabisch sprechendem Personal versorgt wurde, das bis auf den letzten Mann aus mittellosen, entfernten Mitgliedern der riesigen Familie des saudischen Hausbesitzers bestand.

Als Chubb Dunjee und Harold Hopkins, der Dieb, in ihren grauen Overalls mit dem roten *Belgravia Locks Ltd.* quer über dem Rücken um zwei Uhr mittags die Halle betraten, saß Saleh Khoja am Empfang, des Besitzers siebenundzwanzigjähriger Vetter dritten Grades aus der Linie der zweiten Frau von Khojas Vater.

Hopkins, gefolgt von Dunjee, baute sich vor dem Empfang auf, setzte seine Werkzeugtasche ab, kramte in seiner Brusttasche nach einem gefalteten Bogen Papier und breitete ihn auf der Theke aus. Argwöhnisch musterte er dabei Khoja.

»Sind Sie hier zuständig, Junge?« fragte Hopkins mit der extralauten Stimme, die er unbewußt immer einsetzte, wenn er mit jemandem redete, der übers Meer nach England gekommen war.

Khoja lehnte an der Theke und blickte ins Leere. »Ich bin zuständig«, sagte er.

»Ich habe hier den Auftrag, zwei neue Schließriegel in 531 einzubauen«, sagte Hopkins und las von dem Formular ab, über dem groß stand: »Arbeitsauftrag, *Belgravia Locks Ltd.*«. Hopkins kniff bei dem Namen auf dem Formular die Augen zusammen. »Mr. Farah Abedsaid, wenn Sie das so aussprechen.«

»Davon weiß ich nichts«, sagte Khoja und gähnte.

Hopkins nickte, als habe er genau das erwartet, und wandte sich an Dunjee. »Hast du das gehört, Ralph? Er weiß nichts davon. Er arbeitet ja bloß hier. Er ist bloß der Chefportierpostendauerbesetzer.«

Dunjee hob uninteressiert die Schultern.

»Gehen wir«, sagte Hopkins und nahm seine Werkzeugtasche hoch.

»Sie dürfen nicht nach oben«, sagte Khoja und überprüfte die Fingernägel seiner linken Hand. »Das ist verboten.«

Ungläubiges Staunen breitete sich über Hopkins' Gesicht. »Nach oben! Hast du das gehört, Ralph? Abdullah hier denkt, wir gehen nach oben. Wir gehen nicht nach oben, wir fahren in die Firma zurück und rufen Mr. Abedsaid in der Botschaft an und sagen ihm, daß hier nichts läuft und daß er auf seine neuen Schlösser von uns aus zwei Monate warten kann: wenn bis dahin jemand wieder einbricht und stiehlt, soll er besser mit dem Mann reden, der hier zuständig ist, mit Ihnen also, kapiert?«

Khoja furchte die Stirn. »Stiehlt?«

»Neulich abends die Stereoanlage, richtig, Ralph?«

Dunjee nickte.

»Davon weiß ich nichts«, sagte Khoja.

»Dachten Sie vielleicht, er hängt das an die große Glocke, Junge? Kaum.« Hopkins gab der Theke einen Schlag voller Endgültigkeit. »Aber das können Sie ihm alles in Ruhe erklären. Sagen Sie ihm nur, daß wir ohne Ihr Okay nicht nach oben wollten, und daß er uns anrufen soll. In sechs bis acht Wochen können wir wiederkommen.« Hopkins drehte sich entschlossen um.

»Moment«, sagte Khoja.

Hopkins drehte sich zurück.

»Ich kann ihn ja anrufen.«

»Anrufen?«

»Ja. Telefonieren. Hier.« Er zeigte auf sein Telefon.

»Na, das ist mal eine Idee! Haben Sie seine Privatnummer?«

»Privatnummer?«

»In der libyschen Botschaft. Hier.« Hopkins kramte wieder den Auftrag hervor, breitete ihn vor Khoja aus und zeigte auf eine Telefonnummer.

»Verstehe. Seine Privatnummer.«

Hopkins und Dunjee sahen zu, wie Khoja wählte. Beim zweiten Klingeln meldete sich jemand. Khoja begann zögernd in Englisch und wechselte dann mit sichtlicher Erleichterung in fließendes Arabisch. Das Gespräch dauerte ein paar Minuten.

Als Khoja aufgelegt hatte, wandte er sich an Hopkins. »Sie können hinaufgehen.«

»Sie haben ihn also erreicht.«

»Seine Assistentin.«

»Miss Salem?«

»Sie kennen sie?«

»Sie hat doch den Auftrag durchgegeben.«

»Sie hat mir noch aufgetragen, Ihnen zu sagen, daß Sie nur ja keinen Dreck hinterlassen sollen. Sie meinte das ernst.«

»Wir hinterlassen nie Dreck, Junge«, sagte Hopkins und ging auf den Fahrstuhl zu.

Es war eine Zweizimmerwohnung, Dreizimmerwohnung, wenn man die kleine Küche mitzählte, die mit billigem Porzellan, Chromtöpfen und ein paar Gläsern bestückt war und an Lebensmitteln zwei Kanister Orangensaft und ein Glas Instantkaffee enthielt.

Dunjee beobachtete Hopkins bei der Arbeit. Er arbeitete methodisch und schnell. Für die Küche brauchte er nur zwei Minuten, obwohl er den Backofen ebenso sorgfältig inspizierte wie den engen Raum hinter dem Kühlschrank.

Hopkins schob sich in den Wohnraum und schüttelte den Kopf. »Nichts. Wobei ich verdammt gern wüßte, wonach ich suche.«

»Ich weiß es selbst nicht«, sagte Dunjee.

Ein kleiner Schreibtisch stand direkt vor dem Fenster. Hopkins probierte die Schubladen. Sie waren verschlossen. Er holte einen dünnen Stahlstift aus der Tasche und ließ mit einer Schnelligkeit, der man kaum folgen konnte, das Schloß am Schreibtisch aufschnappen. »Sie nehmen den Schreibtisch«, sagte er.

Hopkins begann, den Wohnraum zu durchsuchen, während Dunjee am Schreibtisch saß und die Schubladen öffnete. In der untersten Schublade lag ein dicker, offener Briefumschlag. Er enthielt ein Bündel Fünf- und Zehnpfundnoten. Dunjee warf sie auf die Schreibtischplatte. »Hier«, sagte er.

Hopkins rollte gerade die billige Orientbrücke zurück, unter der er nachgesehen hatte, kam zum Schreibtisch, nahm den Umschlag hoch und sah hinein. »Spitze«, sagte er und ließ den Umschlag in einer Tasche seines Overalls verschwinden.

Zum Rest des Schubladeninhalts gehörten ein Scheckbuch, leere Briefumschläge, Briefpapier, Briefmarken, ein paar ausgetrocknete Filzschreiber und ein winziger Schlüssel, den Dunjee auf die Schreibtischplatte warf. »Wofür kann der sein?« sagte er.

Hopkins begutachtete ihn fachmännisch. »Eine Kassette. Oder ein Aktenkoffer. Ich fange im Schlafzimmer an.«

Während Hopkins weg war, öffnete Dunjee noch einmal jede einzelne der sieben Schubladen und fuhr mit den Fingern unter ihrem Boden entlang. Dann zog er sie eine nach der anderen ganz heraus, um festzustellen, ob etwas an ihren rückwärtigen Teil geklebt war. Er schob gerade die letzte Schublade zurück, als Hopkins aus dem Schlafzimmer kam, mit einer kleinen grauen Stahlkassette.

»Im Schrank«, sagte er. »Ganz hinten, hinterm Gepäck.«

Er benützte den kleinen Schlüssel, um die Kassette zu öffnen. Als er sah, was sie enthielt, krauste er die Nase und drehte die Kassette so, daß auch Dunjee hineinsehen konnte. Der Inhalt bestand wesentlich aus Fotos, Glanzfotos von nackten jungen Mädchen, die meisten offensichtlich Teenager. Alle waren mit den verschiedensten homosexuellen Übungen beschäftigt. Alle sahen sehr englisch aus. Dunjee seufzte und begann, jedes Bild von vorn und hinten zu prüfen. Insgesamt waren es zweiundvierzig. Auf der Rückseite des neununddreißigsten stand der Name Frank und eine Telefonnummer in Bleistift geschrieben. Dunjee trug beides in sein Adreßbuch ein.

Der restliche Inhalt der Stahlkassette bestand aus Kfz-Papieren für einen Mercedes 450 SLC, aus einem .25-kalibrigen Colt, geladen, einem Springmesser mit einer Fünfzehnzentimeterklinge und zerbrochener Feder, einem billigen Souvenir vom Eiffelturm, einem kleinen Wildlederbeutel mit Kordelzug, der schwer wog, und einem brusttaschengroßen Notizbüchlein, auf dessen Lederdeckel in Gold geprägt stand: »Plane deinen Tag«.

Dunjee überflog die Seiten. Die wenigen Eintragungen waren in Arabisch. Er schob das Notizbuch in eine seiner Taschen, nahm den Lederbeutel hoch, knüpfte ihn auf und schüttete den Inhalt auf den Schreibtisch. Zwanzig goldene Krüger-Rands hüpften auf die Schreibtischplatte. Dunjee hatte sie gerade zu zwei akkuraten Türmchen gestapelt, als Hopkins wieder kopfschüttelnd aus dem

Schlafzimmer kam. Beim Anblick des Geldes stellte er das Kopfschütteln ein und lächelte. »Bei so einem Anblick kann man richtig fromm werden«, sagte Hopkins, während Dunjee ihm die beiden Türmchen zuschob.

»Was ist damit?« sagte Dunjee und zeigte auf die Pistole.

»Sie meinen, wenn ich alleine wäre?«

Dunjee nickte.

»Ich nähme sie mit. Kann ein paar Pfund bringen.«

Dunjee schob die Pistole in eine Hüfttasche, packte nachlässig die Restbestände in die Kassette zurück und übergab die Kassette Hopkins, der sie auf ihren Platz im Schlafzimmer zurücklegte. Er tauchte genau in dem Augenblick wieder auf, als es höflich an die Tür klopfte.

Sie sahen einander an. »Ich habe hier nicht rumgesucht, um wieder eingelocht zu werden, Junge«, sagte Hopkins und streckte die Hand aus. Dunjee holte die Pistole aus der Hüfttasche und reichte sie ihm.

Hopkins lief mit Katzenschritten zur Tür, die Pistole in der rechten Hand hinter dem Rücken. Er öffnete mit der linken.

»Was gibt's?« fragte er.

Dunjee horchte.

»Ich soll sie raufbringen, hat er gesagt.«

»Wer hat das gesagt?«

»Der Inder am Empfang.«

»Was raufbringen?«

»Die Tickets. Sind Sie überhaupt Mr. . . . Mr. Abedsaid? Sie sehen gar nicht so aus.«

»Was für Tickets?« fragte Hopkins.

»Flugtickets. Hier.«

»Ich gebe sie ihm«, sagte Hopkins.

»Erst unterschreiben.«

»Unterschreiben tut nur mein Chef«, sagte Hopkins und öffnete die Tür gerade weit genug, um einen dürren Fünfzehnjährigen mit einem Gesicht voll Pickel und mit wissenden braunen Augen einzulassen. Sein Blick huschte durchs Zimmer. »Sie sind der Chef?«

Dunjee nickte.

Der Bote händigte ihm einen dicken blauen Umschlag aus, holte ein Quittungsbuch hervor und hielt es Dunjee mitsamt einem

Kugelschreiber hin. Dunjee las sorgfältig die Empfangsbescheinigung, unterzeichnete auf der markierten Linie darunter mit Arsène Lupin und reichte es zurück. Der junge Bursche las den Namen und starrte Dunjee an. »Ist das Französisch?«

Dunjee lächelte.

Der Bote wandte sich an Hopkins. »Was ist los? Spricht der kein Englisch?«

Hopkins machte eine Kopfbewegung zur Tür. »Raus.«

»Und was ist mit Trinkgeld?« fragte der Bote. »Davon ernähre ich meine Mutter. Wir müssen verhungern, Mum und ich, wenn ich kein Trinkgeld kriege.«

Hopkins grub in seiner Tasche, fand ein Fünfzigpencestück und haute es dem Jungen in die ausgestreckte Hand. »Raus.«

»Lassen Sie meinen Arm los«, sagte der Junge, als Hopkins ihn zur Tür steuerte und die Tür zuknallte. Er kehrte an den Schreibtisch zurück, holte die Pistole aus der Tasche und bot sie Dunjee an.

Dunjee verstaute sie wieder in der Hüfttasche, nahm den blauen Umschlag hoch, riß ihn auf und studierte die darinliegenden Tickets.

»Nach wohin?« fragte Hopkins.

»Nach Rom«, sagte Dunjee. »Erster Klasse.«

14

Sie hatten die Overalls im Volvo ausgezogen, den Dunjee gemietet hatte, und sie im Kofferraum verstaut. Wieder ins Hilton zurückgekehrt, wählte Dunjee von seinem Zimmer aus eine Nummer, während Hopkins die Krüger-Rands zählte.

»Was kriegt man für Gold?« fragte Hopkins.

»Achthundertzwei, letzte Notierung«, sagte Dunjee und hörte, wie das Telefon durchklingelte. Knapp vor dem dritten Klingeln meldete Delft Csider sich mit ihrem üblichen unverbindlichen »Ja.«

»Sie waren fabelhaft«, sagte Dunjee.

»Und sauer, weil ich so lange in der Telefonzelle warten mußte.«

»Tut mir leid«, sagte Dunjee. »Wie sieht es eigentlich mit Ihren Überredungskünsten aus?«

»Wieso?«

»Morgen früh, 8 Uhr 45, startet eine Alitalia-Maschine nach

Rom. Flugnummer 317. Ich möchte für mich Platz drei-B in der Ersten Klasse. Und die beiden Sitze auf der anderen Seite des Gangs für meine Sekretärin, D. Csider, und meinen Geschäftspartner, H. Hopkins. Einen Moment.« Er sah Hopkins an. »Haben Sie einen Paß?«

»Für Rom?«

»Für Rom.«

Hopkins dachte darüber nach. »Ich habe einen Paß«, sagte er.

»Er hat einen. Sekunde noch. Ich brauche noch was von Ihrem Schnelldrucker, der das Schlösserunternehmen gedruckt hat.«

»Was?«

»Zwei Dutzend Briefköpfe. Für *Anadarko Exploration, Inc.* Erfinden Sie irgendeine Adresse und Telefonnummer in Tulsa. Ich möchte auf jedem Bogen einen getippten Brief haben, lange und kurze. Darunter meinen Namen als Präsident.«

»Wird irgendwer die Briefe lesen?«

»Vielleicht nur die Anrede. Sie sollten reichlich Namen und Adressen in Kuweit, Oman, und vielleicht noch in Nigeria verwenden.«

»Sonst noch was?«

»Ist Grimes da?«

»Er kommt um vier zurück.«

»Richten Sie ihm aus, ich riefe ihn an oder käme persönlich vorbei, um mit ihm zu reden.«

»Ich richte es ihm aus. Wo wollen Sie in Rom wohnen?«

»Wo es teuer ist.«

»Das Hassler vielleicht?«

»Perfekt.«

»Ich versuche es«, sagte sie. »Sonst noch was?«

»Lassen Sie uns essen gehen.«

»Um sieben?«

»Um sieben. Fein. Gegen fünf sehe ich Sie oder rufe an.«

Nachdem er sich verabschiedet hatte, legte Dunjee den Hörer zurück und sah Hopkins an. »Fünftausend für Rom, plus Spesen.«

»Also Rom. Vielleicht gehe ich ins Colosseum.«

»Rechnen Sie nicht damit.«

»Zu beschäftigt, wir beide, oder?«

»Weiß ich noch nicht.«

Hopkins stapelte die zwanzig Krüger-Rands zu einem Turm.

»Bei 802 pro Unze macht das 16 040 Dollar. Und neunhundert Pfund waren in dem Umschlag, den Sie gefunden haben. Wollen Sie was abhaben?«

»Nein.«

»Sie machen mich reich, Mr. Dunjee, Sir.«

»Ich weiß.«

Hopkins benutzte seinen Zeigefinger, um den goldenen Turm umzustoßen. »Und wann wird's ungemütlich?«

»Vielleicht in Rom. Vielleicht auch nicht. Ich weiß es nicht.«

»Ich war noch nie in Rom.«

»Es wird Ihnen gefallen.«

Hopkins nickte. »Ich komme mit. Wissen Sie, warum?«

»Warum?«

»Weil ich geldgierig bin, deshalb.«

»Das ist jeder«, sagte Dunjee, holte sein Adreßbuch heraus und blätterte bis zu der Seite, auf die er »Frank« und eine Telefonnummer geschrieben hatte. Sekundenlang starrte er das Telefon an, hob dann schicksalsergeben die Schultern und wählte.

Als eine männliche Stimme sich meldete, sagte Dunjee: »Frank?«

»Sie wollen Frank?« fragte der Mann.

»Richtig.«

»Sie meinen den Deutschen?

»Genau.«

»Hören Sie mit dem auf. Der schuldet mir noch fünfzig Mäuse für die Miete. Ich habe sein Zeug schon in den Keller geschafft, und wenn Sie deshalb anrufen, rate ich Ihnen, die Mäuse mitzubringen.«

»Fünfzig Pfund? Frank hat mir nicht gesagt, daß es so viel ist.«

»Es sind fünfzig. Ich führe Buch. Alles schwarz auf weiß.«

»Tja, Frank will sein Zeug, also versuche ich, sie lockerzumachen. Nehmen Sie Schecks?«

»Keine Schecks.«

Dunjee seufzte. »Wenn Sie mir nur noch die Adresse geben. Frank hat sie mir auf eine Papierserviette geschrieben. Und Sie wissen ja, wie die Deutschen kritzeln.«

Der Mann gab eine Adresse durch, die Dunjee sich aufschrieb. »Ich bin in einer halben Stunde bei Ihnen.«

»Mit den fünfzig Mäusen?«

»Mit den fünfzig Mäusen.«

Als er eingehängt hatte, zeigte Dunjee Hopkins die Adresse. »Bayswater«, sagte Hopkins. »Nicht weit von hier. Vielleicht fünf Minuten. Wer ist denn Frank?«

»Ich habe nicht die leiseste Ahnung. Offenbar Deutscher. Sein Name stand hinten auf einem der Teenagerfotos.«

»Was sollen die fünfzig Mäuse dort kaufen?«

Dunjee hob die Schultern. »Finden wir's raus.«

Das Haus lag in einer Sackgasse, die Caroline Place hieß. Der Hausbesitzer war ein sechsundfünfzig Jahre alter Mann, dessen vorstehende braune Augen ihn ständig verblüfft aussehen ließen. Das mochte an einer Überfunktion der Schilddrüse liegen oder an den bösen Überraschungen, die das Leben ihm bereitet hatte. Er heiße, sagte er unaufgefortdert, Mr. Thumbolt, und wäre es nicht schlimm, wie die Nigger das Land ruinierten? »Hier kommt mir keiner rein«, sagte er und fügte traurig hinzu: »Meistens nicht, jedenfalls.«

»Sie sagten fünfzig?«

»Fünfzig. Fünfundzwanzig pro Woche. Im voraus. Eine Woche zahlte er nicht, aber ich habe mir nichts dabei gedacht, weil er sowieso selten nach Hause kam. Wissen Sie, manchmal hat er nur ein, zwei oder auch mal drei Nächte hier geschlafen. Erst als er sich elf Tage hintereinander nicht blicken ließ, habe ich sein Zeug zusammengepackt und in einem Verschlag im Keller verstaut.«

»Frank behauptet, er schuldet Ihnen nur eine Woche.«

»Ich habe es schwarz auf weiß. Er lügt.«

»Sehen wir uns das an«, sagte Dunjee.

Mr. Thumbolt humpelte zu einem Schreibtisch in dem Wohn-Schlafzimmer im Erdgeschoß und klappte ein graues Journal mit roten Lederecken auf. »Hier«, sagte er und stach mit einem Finger in einen Namen. Der Name war Frank Glimm. Dunjee überflog die Daten der Mietzahlungen und rechnete. Glimm hatte das Wohn-Schlafzimmer im dritten Stock vor drei Monaten gemietet.

»Das sind keine zwei Wochen«, sagte er, »das sind elf Tage.«

»Hören Sie, ich brauche einen Tag, um ihn im Keller zu verstauen und das Zimmer zu putzen. Einen Tag, um es vorzuzeigen. Einen Tag, bis der neue Mieter einziehen kann, macht drei. Drei plus elf sind vierzehn. Zwei Wochen à fünfundzwanzig Pfund macht fünfzig, oder?«

»Frank wird da anderer Meinung sein, oder, Ralph?« sagte Dunjee zu Hopkins.

»Der schäumt vor Wut«, sagte Hopkins. »Der ist schrecklich genau, und wie genau der ist.«

»Sagen Sie ihm, er soll herkommen und schäumen«, sagte Mr. Thumbolt.

Dunjee nahm fünfzig Pfund aus der Tasche und zählte sie langsam auf den Schreibtisch. »Da haben Sie Ihre fünfzig Pfund. Wo sind seine Sachen?«

»Kommen Sie mit«, sagte Mr. Thumbolt und humpelte aus dem Zimmer durch den Flur. Dunjee und Hopkins folgten. »Andenken an Afrika, das hier«, sagte Mr. Thumbolt und klopfte gegen sein linkes Bein. »Verdammte Deutsche.«

Am Ende des Flurs öffnete er eine Tür, knipste das Licht an und humpelte über eine Treppe in den Keller. Der Keller war gerammelt voll mit ausrangierten Möbeln. Der sogenannte Verschlag, in dem sich Franks Gepäck befand, war aus den Sprungrahmen alter Bettgestelle und Kaninchendraht zusammengebastelt worden. Mr. Thumbolt sperrte das Hängeschloß an der Tür auf.

»Ich verscherble alles, was sie dalassen, bis auf das Gepäck«, sagte er. »Ich kenne einen Typ in Portobello Road, der kauft mir das Zeug ab. Radios, Grammophone, Bügeleisen, Geschirr, Töpfe, so was.« Er zeigte auf zwei Koffer, zwei große Koffer. »Der und der.«

Dunjee nahm einen, Hopkins den anderen. Beide waren schwer.

»Frank hat irgendwas von einem Behälter gesagt«, sagte Dunjee.

»Er hatte keinen Behälter«, sagte Mr. Thumbolt fest.

»Also keinen Behälter. Ich sage es ihm.«

»Was ist denn mit dem Radio?« fragte Hopkins. »Frank hat gesagt, er hätte sich da einen Spitzen-Grundig gekauft.«

»Er lügt«, sagte Mr. Thumbolt. »Gar nichts hatte er. Keine Töpfe, kein Geschirr, bloß ein paar Gläser. Wenn er sagt, er hatte ein Radio, sagen Sie ihm, daß ich sage, er lügt.«

»Ich sage es ihm«, sagte Hopkins.

»Was ist mit Post?« fragte Dunjee auf dem Rückweg nach oben.
»Post? Der hat nie Post gekriegt.«
»Kein Wunder, Frank schreibt nicht gern«, sagte Hopkins.

Die Koffer waren nicht abgeschlossen. Sie öffneten sie auf Dunjees Bett im Hilton. Im ersten Koffer war bis auf Kleider und Wäsche nichts. Die Sachen waren eher billig und stammten im wesentlichen aus Frankreich und Italien. Dunjee untersuchte trotzdem jede Tasche und jedes Futter, sogar die Hosenbünde. Aber außer drei französischen Francs fand er nichts.

Hopkins aber fand die schwere Stahlkassette im zweiten Koffer. Um das Schloß waren Kratzspuren. Es sah ganz so aus, als hätte jemand versucht, mit einem Meißel oder einem Schraubenzieher die Kassette gewaltsam zu öffnen.

»Woher wußten Sie überhaupt, daß eine Kassette da war?« sagte Hopkins.

»Wußte ich gar nicht.«

»Aber Sie haben ihn doch gefragt.«

»Ich fragte nach einem Behälter.«

»An diesem Behälter jedenfalls hat er sich versucht«, sagte Hopkins. »Tadelloser kleiner Behälter. Fünfmillimeterstahl, oder ich bin nicht Harold Hopkins.«

»Und das Schloß?«

Hopkins benutzte beide Hände, um die Kassette in Augenhöhe zu bringen. Er begutachtete das Schloß. »Erstklassig. Entweder deutsch oder aus der Schweiz. Die machen sie, und die Franzosen kaufen sie, um ihr Gold zu horten. Habe ich jedenfalls gehört. In der hier ist aber kein Gold. Sonst wäre sie schwerer.«

Die Kassette war etwa so groß wie eine Zigarrenkiste. Hopkins setzte sie auf dem Bett ab, holte seine Brieftasche hervor und wählte aus einem wohlsortierten Bündel einen Dietrich. Er kniete nieder und sondierte das Schloß. »Verdammter kleiner Bastard«, sagte er. »Aus der Schweiz.«

»Woher wissen Sie das?«

»Ich weiß es eben.«

Dunjee zündete sich die dritte Zigarette des Tages an. Er brauchte sieben Minuten, um sie aufzurauchen. Eine Minute, nachdem er sie ausgedrückt hatte, sagte Hopkins: »Sie ist offen.«

»Sie ist nicht offen.«

»Doch, Sie brauchen bloß den Deckel aufzuklappen.«

»Dann klappen Sie.«

»Ich gehe lieber ein bißchen auf dem Flur spazieren, Junge.«

»Sie meinen, ich soll . . .?«

»Ist mir egal«, sagte Hopkins. »Im Knast hat mir ein Kumpel von so einer Kassette erzählt. Genau beschrieben hat er sie. Das letzte, was er gesehen hat.«

»Er war blind?«

»Wurde! Päng, sie ging hoch. Glassplitter und Säure, ihm ins Gesicht und in die Augen. Er war bedient.«

»Spazieren Sie«, sagte Dunjee, ging zum Bett, nahm ein Kopfkissen und legte es über die Kassette.

»Ich glaube, ich gehe einfach da in die Ecke.«

Dunjee tastete unter dem Kopfkissen, bis er den Deckelgriff in der Hand hatte. Er preßte das Kissen fest nach unten, drehte den Kopf zur Seite und kniff die Augen zu. Er verminderte den Druck auf das Kissen, hob schnell den Deckel und drückte ihn gleich mitsamt dem Kissen wieder nach unten, die Augen immer noch geschlossen. Nichts passierte. Dunjee entfernte sich rückwärts.

»Haben Sie ihn angehoben?« sagte Hopkins.

»Ja.«

»Wie hoch?«

»Drei Zentimeter. Mindestens drei Zentimeter.«

»Alles gelaufen«, sagte Hopkins, marschierte ans Bett, nahm das Kissen fort und hob den Deckel. »Immer dieselbe Scheiße«, sagte er und blickte angewidert weg.

»Noch mehr hübsche Mädchen?«

»Woher wissen Sie?«

»Ich wußte es gar nicht.«

Dunjee setzte sich aufs Bett, nahm die Fotos heraus und prüfte jedes einzelne von vorn und hinten. Einige zeigten dieselben Teilnehmerinnen mitsamt denselben Positionen wie die aus der Kassette von Abedsaid. Die anderen waren ihm neu. Insgesamt waren es vierundzwanzig. Dunjee legte sie beiseite.

In der Kassette waren noch zwei Umschläge. Einer war verschlossen, der andere nicht. In dem unverschlossenen steckten sechs Polaroid-Farbfotos. Sie zeigten ein paar Leute an einem Sandstrand, alle im Badeanzug. Zwei Männer und zwei Frauen. Einer der Männer war offenbar Araber. Der andere war fett, mit langem, ungekämmtem Haar, das ihm fast bis zum Kinn reichte. Der Fette trug eine Sonnenbrille. Fünf der Bilder zeigten die Vierergruppe. Auf dem sechsten Bild lag ein nackter Mann in einem Bett. Er lächelte in die Kamera und zeigte auf seine Erektion. Der lächelnde Mann war blond, Ende Zwanzig, und sah durchtrainiert und muskulös aus.

»Wollen Sie mal sehen, wie Frank aussieht?« fragte Dunjee und hielt Hopkins das Bild hin.

»Er sollte sich was schämen«, sagte Hopkins. »Drauf zeigen und noch lächeln! Soviel ist es nun auch nicht. Woher wissen Sie denn, daß es Frank ist?«

»Ich vermute nur.«

Dunjee riß den verschlossenen Umschlag auf. Darin waren fünfundzwanzig nagelneue, knisternde Hundertdollarscheine. »Schon wieder Glück gehabt, Harold«, sagte er und übergab die Scheine Hopkins.

»Nicht zu fassen«, flüsterte Hopkins und fing zu zählen an.

Dunjee prüfte den Umschlag sorgfältig, erst vorn und hinten, dann innen. Unten in der linken Ecke entdeckte er das zusammengefaltete Stückchen Papier, kaum größer als eine Briefmarke. Er entrollte es vorsichtig. Es war offensichtlich aus einem linierten Spiralblock gerissen worden. Mit Bleistift standen darauf die Initialen G. G. und die Adresse: Via Corrada Nr. 18.

Hopkins sah von seinem Geld hoch. »Was gefunden?«

»Eine Adresse.«

»Wo?«

»In Rom«, sagte Dunjee, »wenn wir Glück haben.«

Hopkins blickte auf das Geld in seiner Hand und zur geöffneten Kassette und zurück zu Dunjee. Er schüttelte langsam den Kopf. »Sie haben Glück, Junge. Sie wissen noch gar nicht, was für Glück Sie haben.«

15

Die Boeing 727, aus der der Mann, der Felix hieß, fast zweitausend Meter tief ins Meer gefallen war, landete um 19 Uhr 04 auf dem Newark International Airport – etwa zu der Zeit, als in der Wohnung von Faraj Abedsaid, Kulturattaché an der libyschen Botschaft in South Kensington in London, eingebrochen wurde.

Die 727 gab Newark vor Kennedy International den Vorzug, weil dort die Kontrollen von Passagieren und Crew eher symbolisch waren. Die Beamten, die kommunalen wie die staatlichen, simulierten gekonnt die Prüfung von Gepäck und Pässen, weil sie vor langer Zeit herausgefunden hatten, daß dann jedesmal drei Tage später – oder auch vier, je nach Postservice – ein schlichter weißer Umschlag in ihren Briefkasten geflattert kam. In jedem Umschlag lagen jeweils fünf Hundertdollarscheine.

Als also die 727, von der volksdemokratischen Insel kommend, einschwebte, wurden Passagiere und Crew fast gefeiert. Tatsächlich hatte irgendwer mitgehört, wie ein Zollbeamter zu einem Kollegen sagte: »Hau ab, Nigger. Da kommt Mr. Keeling. Den übernehme ich.« Und Franklin Keeling, der Ex-CIA-Mann, war ins Untersuchungszimmer geführt und symbolisch ein-, zweimal abgeklopft worden, hatte einen Schluck aus der Wodkaflasche des Zollbeamten genommen und war wieder gegangen. Eine ähnliche Behandlung wurde auch Jack Spiceman, dem Ex-FBI-Mann, zuteil und ebenso dem dreiundsechzig Jahre alten Piloten und dem fünfundsechzig Jahre alten Kopiloten, die früher mal für PanAm beziehungsweise TWA geflogen waren.

Als die 727 zwei Jahre zuvor zum erstenmal in Newark International gelandet war, hatte die Regierung sie in der Annahme zu beschlagnahmen versucht, daß sie wenigstens einen Teil der 22 Millionen Dollar Steuerschulden abdecken werde, die nach einer etwas undurchsichtigen Schätzung der Finanzbehörde Leland Timble, Bankräuber und Computer-Genie, dem Staat schuldete.

Timble hatte 1979 die 727 aus dem Besitz eines drogensüchtigen Rockstars erworben. Was die Regierung der Vereinigten Staaten damals nicht gewußt hatte, war die Tatsache, daß Timble die Maschine auf die Schnelle für einen Dollar an die volksdemokratische Insel verkauft und sie auf der Stelle für eine Million Dollar zurückgemietet hatte.

Die Maschine stellte inzwischen ein Viertel der Luftflotte der Demokratischen Volksrepublik, die restlichen Dreiviertel bestanden aus einer DC-3 mit klappernden Triebwerken und zwei kleinen Cessnas. Fünfundsiebzig Prozent der jährlichen Leasing-Million gingen in die Kassen der Republik. Die restlichen fünfundzwanzig wurden aufgeteilt zwischen dem Premierminister, dem Innenminister, dem Minister für nationale Sicherheit und dem

Schwager des Premierministers, der seinen Job als Barkeeper an den Nagel gehängt hatte, um Minister für Luft- und Raumfahrt zu werden.

Während sie über die Legalität der Transaktion nachdachte, hatte die Regierung der Vereinigten Staaten Keeling, Spiceman und die beiden überalterten Piloten in einem billigen Motel in der Nähe des Flughafens festgehalten. Keeling und Spiceman hatten die Zeit genutzt, um sich beim Flughafenpersonal, dem kommunalen wie dem staatlichen, dauerhaft beliebt zu machen. Fünf Tage darauf entschied der Generalbundesanwalt der Vereinigten Staaten – wiederstrebend, hieß es –, daß die Transaktion legal und unanfechtbar sei. Spiceman, Keeling und die beiden Piloten konnten gehen. Zu dem Zeitpunkt hatte Keeling sich den Erwerb von Beliebtheit 9769 Dollar kosten lassen. Er buchte sie als Bewirtungsspesen.

Wie üblich gingen der Pilot und der Kopilot als erste durch Gepäck- und Paßkontrolle. Später am Abend wollte der Pilot kegeln, während der Kopilot sich auf die Suche nach dem nächsten Treffpunkt der Anonymen Alkoholiker begeben wollte. Anschließend würden sie sich zu einem späten Dinner treffen, zum Flughafen zurückkehren und im Flugzeug schlafen. Beide waren geschieden, der Pilot dreimal, der Kopilot viermal. Ihre monatlichen Unterhaltszahlungen beliefen sich auf fast viertausend Dollar, verständlicherweise wollten beide nichts mehr mit Frauen zu tun haben.

Keeling und Spiceman brauchten länger, weil sie erst ein paar Beamte schmieren und sich nach dem Wohlbefinden der Familien erkundigen mußten. Als sie endlich damit fertig waren, kletterten sie in einen wartenden, gemieteten Cadillac.

Als die Limousine anfuhr, drückte Keeling auf den Knopf, der die gläserne Trennscheibe senkte, und fragte: »Na, wie geht's denn, Henry?«

»Danke, gut, Mr. Keeling«, sagte der Fahrer.

»Hast du das Trockeneis?«

»Ja, es ist hier im Styroporbehälter.«

Keeling griff in seine Brusttasche, holte zwei Blechzylinder hervor, wie sie manchmal für Zigarren verwendet werden, und reichte sie dem Fahrer.

»Jesus, sind die kalt.«

»Sie sind eingefroren«, sagte Spiceman. »Wir wünschen, daß sie es bleiben.«

»Sehr wohl, Sir«, sagte Henry, öffnete den Styroporbehälter und plazierte die beiden Blechröhrchen vorsichtig ins dampfende Trokkeneis. Nachdem Keeling sich vergewissert hatte, daß Henry den Behälter wieder sorgfältig verschlossen hatte, drückte er auf den Knopf, der die Trennscheibe hochfahren ließ, und lehnte sich ins Polster zurück, um die Fahrt zu genießen.

Der Kopilot kam zwanzig Minuten zu früh zum Treffen der Anonymen Alkoholiker, das an diesem Abend im Basement-Saal des nahegelegenen Siani-Temples stattfand. Er goß sich Kaffee ein, nahm sich zwei Plätzchen, die wie selbstgebacken aussahen, und machte sich auf die Suche nach einer Telefonzelle, die er dann in der Halle fand.

Er aß ein Plätzchen, trank einen Schluck Kaffee, sah auf seine Uhr, setzte den Kaffee mitsamt dem zweiten Plätzchen auf einem Stuhl ab, warf Münzen ins Telefon und wählte eine Nummer, auf die schon beim ersten Klingeln mit »Hallo« geantwortet wurde.

»Zimmer 542«, sagte der Kopilot. »Das Gotham, zweiundzwanzig Uhr, Mr. Minder.«

»Minder?« fragte die Stimme, die »Hallo« gesagt hatte.

»Minder.«

»Danke«, sagte die Stimme, dann war die Leitung tot.

Der Kopilot nahm seinen Kaffee und das Plätzchen, das er aufaß, während er in den Saal zurückschlenderte. Langsam wurde es voll. Das geübte Auge des Kopiloten entdeckte sofort den Neuling, der durch die Tür kam. Der Neuling war ein zittriger, zweiundvierzig Jahre alter Mann, der bleich und krank und schrecklich verängstigt aussah. Der Kopilot schätzte, daß der Neuling noch nicht mal eine Woche trocken war.

Um seinen Mund breitete sich ein warmes, herzliches Lächeln, als er auf den Neuling mit ausgestreckter Hand zuging und sagte: »Ich bin Don. Wie geht's denn so, Junge? Bißchen hart, wie?«

Der Mann, der den Anruf des Kopiloten entgegengenommen hatte, war Gambias ständiger Vertreter bei den Vereinten Nationen, Dr. Joseph Mapangou, der weit über seine offiziellen Verhältnisse in einem Zweizimmerapartment auf der East 60th Street wohnte, das beinahe, aber nicht ganz, einen Blick auf den Central Park bot und 2150 Dollar im Monat kostete.

Während seiner neun Jahre in New York hatte Dr. Mapangou sich einen Ruf als einer der charmantesten und großzügigsten Gastgeber der UN erworben. Man war sich nicht einig, ob er tatsächlich mehr ausgab als die Delegation Kuweits, aber man war sich absolut einig über seinen Rang als reizendste Plaudertasche der ganzen Vereinten Nationen.

Als Vertreter von Afrikas kleinstem Staat waren Dr. Mapangous offizielle Pflichten und Verpflichtungen minimal, fast nicht existent, und so hatte er die beiden ersten Jahre bei den UN einfach damit verbracht, Freunde zu gewinnen, was ihm mit erstaunlicher Leichtigkeit gelang. Er war von Natur aus ein geselliger Mensch, ohne jeden Vorbehalt, der von jedem gleichermaßen fasziniert war. Er war außerdem ein echter Demokrat, vielleicht der einzige unter den Delegierten der UN, und ganz gewiß war er der einzige, der immer noch glaubte, die Vereinten Nationen seien tatsächlich das Parlament der ganzen Welt.

Vielleicht lag es an seiner Einfalt, daß andere sich ihm anvertrauten. Sie erzählten ihm ihre schlimmsten Geheimnisse, obwohl sie genau wußten, daß er einfach nicht den Mund halten konnte. Und eben weil er alles, was er hörte, weitertratschte, vertrauten ihm andere ihrereseits noch dunklere Geheimnisse an, die er jedem, der Lust hatte, zuzuhören, fröhlich weitererzählte.

Die Italiener waren natürlich die ersten gewesen, die den unschätzbaren Wert Dr. Mapangous erkannten. Die Italiener hatten ein geringfügiges, aber ärgerliches Problem mit einem bockbeinigen Delegierten aus Somalia. Während eines teuren Mittagessens bei Lutèce hatten die Italiener Dr. Mapangou hinter vorgehaltener Hand von dessen schockierenden Unterschlagungen berichtet. Am Abend machte die Nachricht in den UN die Runde. Am nächsten Morgen hatte sie Mogadischu erreicht, und noch am selben Nachmittag wurde der somalische Delegierte nach Hause befohlen – zur größten Zufriedenheit der Italiener, versteht sich.

Sie waren tatsächlich so dankbar für Dr. Mapangous kleinen Dienst, daß sie ihm ein kostbares silbernes Kaffeeservice schickten. Dr. Mapangou verpfändete es auf der Stelle für vierhundert Dollar, die er dringend zur Begleichung seiner Miete in einem

Wohnblock in East Village brauchte, wo er damals lebte.

In den folgenden Jahren wurde Dr. Mapangou so etwas wie der inoffizielle UN-Umschlagplatz für gemeine, bösartige und verleumderische Gerüchte und Andeutungen aller Art. Er wurde aus zwei Gründen geschätzt und sogar geachtet: Erstens wegen seiner peinlich genauen Angaben und zweitens wegen seiner Weigerung, jemals seine Quelle preiszugeben. Diese Vorzüge führten dazu, daß er nicht nur toleriert, sondern sogar ermutigt wurde von all den Spionen und Gerüchtehändlern, die sich seiner Dienste bedienten und ihn mit wertvollen und leicht verpfändbaren Geschenken belohnten, die ihrerseits Dr. Mapangous wachsende gesellschaftliche Verpflichtungen mitfinanzierten.

In seinem siebten Jahr bei den UN erfreute Dr. Mapangou sich ungeheurer Beliebtheit und eines Schuldenbergs von fast neunzigtausend Dollar – bloß wegen seiner verschwenderischen Gastfreundschaft. Die genaue Summe bertrug 89 831,19 Dollar, sie starrte ihn vom Litronix-Taschenrechner an, der neben einem Stapel Rechnungen und finsteren Mahnungen ruhte.

Das war am Morgen nach der Party, die er sich zum siebten Jahrestag gegeben hatte, und er war immer noch im Schlafanzug. Um ihn herum in seinem Wohnzimmer, noch in East Village, türmten sich die jetzt eher deprimierenden Beweise der fröhlichen Party vom vorangegangenen Abend, bei der er eine köstliche Nachricht aufgeschnappt hatte, die den DDR-Deutschen garantiert tausend Dollar wert sein mußte. Aber was waren tausend Dollar? Dr. Mapangou drückte die Löschtaste, die die hassenswerte Summe von 89 831,19 vernichtete. Drei Tränen rollten traurig über seine rundlichen Wangen, als er beschloß, sein Frühstück zu verspeisen, das aus einem ledernen Toast bestand, den er in die Reste des Kaviars stippte. Er schniefte noch an seinen Tränen und kaute seinen Toast mit Kaviar, als das Bummern gegen die Tür begann.

Dr. Mapangou machte sich nicht die Mühe, einen Morgenrock anzuziehen. Er wischte sich mit einer gebrauchten Papierserviette die Tränen ab und ging im Schlafanzug zur Tür. Er wußte, wer das war: die Polizei. Sie kam, um ihn abzuholen und in eine Art von Schuldturm einzusperren. Er öffnete die Tür. Ein hochgewachsener Mann mit einem teigigen Gesicht stand vor der Tür, in der Hand einen Diplomatenkoffer.

»Dr. Mapangou?«

Dr. Mapangou wollte lächeln, konnte aber nicht. »Ich ziehe mir eben etwas an.«

»Wozu?«

»Ich kann doch nicht so gehen.«

»Gehen? Wohin?« fragte der Mann, durchquerte das Zimmer und stellte den Fernsehapparat an. »Wo ist Ihr Bad?«

Dr. Mapangou wies ihm mit dem Finger den Weg. Der teiggesichtige Mann ging ins Bad, drehte alle Wasserhähne auf, nahm den Deckel vom Spülkasten der Toilette und machte irgendwas mit dem Schwimmer, was das Wasser permanent rauchen und gurgeln ließ.

Anschließend kehrte er in den Wohnraum zurück, sah sich um und ging an den Schreibtisch, wo er Platz schaffte, indem er den Litronix-Taschenrechner und die gestapelten Rechnungen beiseite schob. Er plazierte den Aktenkoffer auf die Schreibtischplatte und blitzte Dr. Mapangou an.

»Ich bin Arnold«, log Franklin Keeling, der Ex-CIA-Mann. »Sie arbeiten ab jetzt für mich.«

»Ich? Für Sie? Ich meine, was?«

Keeling öffnete den Aktenkoffer. »Das kann Ihnen doch egal sein, oder?«

Der Aktenkoffer war voll grünlicher Papierstücke. Aber dann holte Dr. Mapangou mit zitternden Händen seine Brille aus der Schlafanzugtasche, setzte sie auf, blinzelte ein paarmal und entdeckte, daß die grünlichen Papierstücke wahrhaftig Hundertdollarnoten waren. Und offenbar enorm viele Hundertdollarnoten.

Das war nun zwei Jahre her. Die Hundertdollarnoten im Aktenkoffer hatten Dr. Mapangou in die Lage versetzt, seine Schulden zu bezahlen und in die Wohnung in der East 60th umzuziehen, die er zärtlich liebte, und darüber hinaus die Anzahl wie auch die Ausrichtung seiner gesellschaftlichen Aktivitäten fortzusetzen oder sogar zu steigern.

Dafür saß Dr. Mapangou dann jeden Freitagmorgen um neun Uhr an seinem maßgefertigten Schreibtisch aus Pecanholz, nahm seinen Füller zur Hand und berichtete bis ins kleinste Detail, was er während der Woche an Gerüchten und Klatsch und Andeutungen gehört hatte. Wenn der Bericht fertig war, steckte er ihn in einen

Umschlag, klebte den Umschlag zu, nahm die U-Bahn bis zur East 12th Street und gab ihn einem Blinden, der ein Süßwarengeschäft besaß. Jeden ersten Freitag im Monat händigte ihm der Blinde einen Umschlag aus. Manchmal enthielt er Anweisungen von jenem Mann, der Arnold hieß. Manchmal auch nicht. Aber immer enthielt er fünfzig Hundertdollarnoten.

Als er den Anruf des Kopiloten erhalten hatte, sagte er ein Essen in den Four Seasons ab, zu dem er für acht verabredet war, verbrachte eine wohlige Stunde in der Badewanne, zog sich einen tadellosen dunkelblauen Kammgarnanzug an und beschloß, zu Fuß zum Gotham Hotel zu gehen, um Geld zu sparen. Dr. Mapangou ertappte sich oft bei derlei hirnlosen Sparmaßnahmen und lachte sich dann selber aus.

Trotzdem ging er zu Fuß und erreichte das Gotham Hotel um Punkt zehn. Der schwarze Mercury, der hinter ihm die Straße entlangkroch, war ihm nicht aufgefallen. Als Dr. Mapangou das Hotel betrat, stieg der Fahrer aus, drückte dem Portier am Eingang zwanzig Dollar in die Hand und durfte dafür den Mercury auf der 55th Street gleich neben dem Hoteleingang parken.

Dr. Mapangou fuhr im Fahrstuhl nach oben in den fünften Stock und ging in Zimmer 542, das zwar ein Mr. Minder gebucht hatte, jedoch von Franklin Keeling, ehemals CIA, und Jack Spiceman, ehemals FBI, bewohnt wurde. Das Treffen der drei Männer dauerte zweiunddreißig Minuten.

Als Dr. Mapangou Zimmer 542 wieder verlassen hatte, nahm er den Fahrstuhl nach unten, verließ das Hotel und beschloß in einem neuerlichen Anfall von Sparsamkeit, zu Fuß in seine Wohnung zurückzugehen.

Erst als er die 60th Street erreicht hatte, hielt der Mercury neben ihm am Bordstein, und der massige Mann mit dem Kahlkopf stieg aus. Der massige Mann war Alex Reese, der vorhatte, CIA-Dienststellenchef in London zu werden, wenn alles nach Wunsch lief.

»Dr. Mapangou«, sagte Reese mit seinem harten Baß.

Dr. Mapangou drehte sich zu ihm um.

»Was haben Sie da in der Kühltasche, Doktor?«

»Eis . . . Eiscreme. Ja, Eiscreme. Schokoladeneis.«

Reese streckte seine Pratze aus und nahm Dr. Mapangou die Tasche ab. »Kommen Sie, ich fahre Sie.«

»Ich . . . Ich würde lieber laufen.«

»Ach, kommen Sie«, sagte Reese und funktionierte die einladenden Worte zur Drohung um.

Dr. Mapangou kletterte auf den Beifahrersitz. Reese schob sich hinters Lenkrad. Der Wagen fuhr an. »Fahren wir ein bißchen rum«, sagte Reese.

Mit einer Hand lenkend, öffnete Reese die Kühltasche mit Eiscreme und knipste die Deckenbeleuchtung an. Er griff in die Tasche und holte einen gefrorenen Blechzylinder heraus, wie er manchmal für Zigarren verwendet wird. Der Zylinder war mit einem Klebestreifen umwickelt. An einer Ampel schälte Reese ihn ab.

»Schokoladeneis, wer sagt's denn«, sagte er zu Dr. Mapangou. Dr. Mapangou sagte nichts.

Reese drehte die Kappe von dem Blechzylinder und schüttelte seinen Inhalt in die linke Hand. Der Inhalt bestand aus einem menschlichen Zeigefinger, solide eingefroren.

Reese starrte ihn lange an, ehe er Dr. Mapangou anblickte und lächelte. »Sie und ich, Doktor . . . Sie und ich sollten, glaube ich, mal ein bißchen miteinander plaudern.«

Dr. Mapangou leckte sich nervös die Lippen, nickte kaum merklich und entdeckte zu seinem maßlosen Staunen, daß er trotz allem dem Zwiegespräch erwartungsvoll entgegensah.

16

Das Treffen zwischen Paul Grimes und Chubb Dunjee fand am selben Tag um 16 Uhr in London im praktisch möbellosen Wohnzimmer von Grimes' Haus statt, das auf den kleinen grünen Park mit dem schwarzen Eisengitter blickte.

Grimes saß über den Spieltisch gebeugt und prüfte die sechs Fotos aus der Stahlkassette, die in einem der beiden Koffer gewesen war, die Dunjee bei dem Hauswirt in Bayswater ausgelöst hatte. Auf fünf Fotos waren die vier Männer und Frauen in Badeanzügen am Strand. Das sechste zeigte den nackten Mann, der auf einem Bett lag und auf seine Erektion zeigte.

»Der Kerl da hat offenbar die Strandfotos gemacht«, sagte Grimes, »deshalb ist er nicht mit drauf.«

»Möglich«, sagte Dunjee.

»Der hier«, sagte Grimes und zeigte auf einen der Männer, »dieses Faß mit dem bedeutenden Haarwuchs, ist eindeutig Felix. Sieh selbst.«

Grimes holte aus seiner Brieftasche ein sechs mal neun Zentimeter großes Foto, das er Dunjee reichte. Das Bild, körnig und leicht unscharf, zeigte einen Mann mit offenem Mund und verblüfften Augen. »Auch das ist Felix. Das einzige Bild, das es von ihm gibt, außer ein paar Kinderbildern.«

»Und woher stammt es?«

»Er kam gerade aus einer Bank in Brest, die sie ausgeraubt hatten. Ein belgischer Tourist machte in dem Moment ein Bild von seiner Frau. Felix trat zufällig ins Bild. Der Tourist wurde angeschossen, er starb zwei Tage später. Erst drei Monate später ließ seine Frau den Film entwickeln. Sie übergab ihn der belgischen Polizei. Aber es brauchte weitere zwei Monate, bis irgendwer sein Hirn in Betrieb nahm und den Mann identifizierte.«

»Keine große Ähnlichkeit, finde ich«, sagte Dunjee und verglich das Foto des verblüfft aussehenden Mannes mit dem des eher fetten am Strand.

»Genügt aber«, sagte Grimes. Er plazierte seinen Zeigefinger auf dem entblößten Bauch des Asiaten, der mit Felix und den beiden Frauen auf den Strandbildern war. »Der Kerl ist Ko Yoshikawa. Japaner. Er war in Stanford. Die Dünne neben ihm ist tot. Sie hieß Maria Luisa de la Cova und wurde erdrosselt von ein paar Kindern in Hammersmith gefunden. Sie war mal die Freundin von Felix. Die andere mit der tadellosen Figur ist Françoise Leget. Französin oder Algerierin, schätze ich.«

»Und der Kerl auf dem Bett ist Deutscher, richtig?«

»Richtig«, sagte Grimes. »Bernt Diringshoffen. Aus Hamburg. Inzwischen zweiunddreißig.«

»Er ist die Verbindung zu dem Libyer«, sagte Dunjee. »Beide mögen junge Mädchen, blutjunge Mädchen. Oder wenigstens Bilder von ihnen.«

»Und wie gehst du vor?«

»Ich sitze morgen früh in der Maschine nach Rom neben dem Libyer und warte ab, was passiert.«

»Wird was passieren?«

Dunjee sagte nichts, und Grimes sagte nach einer Weile: »Ja, ja, ich vergaß fast. In so was bist du Spitze, richtig?«

»In so was bin ich Spitze.«

»Und du brauchst bestimmt Delft?«

»Bestimmt.«

»Was ist mit diesem anderen Typ, den du mitnimmst? Diesem Hopkins. Wer ist das überhaupt?«

»Ein Dieb.«

»Jesus. Warum gerade ein Dieb?«

»Sie sind manchmal nützlich«, sagte Dunjee.

Grimes schüttelte bekümmert den Kopf und wedelte mit der Hand zu den Fotos hinüber. »Brauchst du die noch?«

»Nein.«

»Ich fliege heute abend zurück und treffe morgen McKay. Ich gebe sie an ihn weiter. Wenigstens etwas, um zu zeigen, daß wir vorankommen. Millimeterweise. Er kann sie ans FBI oder an die CIA weiterreichen, vielleicht können die was Brauchbares daraus machen – wo beispielsweise der Strand ist, an dem sie entstanden sind. Obwohl ich nicht sehe, zu was das jetzt noch gut sein soll.«

»Zu nichts«, sagte Dunjee. Er sammelte die Fotos ein und reichte sie Grimes. »Weiß man von mir?«

»Wer – die CIA?«

Dunjee nickte.

»Keine Ahnung. Soll ich das über McKay feststellen lassen?«

»Er soll ihnen bloß sagen, Hände weg von mir!«

Grimes nickte nachdenklich. »Gut. Sonst noch was?«

»Was ist, wenn ich urplötzlich eine Menge Geld brauche?«

»Wende dich an Delft«, sagte Grimes.

Das Lokal, eines jener französischen Kurzblüher, die sich ein Jahr oder zwei halten, manchmal auch drei, lag in Chelsea in der King's Road, etwa zwischen der Oakley Street und dem Sloane Square. Es hieß *Chez Gustave*, obwohl es Gustave gar nicht mehr gab. Er hatte sein Lokal auf dem Gipfel seines Ruhms, genau elf Monate nach Eröffnung, an einen Griechen verkauft, der jetzt seinerseits nach einem Käufer Ausschau hielt und auf zwei Inder hoffte, die sich interessiert zeigten.

Chubb Dunjee und Delft Csider hatten eine erstaunlich schmackhafte Forelle gegessen und tranken statt Nachtisch Kaffee, Delft Csider mit einem Drambuie, Chubb Dunjee mit einem Brandy. Ein mäßig aufmerksamer Kellner schwebte gelegentlich vorbei und füllte Kaffee nach. Die Nachbartische waren unbesetzt, und das schon seit einer halben Stunde.

»Also, ich wiederhole«, sagte Delft. »Ich reiche Ihnen die Briefe zur Unterschrift und nenne Sie Conpressman.«

»Genau.«

»Und was machen Sie?«

»Ich ignoriere ihn.«

»Und wenn er Sie ignoriert?«

»Wird er nicht«, sagte Dunjee. »Er wird entweder neugierig oder argwöhnt, daß ich Kontakt suche, oder beides.«

»Weiter?«

»Er entdeckt, daß er mich gebrauchen kann – oder ausnutzen, was wahrscheinlicher ist. Ich lehne ab. Er beschwört mich. Ich gebe nach.«

Sie schüttelte den Kopf. »Das glaube ich nicht.«

»So funktioniert das aber.«

»Warum sind Sie nicht mehr im Kongreß, wenn Sie so schlau sind?«

Dunjee grinste. »Meine Frau ist mir mit den Weathermen durchgebrannt. Und irgendwie fanden das meine Wähler nicht witzig.«

»Waren Sie gern Abgeordneter?«

Dunjee ließ sich das durch den Kopf gehen, jedenfalls schien es so. »Sicher. Der Job war nicht schlecht. 1968 brachte er dreißigtausend im Jahr plus Sonderleistungen. Ein Jahr vor meiner Wahl war ich noch Captain in der Army, mit zehntausend Dollar im Jahr.«

»Sie haben bündelweise Orden bekommen. Sagt wenigstens Grimes.«

»Ja, bündelweise.«

»Für was?«

»Für das Töten von Leuten. Kleinen Leuten meistens. Sie schienen das für wichtig und notwendig zu halten. Die Leute, die mir die Orden gegeben haben, meine ich.«

»Aber Sie haben sie zurückgeschickt.«

»Das kam später. Ich nahm sie an und behielt sie eine Zeitlang, und dann habe ich mich betrunken und sie zurückgeschickt. Eine dieser Gesten, eher albern.«

»Die kleinen Leute blieben ja tot.«

»Die blieben tot.«

»Aber Sie kamen in die Presse.«

»Und ins Fernsehen. Vergessen Sie das Fernsehen nicht. Sie fanden mich im Fernsehen ausgesprochen gut.«

»Wer?«

»Die Typen, die zu mir kamen. So zwei Macher, die wissen wollten, ob ich Congressman werden wollte. Ich war achtundzwanzig und pleite. Mein Gegner bei den Vorwahlen war zweiundsiebzig und reich und ein bißchen senil. Ich war hungrig, er nicht. Also habe ich gewonnen. Er war zweiundvierzig Jahre im Kongreß gewesen, und als er verlor, ist angeblich sein Herz gebrochen. Ich wurde gewählt, weil ich gesagt hatte, daß es mir leid tue, all die eher kleinen Leute getötet zu haben. Damals 1968 war das ein irres Wahlthema, wenigstens in meinem Wahlkreis. Ich hatte alle Irren in meinem Wahlkreis.«

Delft Csider nahm einen Schluck Drambuie. »Und wo haben Sie Grimes kennengelernt?«

»In der Schule. Im College.«

»Sie blieben Freunde?«

»Er war einer der Macher, die zu mir kamen und mich fragten, ob ich Lust hätte, Abgeordneter zu werden.«

»Er kannte auch Ihre Frau, nicht wahr?«

Dunjee nickte.

»Wie war sie?«

»Sehr hübsch, überintelligent, ungeheuer engagiert, ungeheuer motiviert – insgesamt eine wahre Plage. Ihr Vater war ein hoher Gewerkschaftsboss, ihre Mutter Schauspielerin und politisch verdächtig. Eine ausgesprochen politische Familie. Einer ihrer Onkel rammte mal eine Faust in Joe McCarthys Kinnlade, sagte er jedenfalls. Meine Frau ist 1939 geboren und sagt immer, daß ihre früheste Kindheitserinnerung ein Treffen der Bewegung *Second Front Now* in New York gewesen sei, da war sie drei oder vier. Ihr stolzester Augenblick kam 1952, als sie im Fernsehen zusah, wie ihre Mutter dem Komitee für unamerikanische Aktivitäten sagte, sie könnten sie alle mal, usw. Ich entpuppte mich irgendwie als Enttäuschung für unsere Nan, wie Grimes sie zu nennen pflegt.«

»Komisch, auf mich wirken Sie gar nicht wie der typische Politiker.«

Dunjee hob die Schultern. »Die gibt's in allen Größen und

Schattierungen. Der eine schreibt, der andere malt, der dritte singt. Es hat Senatoren und Abgeordnete gegeben, die Astronauten waren oder Schauspieler oder Sportler. Wenn sie dafür zu alt geworden sind, werden sie manchmal Politiker. Kein schlechter Weg, um die Antwort auf eine Frage zu finden, die eine Menge Leute plagt: Wer bin ich? Ist man Politiker, kann man sagen, ich bin der Bürgermeister oder der Schatzmeister oder sogar Präsident der Vereinigten Staaten. Und wenn man dann noch eine Mehrheit zusammenkriegt, die das auch findet, dann ist man es wirklich; und an der Tür hat man ein Schild, das es beweist.«

»Was sind Sie jetzt?«

Dunjee lächelte. »Philosoph.«

»Dazu braucht man nicht gewählt zu werden, richtig?«

Dunjee schüttelte den Kopf. »Man ernennt sich selbst dazu, oder besser noch, man salbt sich. Was ist mit Ihnen? Auch ein Schild an der Tür?«

»Ich sagte es doch bereits, ich bin die Unterstützung.«

»Aber ehe Sie die Unterstützung waren?«

»Ich habe dies und das gemacht, hier und dort.«

»Haben Sie was dagegen, wenn ich frage, wo hier und dort war?«

»Ich habe nichts dagegen«, sagte sie und trank den letzten Schluck Drambuie. Dann zündete sie sich eine Zigarette an und blies den Rauch zur Seite. »Ich bin dreißig. Möglicherweise bleibe ich noch ein paar Jahre dreißig. Meine Mutter und ich sind 1956 aus Ungarn geflohen. Ich war damals fünf. Was mit meinem Vater passiert ist, weiß ich nicht, außer daß er getötet wurde. Wir haben nie in Erfahrung bringen können, wie. Wir kamen nach Wien und blieben ein Jahr. Ich lernte Deutsch. Dann gingen wir nach Genua, für zwei Jahre. Ich lernte Italienisch. Habe ich schon erwähnt, daß meine Mutter Krankenschwester war? Sie heiratete in Genua einen Arzt. Libanese und ein netter Mann. Wir gingen nach Beirut. Ich lernte Arabisch. Und Französisch. Der Doktor starb zwei Jahre später an Krebs. Er hinterließ ein bißchen Geld, aber nicht viel. Zu der Zeit wurden in Berlin Krankenschwestern gebraucht, also gingen wir nach Berlin. Ich schätze, ich habe nie eine Sprache wirklich gelernt. Aufgesogen wäre vielleicht präziser. Ich bin ein Papagei. Wir blieben von 1961 bis 1964 in Berlin. Inzwischen gab es in den Staaten akuten Schwesternmangel. Also beschlossen wir, in die Staaten zu gehen. Da war ich dreizehn. Wir brachten uns in einem halben Jahr Englisch bei und gingen nach San Francisco. Meine Mutter arbeitete als private Pflegerin, meist für die Reichen. Sie war enorm tüchtig. Wir wohnten üblicherweise bei ihnen. Den Reichen, meine ich. Meine Mutter starb 1970 an einem Schlaganfall, sie war erst einundvierzig. Ich war neunzehn.«

»Eine Menge Umzüge«, sagte Dunjee. »Und eine Menge Schulen.«

Delft Csider lächelte kaum merklich. »Ich bin nie zur Schule gegangen.«

»Nie? Nicht mal in eine Grundschule?«

»Nicht mal in eine Grundschule. Sehen Sie nicht so fassungslos drein.«

»Jeder geht zur Schule.«

»Nicht jeder.«

»Aber was ist . . .«

»Mit den Schulaufsichtsbehörden? Das wollten Sie doch fragen, oder? Jeder fragt das.«

Dunjee nickte.

»Sie haben mich übersehen. Sie interessierten sich nicht für ordentlich angezogene, ernste kleine Mädchen, die ihre Schulstunden in öffentlichen Bibliotheken zubringen. Da hing ich herum, wenn meine Mutter tagsüber arbeitete. Wenn sie nachts Dienst hatte, was meist der Fall war, blieb ich bei ihr zu Hause. Sie war meine . . . beste Freundin, könnte man sagen.«

»Haben Sie denn nie Lust gehabt, in eine Schule zu gehen?«

»Nein. Warum?«

»Weiß ich auch nicht. Um was zu lernen, schätze ich.«

»Wollen Sie damit sagen, daß ich ungebildet bin?«

Dunjee lächelte sie entschuldigend an. »Nein, das wollte ich damit nicht sagen.«

Sie lächelte zurück. »Also hören Sie den Rest. Ich bin schlecht in Baseball und amerikanischem Football. Aber ich bin ein As in Geographie, Geschichte und Politik und kenne mich im Leben der Reichen aus. Da habe ich so was wie ein Studium hinter mir, könnte man sagen. Als meine Mutter gestorben war, lebte ich bei einem sehr reichen, sehr alten Mann. Wir reisten viel. Ich hatte mir genügend Erfahrung als Pflegerin von meiner Mutter abgeguckt, um ihm seine Spritzen zu geben und seinen Blutdruck zu checken.

Der alte Herr interessierte sich für Politik. Und er setzte gern auf Sieger. So lernte ich Grimes kennen. Er kam vorbei, um irgendwelches Geld von dem alten Gentleman abzuholen, 1976. Eine ganze Menge Geld. Wir kamen ins Gespräch, Grimes und ich. Ihm schien es völlig gleichgültig, ob ich je zur Schule gegangen war oder nicht. Er sagte, wenn ich mal einen Job brauchte, sollte ich zu ihm kommen. Der alte Gentleman starb ein halbes Jahr später. Ich ging zu Grimes und arbeite seither für ihn.«

»Und machen das, was er macht?«

Sie nickte. »Ich lerne. Er sagt, ich mache es ziemlich gut. Na, was ist, Philosoph? Bin ich tauglich?«

Dunjee lächelte wieder. »Mit Sicherheit«, sagte er.

17

Oben in Dr. Mapangous geliebtem Apartment in der East 60th Street senkte Alex Reese sich in den Sessel hinter dem maßgefertigten Schreibtisch aus Pecanholz, setzte die Kühltasche auf die ledereingefaßte Schreibunterlage und starrte Dr. Mapangou unheilverkündend an, der nervös vor ihm stand und nicht sicher war, ob er sich ohne Erlaubnis setzen durfte.

»Was haben Sie zu trinken?« wollte Reese wissen.

Dr. Mapangou lächelte. Er durfte Gastgeber spielen, eine Rolle, die ihm auf den Leib geschrieben war. »Vielleicht einen exzellenten Whisky? Oder französischen Cognac?«

»Whisky«, sagte Reese. »Etwa soviel.« Er hielt Daumen und Mittelfinger an die fünf Zentimeter auseinander.

Dr. Mapangou goß eilfertig fünf Zentimeter hoch Whisky in ein Glas für Reese und ein geringeres Quantum Cognac in ein anderes für sich. »Darf ich mich setzen?« fragte er, während er die Drinks auf dem Schreibtisch abstellte.

»Ja«, sagte Reese, trank die Hälfte des Whiskys und holte die Blechzylinder aus der Kühltasche. Er schraubte beide auf und kippte den Inhalt auf die Schreibunterlage. Zwei tiefgekühlte, abgetrennte Finger zeigten anklagend auf Dr. Mapangou, der zusammenschauderte.

Reese beugte sich vor, um die Finger eingehender zu begutachten. »Nägelkauer, oder?« sagte er und richtete wieder seinen unheilverkündenden Blick auf Dr. Mapangou.

Dr. Mapangou schien zu glauben, die Frage erfordere eine Antwort, also beugte er sich vor, inspizierte seinerseits mit einem hastigen Blick die beiden Finger, nickte dann und trank schnell einen Schluck Cognac.

»Haben Sie ein Stempelkissen?« fragte Reese.

»Wie bitte?«

»Stempelkissen, Sie wissen doch.« Reese machte eine Faust, schlug einmal rechts auf die Schreibtischplatte und dann weiter links noch einmal, als wollte er jemandem, der noch nie von Stempeln gehört hatte, demonstrieren, wie man Dokumente abstempelte.

»In der zweiten Schublade links«, sagte Dr. Mapangou, plötzlich überzeugt, daß Reese einen fabelhaften Bezirkschef in einer unterdrückten afrikanischen Kolonie abgäbe.

Reese fand das Stempelkissen und auch zwei Blatt weißes weiches Papier. Dr. Mapangou beobachtete fasziniert, wie Reese die abgetrennten Finger sorgfältig aufs Stempelkissen drückte und dann auf je einem Blatt Papier abrollte. Reese steckte dann die Bogen liebevoll in einen gebrauchten Manilaumschlag, den er in der mittleren Schublade gefunden hatte.

»Waschen Sie sie ab«, sagte er und benutzte seinen eigenen Mittelfinger und Daumen, um die abgetrennten Finger über den Schreibtisch in Richtung Dr. Mapangou zu schnipsen.

»Wie bitte?« fragte Dr. Mapangou wieder.

»Waschen, abwaschen«, sagte Reese und demonstrierte eine Art Trockenkurs im Händewaschen.

Dr. Mapangou nahm mit spitzen Fingern die beiden abgetrennten Finger hoch, trug sie in seine Kitchenette, wusch die Farbe mit einem Stück Lavendelseife ab und trocknete sie mit einem Papierhandtuch. Dann brachte er sie Reese zurück.

»Sie tauen allmählich auf, glaube ich«, sagte Dr. Mapangou.

»Haben Sie Alufolie?«

Dr. Mapangou nickte.

»Wickeln Sie sie fest in die Folie, und tun Sie sie in Ihr Tiefkühlfach.«

Als Dr. Mapangou auch das erledigt hatte, kehrte er in den Wohnraum zurück und setzte sich in den Sessel vor dem Schreibtisch. Er sah zu, wie Reese seinen Whisky trank, sich im Zimmer umblickte und anerkennend nickte.

»Wirklich hübsch haben Sie es hier«, sagte Reese. »Was blecht man denn für so was?«

»Zweitausendeinhundertfünfzig, monatlich.«

»Kein Witz? So viel? Erzählen Sie mal von den Fingern, Doktor.«

»Ich wußte nicht, was in der Tasche war.«

»Das wußten Sie nicht?«

»Nein.«

»Lassen Sie mich nachdenken. Sie gingen etwa um Viertel vor zehn von hier fort zum Gotham Hotel, blieben da etwa eine halbe Stunde und kamen mit zwei tiefgekühlten Fingern in Zigarrenbehältern wieder raus, hübsch verpackt in einer Tiefkühltasche – nur wußten Sie nicht, daß es zwei Finger waren, richtig?«

»Das ist richtig.«

»Was war es denn, Ihrer Meinung nach?«

»Ich wußte es nicht, man hat es mir nicht gesagt.«

Reese nickte. »In welches Zimmer sind Sie gegangen? Vergessen Sie nicht, daß ich das alles checken werde.«

»Zimmer 542.«

»Und das bewohnte wer?«

»Man hatte mir gesagt, ein Mr. Minder.«

»Bewohnt es dieser Mr. Minder?«

»Nein.«

Reese seufzte. »Okay. Wen haben Sie in Zimmer 542 getroffen?«

»Mr. Arnold«, sagte Dr. Mapangou, »und Mr. Benedict.«

»Arnold und Benedict, wer sagt's denn!«

»Ja, Arnold und Benedict.«

»Erzählen Sie mal von Arnold und Benedict. Weiße?«

»Ja, Amerikaner.«

»Ihre Vornamen?«

»Die kenne ich nicht. Sie haben immer nur Arnold und Benedict als Namen angegeben.«

»Gut, lassen wir das mal beiseite. Was wollten Arnold und Benedict von Ihnen?«

»Ich sollte die beiden . . . Zigarrenbehälter abliefern.«

»Und bei wem?«

Dr. Mapangou griff nach seinem Cognacglas, nahm einen Schluck und dachte, jetzt wird es unangenehm. Er seufzte und setzte das Glas auf dem Schreibtisch wieder ab.

»Ich sollte die Zigarrenbehälter an bestimmte Delegierte der libyschen und der israelischen Vertretung abliefern. Je einen.«

»Welche Delegierte?«

»Einen an Fathi Ashour, er ist Libyer, und einen an Gad Efrati. Er ist natürlich der Israeli.«

»Und was sollten Sie dem Bruder Ashour und dem Bruder Efrati ausrichten, nachdem Sie die abgeschnittenen Finger abgeliefert hatten?«

»Von den Fingern wußte ich nichts.«

»Okay. Davon wußten Sie nichts. Was sollten Sie ihnen denn ausrichten?«

»Beiden das gleiche.«

»Und das war?«

»Ich mußte es auswendig lernen.«

»Sie wollen sagen, Arnold und Benedict ließen Sie es auswendig lernen?«

»Ja.«

»Und was?«

»Ich sollte Ashour und Efrati folgendes sagen: ›Wenn Sie den Rest der Ware haben wollen, beträgt der Preis zehn Millionen Dollar. Bei Erhalt des Geldes wird die Ware unbeschädigt innerhalb von vierundzwanzig Stunden geliefert. Dr. Mapangou dient als Mittelsmann.‹ Das war's, was ich auswendig lernen mußte.« Dr. Mapangou schüttete hastig den Rest Cognac in sich hinein.

Reese nickte nachdenklich mit seinem mächtigen Schädel. Er beugte sich über den Schreibtisch zu Dr. Mapangou hinüber und senkte seinen kräftigen Baß zu einem vertraulichen Grummeln. »Verraten Sie mir eins: Was, glauben Sie, ist der ›Rest der Ware‹?«

Dr. Mapangou schluckte geräuschvoll. »Ich weiß es nicht.«

»Kommen Sie, Doktor. Sie liefern ihnen je einen Finger. Also, was glauben Sie, gehört zu einem Finger?«

»Eine Person?« flüsterte Dr. Mapangou.

»Eine Person!« sagte Reese und versuchte, erstaunt zu klingen, aber es mißlang eher. »Das ist gut! Für ein Dschungeläffchen verdammt gut, würde ich sagen. Ich frage mich, wieso mir das nicht eingefallen ist. Eine *Person*!«

Dr. Mapangou probierte ein Lächeln. »Vielleicht noch etwas Whisky?«

»Sicher. Warum nicht?«

Dr. Mapangou stand auf, während Reese, die Hände hinter seinem mächtigen kahlen Schädel verschränkt, gegen die Decke starrte. »Eine Person. Für wen wären die Israelis wie auch die Libyer bereit, zehn Millionen zu zahlen, falls er in gutem Zustand abgeliefert würde?«

»Vielleicht ist die Person eine Sie?« fragte Dr. Mapangou und setzte den Whisky vor Reese ab.

»Eine Sie. Könnte sein. Nur glaube ich nicht, daß eine Sie so kurze Finger hat, dazu abgekaute Nägel und ausgefranste Nagelhaut. Nein, ich glaube, es ist ein Er.«

Er spielt mit mir, dachte Dr. Mapangou bedrückt. Er hält mich für einen Narren und verlangt gleich etwas Schlimmes von mir. Zum erstenmal wünschte Dr. Mapangou sich, nie nach New York gekommen zu sein.

»Wissen Sie, was ich mit den zwei Bogen Papier mache, die ich da im Umschlag habe?« fragte Reese und klopfte mit der linken Hand auf den Manilaumschlag.

Dr. Mapangou schüttelte den Kopf.

»Ich nehme sie mit runter nach Washington, und da vergleiche ich sie mit Fingerabdrücken, die die französische Polizei in einem Hotelzimmer in Paris gefunden hat, und ich wette, um was Sie wollen, daß sie identisch sind. Und wissen Sie, wem die Fingerabdrücke gehören, die die Franzosen in dem Hotelzimmer in Paris gefunden haben?«

Wieder schüttelte Dr. Mapangou den Kopf und wartete angstvoll auf das, was Reese weiter sagen würde.

»Na, sie gehören Gustavo Berrio-Brito. Ihm. Dem berühmten Freiheitskämpfer. Dem Typ, den jeder Felix nennt. Sie haben von Felix gehört, oder, Doktor?«

»Ja«, flüsterte Dr. Mapangou, »ich habe von ihm gehört.«

Reese starrte Dr. Mapangou ein paar Sekunden lang an. Als er schließlich sprach, klang seine tiefe Stimme weich und merkwürdig sanft. »Am besten erzählen Sie auch noch den Rest, Doktor. Alles. Sie wissen, daß ich es sowieso aus Ihnen raushole, auf die eine oder andere Weise.«

Dr. Mapangou starrte die Schreibunterlage an. Zwei Tränen

rollten seine Wangen hinab. Einen Augenblick später begann er, mit undeutlicher, erstickter Stimme zu sprechen, Reese mußte sich vorbeugen, um ihn zu verstehen.

Dr. Mapangou fing am Anfang an, damals, als er so hohe Schulden hatte und seine Gläubiger ihm immer dichter auf den Leib rückten und der Mann, der Arnold hieß, wie von Zauberhand plötzlich auftauchte, eine Art teiggesichtige Fee aus dem Märchen, die einen Aktenkoffer voller grünlicher Scheine bei sich hatte, die sich in Hundertdollarnoten verwandelten, als Dr. Mapangou seine Brille aufgesetzt hatte.

»Dieser Typ Arnold«, sagte Reese. »Wie sah er aus?«

Dr. Mapangou gab eine genaue Beschreibung von Franklin Keeling, dem Ex-CIA-Mann mit seinem ständig aufgebrachten Gesichtsausdruck und seinem gelegentlich gequälten Satzbau.

»Macht er oft so?« fragte Reese und rieb sich mit der rechten Hand hart die untere Gesichtshälfte.

»Ja, oft.«

»Und wenn er redet, bewegt er so seine Hände?« Reese ließ seine Hände über der Schreibunterlage flattern.

»Wie dicke Schmetterlinge«, sagte Dr. Mapangou, ein heimlicher Poet, der sich auf seine bildhafte Sprache viel zugute tat, die Früchte seiner Begabung aber verschämt in der untersten Schublade seines Schreibtisches verschlossen hielt.

»Der andere, Benedict. Wie sah er aus?«

Dr. Mapangous Beschreibung von Jack Spiceman, dem Ex-FBI-Agenten, war gleichermaßen genau und detailliert. »Er hat ganz reglose Augen«, sagte Dr. Mapangou. »Irgendwie fern, wie verwunschene Seen.«

»Wieviel Geld war in dem Aktenkoffer?«

»Einhunderttausend Dollar.«

»Wofür?«

»Es war ein . . . Vorschuß.«

»Ein Vorschuß? Auf was?«

»Ich sollte Informationen liefern.«

»An sie?«

»Und an andere.«

Reese erhob sich und schlenderte zu Dr. Mapangous Bar. Er nahm eine Flasche Whisky hoch und studierte das Etikett. Er studierte es noch, als er sagte: »Vor drei Monaten wurde in der

Delegierten-Lounge in den UN ein Gerücht in Umlauf gebracht: libysches Öl gegen amerikanische Waffen. Vielleicht haben Sie zufällig davon gehört?«

Dr. Mapangou räusperte sich. »Möglich wäre es.«

Reese kehrte an den Schreibtisch zurück und plazierte die Whiskyflasche präzise in die Mitte der Schreibunterlage. »Vielleicht«, sagte er, »vielleicht haben Sie es in die Welt gesetzt?«

Dr. Mapangou schwieg.

»Na?«

»Sie . . . sie haben mir die Information geliefert.«

»Arnold und Benedict?«

Dr. Mapangou nickte.

»Und Sie ließen hier und da kleine Andeutungen fallen.«

Dr. Mapangou nickte.

»An die Nigerianer vielleicht?«

Noch ein Nicken von Dr. Mapangou, ein klägliches.

»Nichts daran auszusetzen«, sagte Reese und setzte sich zurück in den Sessel hinter dem Schreibtisch. »Sie sind Diplomat. Sie hörten etwas. Sie gaben es weiter. Das ist doch das, was Diplomaten so tun, oder?«

»Ja«, murmelte Dr. Mapangou.

Reese goß sich noch mal fünf Zentimeter hoch Whisky ins Glas. »Sie erwähnten, daß Sie Informationen an Arnold und Benedict nach einem bestimmten Prinzip weitergegeben haben. Regelmäßig?«

»Ziemlich regelmäßig, ja.«

»Was ist ziemlich regelmäßig?«

»Einmal wöchentlich.«

»Geschriebene Berichte?«

»Ja.«

»Haben Sie Kopien behalten?«

Dr. Mapangou antwortete nicht.

Reese ließ seine Augen durchs Zimmer wandern. »Ich könnte dieses Zimmer in zwanzig Minuten von innen nach außen kehren oder kehren lassen.«

»Ich habe Kopien behalten.«

»Was stand in den Berichten – bloß allgemeiner Klatsch?«

»Meist ja.«

»Und ich schätze, sie haben noch ein bißchen zugelegt, oder?«

»Wie bitte?«

Reese rieb den Daumen gegen seine Finger, seit alters her der unmißverständliche Hinweis auf Geld.

»Ja . . . doch, sie belohnten mich mit ein bißchen Extrageld.«

»Wieviel ist ein bißchen Extrageld?«

Dr. Mapangou schloß die Augen, weil er Reeses Gesichtsausdruck nicht sehen wollte, wenn er antwortete. Er flüsterte seine Antwort. »Fünftausend Dollar.«

Reeses Ton war ungläubig. »Im Monat?«

Dr. Mapangou nickte, die Augen immer noch fest geschlossen. »Im Monat.«

»Jesus! Und wie gehen Sie vor?«

»In der 12th Street im Village ist ein Süßwarenladen. Der Besitzer ist blind. Ich liefere bei ihm jeden Freitag die Berichte ab. Am ersten Freitag im Monat gibt er mir mein Geld.«

»Wenn er blind ist, wie weiß er, daß Sie es sind?«

»Ein einfacher Code. Ich pflege ihn nach Fatimas zu fragen, einer Zigarettenmarke, die, glaube ich, nicht mehr hergestellt wird. Wenn er keine Anweisungen für mich hat, sagt er einfach nein. Aber wenn er irgendeine Mitteilung von Arnold und Benedict hat, sagt er auch, nein, er hätte keine Fatimas, aber er hätte Murads. Dann gehe ich zu einer bestimmten Zeit an eine bestimmte Telefonzelle und lasse mir die Anweisungen mündlich durchgeben.«

Reese nickte langsam, wobei ungewiß blieb, ob das Anerkennung oder Verstehen bedeutete oder beides. »Also, womit haben Sie sich die fünftausend Mäuse im Monat verdient, Doktor?«

»Das habe ich Ihnen doch gerade gesagt.«

»Nein«, sagte Reese und schüttelte den Kopf. »Was Sie mir erzählt haben, ist, na, allenfalls fünfhundert im Monat wert, aber keine fünftausend. Was war das Superding, auf das Sie angesetzt worden sind?«

Ich werde nicht antworten, dachte Dr. Mapangou und schloß wieder die Augen. Morgen fahre ich zum Flughafen und besteige eine Maschine nach Dakar, und in Dakar nehme ich den Bus nach Banjul, und von da gehe ich in den Busch. Da können sie mich nicht finden. Nie.

Er öffnete die Augen und blickte geradewegs in die eiskalten Augen von Reese und zuckte unter dem eisigen Blick wie unter einem Schlag zusammen. »Felix«, sagte Dr. Mapangou, »sie wollten, daß ich Felix für sie finde.«

Ein riesiges Lächeln breitete sich über das Gesicht von Reese. »Na, ist das wahr«, sagte er, schnappte sich sein Glas und leerte es in einem Zug. »Ist das zu fassen!« Er wischte sich mit dem Handrücken über den Mund, aber sein Lächeln blieb erhalten. »Sie haben ihn aufgespürt. *Sie* haben Felix aufgespürt.«

Dr. Mapangou schloß wieder die Augen und dachte an Banjul.

»Wie haben Sie das gemacht?« fragte Reese, und zum erstenmal war nichts als Bewunderung in seiner Stimme.

Irgend etwas flackerte in Dr. Mapangous Hirn auf, verlosch und flackerte wieder auf. Er versuchte, es zu ersticken, aber es wollte nicht verlöschen.

»Das war nicht ganz einfach«, sagte er mit unüberhörbarem Stolz.

»Bestimmt nicht.«

»Ich habe viele Freunde in den UN. Sie erzählen mir was. Manchmal wissen sie gar nicht richtig, was sie mir wirklich erzählen. Ich meine damit, ein Freund erzählt mir was, und ich erzähle ihm was, und ein anderer Freund erzählt mir wieder was, und ich setze alles zusammen, wie bei einem Puzzle. In diesem Fall hatte ein PLO-Freund etwas erwähnt und ein Mitglied der irischen Delegation etwas anderes, und dann hat einer meiner Kollegen aus Libyen eine ziemlich unvorsichtige Bemerkung fallenlassen, und die Israelis sind sowieso furchtbar geschwätzig; von ihnen hat einer – ich sage nicht, wer – mir in aller Ahnungslosigkeit das letzte Stück zum Puzzle geliefert, das ich brauchte.«

»Und was war das?« fragte Reese mit nackter Neugierde.

»Es war der Name eines Arztes – eines indischen Arztes in London. Er hatte keine Erlaubnis zu praktizieren, tat es aber trotzdem. Tut es noch, schätze ich. Er behandelte eine Frau und ihr Kind. Die Frau hatte Tuberkulose. Die Frau war ihm von irgendwem in der IRA geschickt worden. Er war – ist es noch, schätze ich – der behandelnde Arzt der IRA. Vielleicht Spezialist für Schußwunden?«

»Yeah, vielleicht.«

»Gut. Ich hörte von einer Person die Geschichte mit dem Arzt, von einer anderen die Geschichte von der Mutter mit ihrem Kind und aus einer anderen Quelle, daß Felix sich Sorgen um ein weibliches Mitglied seiner Organisation machte, das Tuberkulose hatte. Da habe ich die Stücke zusammengesetzt und das Ergebnis an Mr. Arnold und Mr. Benedict weitergegeben.«

Reese lehnte sich im Sessel zurück und starrte Dr. Mapangou nachdenklich an. Zum erstenmal lag ein beträchtliches Maß von Respekt in dem Blick, mit dem er den kleinen, akkuraten Mann mit dem leicht ergrauten Haar betrachtete.

»Mr. Arnold und Mr. Benedict«, sagte Reese schließlich sinnierend.

»Ja.«

»Sie wollen also Felix sowohl an die Libyer wie an die Israelis verkaufen, für zehn Millionen Dollar, richtig?«

»Ja.«

»Aber es kann keine zwei Felixe geben, oder?«

»Nein.«

»Was sie also wirklich vorhaben, diese Herren Arnold und Benedict, ist ein handfester Beschiß, richtig?«

»Beschiß? Ja, Beschiß, wie Sie sagen.«

Reese beugte sich über den Schreibtisch und senkte seine Stimme in den Baßbereich, bis sie zu einem vertraulichen Grummeln wurde. »Wie sollte dabei Ihr Schnitt aussehen, Doktor – von den zwanzig Millionen?«

Dr. Mapangou leckte sich die Lippen. »Fünfhunderttausend?« Es hörte sich an wie eine Testfrage.

Reese nickte mit seinem mächtigen Schädel, als sei der Betrag diskutabel, aber keineswegs übertrieben hoch. Er machte eine sorgfältige Pause und wählte dann ebenso sorgfältig seine Worte. »Würden Sie gern, sagen wir, zwei Millionen machen?«

Das Fünkchen Hoffnung, das irgendwo in Dr. Mapangou geflakkert hatte, schlug hoch zu einer lodernden Flamme. Aber er beherrschte seine Stimme bis auf den winzigen Kiekser ganz am Schluß.

»Ja«, sagte er, »ausgesprochen gern.«

18

Es gab einen kleinen Disput, Streit konnte man es nicht nennen, über den Fensterplatz. Schließlich einigte man sich darauf, daß der Engländer mit den traurigen Augen ihn haben sollte, weil er gern hinaussah. Nach einem weiteren kleinen Disput, der den Amerikaner sichtbar entnervte, einigte man sich darauf, daß die junge Frau, die Engländerin oder Amerikanerin sein konnte, neben dem Engländer sitzen sollte, während der Amerikaner mit dem leicht schiefen linken Backenknochen, der ihn so aussehen ließ, als schiele er ein bißchen, sich mit Platz 3-B auf der anderen Seite des Gangs begnügte, der neben dem Erster-Klasse-Fensterplatz 3-A lag, der schon von Faraj Abedsaid, Kulturattaché an der Botschaft der Republik Libyen in London, eingenommen worden war.

Um 8 Uhr 45 klinkte Dunjee seinen Gurt ein, als der Pilot der Maschine auf italienisch, englisch und französisch ansagte, daß dies der Alitaliaflug 317 von London nach Rom sei und die Flugzeit etwa zwei Stunden und fünfzehn Minuten betragen werde. Dunjee drehte sich zur Seite und bedachte seinen Sitznachbarn mit dem, was er in seinen Kongreßzeiten sein Wahlnicken genannt hatte: höflich, nicht zu freundlich, aber auch nicht zu distanziert, ein Nicken, das zu besagen schien, wenn du mich auch nicht wählen kannst, Junge, kennst du vielleicht einen, der das kann. Abedsaid nickte zurück.

Als die Maschine Reisehöhe erreicht hatte, öffnete Delft Csider den großen Aktenkoffer, den sie auf dem Schoß hatte, und fragte mit klarer, durchdringender Stimme: »Möchten Sie zuerst die Post erledigen, Congressman, oder möchten Sie das Ergebnis der Bohrungen aus Denver?«

»Bringen wir zuerst die Post hinter uns«, sagte Dunjee und sprach etwas lauter als gewöhnlich.

Delft Csider reichte ihm ein Bündel Briefe und eine feste Schreibunterlage. Dunjee suchte ausgiebig seinen Füller, um Abedsaid Zeit zu geben, den Briefkopf zu lesen: *Anadarko Explorations Inc. Tulsa Oklahoma.* Es gab auch noch eine Adresse, eine Telefonnummer, eine Telexnummer und ein Telegrammkürzel ANADEX, aber alles war zu klein gedruckt, um von Abedsaids Platz aus gelesen werden zu können.

Dunjee begann, die Briefe zu unterzeichnen, wobei er jeden sorgfältig durchlas. Nachdem er unterschrieben hatte, reichte er den Brief über den Gang an Delft Csider zurück. Harold Hopkins neben ihr betrachtete die Wolken vor dem Fenster. Aber nach einer Weile lehnte er sich in seinem Sitz zurück und schlief ein.

Als er beim letzten Brief angekommen war, fragte Dunjee: »Wo ist denn der Brief an Minister Obalana in Lagos?«

»Sie hielten es doch für besser, ihn von Rom aus anzurufen, Congressman.«

»Ja, richtig. Das hatte ich vergessen. Nehmen wir uns jetzt den Bohrungsbericht aus Denver vor. Schon gut, ich sehe ihn.« Dunjee langte über den Gang hinweg in den geöffneten Aktenkoffer. Die Unterlage mit dem letzten Brief rutschte ihm vom Schoß und fiel Abedsaid vor die Füße. Der Libyer bückte sich, hob beides auf und las, daß der Brief an Salim Abdulrazzak gerichtet war, der zufällig Minister im Emirat Kuweit war.

»Vielen Dank«, sagte Dunjee.

»Aber bitte«, sagte Abedsaid und reichte ihm Brief und Unterlage. Dunjee unterschrieb und gab beides an Delft Csider weiter.

Als das erledigt war, sagte Abedsaid: »Sie sind Congressman in den Staaten?«

Dunjee blickte ihn von seitwärts an und bedachte ihn mit seinem besten Lächeln – sehr weiß, sehr herzlich, sehr breit. »Nicht mehr. Nur meine Mitarbeiter nennen mich noch so, aus Gewohnheit.«

»Aber Sie waren einmal Abgeordneter?«

»Allerdings. Von 1969 bis 1971. Ich bin Dunjee. Chubb Dunjee.« Er streckte seine Hand aus.

Nach weniger als einer Sekunde nahm Abedsaid die ausgestreckte Hand, schüttelte sie und sagte: »Abedsaid.«

»Freut mich, Sie kennenzulernen, Mr. Abedsaid«, sagte Dunjee und sprach den Namen ein bißchen falsch aus.

»Mir fiel auf, daß der Name Ihrer Firma *Anadarko* ist.«

»*Anadarko Explorations Inc.* Aber wir haben unseren Firmensitz in Tulsa, das liegt in Oklahoma.«

»Verstehe«, sagte Abedsaid. »Und Sie waren Congressman für Oklahoma.«

»Nein. Kalifornien, Los Angeles. Woher kommen Sie?«

»Aus Tripolis«, sagte Abedsaid und fügte trocken hinzu: »Das liegt in Libyen.«

»Libyen ist augenblicklich ein bißchen weg von unserem Arbeitsgebiet«, sagte Dunjee, »aber vielleicht nicht mehr lange, besonders, wenn der Golf von Sidra sich als fündig erweist.«

»Sind sie . . .«

»Spezialisten für Off-Shore-Bohrungen«, bediente Dunjee ihn bereitwillig, »als Gutachter. Wir haben vor Santa Barbara angefangen, waren dann eine Zeitlang in der Nordsee, und anschließend wurden wir runter nach Nigeria geholt.«

»Das Gebiet vor Port Harcourt?«

»Näher an Bonny, eigentlich«, sagte Dunjee, der nicht einsah, warum er sich so plump hereinlegen lassen sollte. »Sie sind auch im Ölgeschäft?«

»Nicht direkt«, sagte Abedsaid und lächelte sparsam. »Obwohl ich mein Diplom in Petrotechnik auf der Universität von Oklahoma gemacht habe.«

Dunjee schien entzückt. So entzückt, daß er Delft Csider auf der anderen Seite des Ganges anstieß. »Das müssen Sie hören, Delft. Mr. Abedsaid hier hat in Oklahoma studiert.«

Delft Csider lächelte kühl. »Ach, wirklich?«

»Ich fand Oklahoma . . . faszinierend«, sagte Abedsaid.

»Glaube ich Ihnen gern«, sagte Dunjee. »Obwohl ich mich dort ein bißchen schwer tue. Gottlob reisen wir viel.«

»Warum lassen Sie sich nicht woanders nieder?«

»Tja, erstens sitzen meine Geldgeber alle in Tulsa, und zweitens gibt es da die Fachleute, die wir brauchen, da und in Texas. Wenn man sich auf Off-Shore-Bohrungen spezialisiert und es richtig anfangen will, holt man sich am besten ein paar von den guten alten Boys aus Texas und Oklahoma.«

»Ja«, sagte Abedsaid, »ich weiß. Ihr Präsident, Mr. McKay, kommt auch aus Oklahoma, nicht wahr?«

»Oklahoma City, ja.«

»Ich meine mich zu erinnern, daß auch er Kongreßabgeordneter gewesen ist.«

»Für zwei Sitzungsperioden.«

»Kannten Sie ihn?«

»Nein. Ich war vor seiner Zeit im Kongreß.«

»Sie waren doch auch im Ölgeschäft, die Brüder McKay, meine ich.«

»Sind sie immer noch – nur haben sie alles in eine Stiftung eingebracht. Wenn stimmt, was alle behaupten, waren die McKays nicht nur tüchtig, sondern hatten auch Glück, was man beides braucht, um es im Ölgeschäft zu schaffen.«

»Präsident McKays Bruder hat so einen seltsamen Spitznamen, meine ich mich zu erinnern. Jedenfalls für mich seltsam.«

»Bingo.«

»Kennen Sie ihn?«

»Jeder kennt Bingo. Wir sind zwar nicht direkt befreundet, kennen einander aber.«

»Wie lange bleiben Sie in Rom, Mr. Dunjee?«

»Ein paar Tage. Ich habe ein paar Termine mit den ENI-Leuten.«

»Und wo wohnen Sie?«

Jetzt wußte Dunjee, daß er ihn hatte. Abedsaid hatte angebissen. Dunjee spielte seine Hand vorsichtig. Er beugte sich über den Gang zu Delft Csider. »Wo wohnen wir in Rom?«

»Im Hassler«, sagte sie.

»Im Hassler«, sagte Dunjee.

»Ein ausgesprochen angenehmes Hotel«, sagte Abedsaid, während er den Knopf bediente, der seinen Sessel nach rückwärts kippte. »Ich wohne manchmal auch dort.«

Abedsaid schloß die Augen und gab vor, in Schlaf zu versinken. Dunjee vertiefte sich in einen detaillierten geologischen Bericht über ein Bohrloch in West-Kansas, das man nach tausend Metern Tiefe aufgegeben hatte. Paul Grimes hatte dafür gesorgt, daß der Bericht rechtzeitig von Denver nach London eingeflogen worden war. Dunjee las gründlich, alle drei, vier Minuten drehte er eine Seite um. Nur einmal erwischte er Abedsaid dabei, daß er herüberlinste, um festzustellen, ob Dunjee auch wirklich den Bericht las, der 159 Seiten lang war.

Nach seinem Treffen mit Chubb Dunjee am vorangegangenen Nachmittag war Paul Grimes direkt nach Heathrow gefahren und hatte die Concorde der British Airways bestiegen, mit der er immer flog, wenn jemand anderer den Flug bezahlte. Diesmal war dieser Jemand der Präsident der Vereinigten Staaten.

Die Maschine startete um 18 Uhr 30 in London und landete auf dem Dulles Airport um 17 Uhr 55. Grimes' Sitznachbar war ein redseliger, achtzig Jahre alter, im Ruhestand lebender Vertreter von Feuerwehrspezialfahrzeugen, dessen Bezirk früher »jeden Staat westlich vom Mississippi« einschloß. Der alte Herr erzählte, er sei in allem geflogen, von Ford Trimotors bis zu 747, aber jetzt zum erstenmal in der Concorde.

»Jedesmal dachte ich, schneller geht's nicht«, sagte er, »und jetzt geht's schneller als der Schall.«

Am Flughafen Dulles wartete ein schwarzer Mercury Sedan aus dem Wagenpark des Weißen Hauses auf Grimes, dessen einsilbiger Fahrer offenbar Geheimdienstler war. Fortwährend murmelte er was über Firefly und Ginger ins Mikrophon.

Der Wagen hielt vor dem alten White House Office Building an der Pennsylvania Avenue. Der Fahrer und Grimes stiegen aus, und ein anderer Einmeterachtzigmann, gleichfalls akkurat gekleidet, rutschte wortlos hinters Lenkrad und fuhr davon. Grimes' Fahrer sagte: »Wenn Sie mir bitte folgen wollen, Mr. Grimes.«

Er begleitete Grimes in das Gebäude, vorbei an den Wachen, und hinauf in die Art kleiner Studentenbude, in der Grimes sich schon einmal mit dem Präsidenten getroffen hatte. Der Fahrer zauberte von irgendwoher ein Walkie-talkie, wahrscheinlich aus der Hüfttasche, vermutete Grimes, zog die Antenne heraus und murmelte wieder was über Firefly und Ginger hinein. Das Walkie-talkie sprudelte eine Antwort, aber der Fahrer hatte den Ton so leise gedreht, daß Grimes nicht verstand, was gesprudelt wurde.

»Der Präsident wird in ein paar Minuten hier sein, Mr. Grimes«, sagte der Fahrer und verließ dann das Zimmer, die Tür sorgfältig hinter sich schließend.

Es dauerte dann fünf Minuten, ehe der Präsident, im Smoking, das Zimmer betrat und Grimes die Hand schüttelte.

McKay ließ sich in einen Sessel fallen und legte ein Bein auf den Schreibtisch. »In fünfundzwanzig Minuten gebe ich ein Essen für die Bürgermeister von zweiundzwanzig Großstädten, mitsamt den angetrauten Ehefrauen. Die Bürgermeister wollen alle Geld. Nach dem Essen sorgt eine Band von Hopi-Indianern für Musik und Unterhaltung, und irgendwann singt ein zweiundzwanzigjähriger Rockstar irgendwelche Lieder, deren Text ich vermutlich nicht verstehe. Sie wären nicht hier, wenn Sie keine Nachrichten hätten. Sind es schlechte, dann will ich sie gar nicht hören.«

»Weder schlecht noch gut«, sagte Grimes und nahm einen Umschlag aus seiner Jackettasche. Aus dem Umschlag holte er die Polaroidfotos, die Dunjee ihm gegeben hatte, und plazierte sie, eins neben das andere, auf die Schreibtischplatte. »Die Namen stehen auf der Rückseite.«

McKay drehte jedes Foto um. »So also sieht er aus, Felix, meine ich.«

»So sieht er aus.«

»Und der Blonde auf dem Bett hat die Bilder gemacht, richtig?«

»Richtig.«

»Was gibt es sonst noch?«

»Es besteht eine Verbindung zwischen dem Blonden – er heißt Diringshoffen – und einem Libyer namens Abedsaid, der von Libyens Londoner Botschaft aus operiert. Der Libyer fliegt morgen nach Rom. Mein Mann, der Mann, dessen Namen Sie nicht wissen wollen, versucht, mit ihm in Kontakt zu kommen.«

McKay lehnte sich im Sessel zurück und starrte Grimes sekundenlang an. Schließlich fragte er: »Wie?«

Grimes hob die Schultern. »Weiß ich nicht. Normalerweise sieht er zu, daß sie den Kontakt zu ihm aufnehmen.«

»Und er hat diese Fotos ausgegraben?«

Grimes nickte.

»Wie hat er das gemacht?«

»Er hat ein bißchen Geld springen lassen und ein paar Schleichwege benutzt, aber davon wollen Sie ja nichts wissen.«

»Die CIA schmeißt Geld raus – ganze Wagenladungen Geld –, aber das einzige Foto, das sie von Felix hat, zeigt ihn, wie er mit offenem Mund aus dieser französischen Bank kommt. Ihr Mann kommt mit einem Gruppenbild der ganzen Scheißbande an. Ich kann die Fotos doch behalten, oder?« McKay winkte mit einer Hand zu den Bildern hinüber.

»Sie haben für sie bezahlt, also gehören sie Ihnen. Es gibt nur einen Haken.«

»Der wäre?«

»Sie geben die Fotos an die CIA weiter, oder?«

»In der Tat.«

»Sie wird wissen wollen, woher Sie sie haben, oder?«

»Ich nenne Sie.«

Grimes schüttelte den Kopf. »Sie werden ihnen den Namen meines Mannes nennen müssen.«

Wieder starrte McKay sekundenlang Grimes an. »Und dann weiß ich ihn auch«, sagte er leise.

»Anders geht es nicht.«

»Warum nicht?«

»Weil er . . . Mein Mann verlangt, daß Sie ihm die CIA vom Hals halten.«

»Sind sie denn dran, an seinem Hals, meine ich?«

»Das hat er nicht gesagt.«

»Es sagt Ihnen nicht gerade viel, oder?«

Grimes lächelte. »Er sagt mir nur das, wovon er glaubt, daß ich es wissen sollte. Wenn dann irgendwas passiert – irgendwas Unangenehmes, beispielsweise –, habe ich schlichtweg keine Ahnung. Und Sie auch nicht. Trotzdem müssen Sie wissen, wer er ist.«

»Also gut, wer ist es?«

»Chubb Dunjee.«

Eine Weile sagte der Präsident nichts. Dann sagte er: »Hm, Scheiße. Ein Abgeordneter.«

»Nur eine Wahlperiode.«

»Dann was?«

»Er stieg ins Ölgeschäft.«

»Und danach?«

»Vereinte Nationen.«

»Überspringen wir ein paar Jahre.«

Grimes lächelte wieder. »Sie denken offenbar an Mexiko.«

»Mexiko. Der Bakschisch-Mann.«

Grimes lächelte weiter. »Zeitungsgewäsch.«

»Yeah, jetzt verstehe ich. ›Präsident engagiert Bakschisch-Mann‹. Keine gute Publicity.«

»Er ist gut.«

»Das möchte ich ihm auch raten.«

»Es gibt noch etwas.«

»Was?«

»Er hat da ein kleines Problem mit den Steuerbehörden.«

»Wie klein?«

»Sie reden über Auslieferung.«

Der Präsident erhob sich. »Er hat kein Problem mehr. Nicht, wenn er Bingo findet.«

»Und wenn nicht?«

McKay hob die Schultern. »Habe ich nie von ihm gehört.«

19

Am selben Tag, als Chubb Dunjee nach Rom flog, absolvierte der Minister für Jugend und Sport seine übliche monatliche Visite auf der Mecarro-Kaffeeplantage am Nordzipfel der volksdemokratischen Inselrepublik. Der Minister für Jugend und Sport war gleichzeitig auch Frühstücksattaché der Republik.

Der neunundzwanzigjährige Minister war zu seinem jetzigen Posten aufgestiegen, weil er erstens ein begeisterter Fußballfan war und zweitens der jüngste von den sechs hellhäutigen Brüdern des Premierministers. Er war nebenbei auch der stattlichste der Brüder, mit seinen einsfünfundneunzig und seinen zweieinviertel Zentnern. Der Minister war früher einmal für fast drei Jahre Strandwärter in Miami gewesen, und es wurde gemunkelt, daß er dort einen Mann und eine Frau getötet hätte, weil sie etwas Ungeheuerliches von ihm verlangt hätten, etwas so Ungeheuerliches, daß es nicht aussprechbar war. Was es gewesen sein konnte, was vorzuführen das Paar den Minister gebeten hatte, belieferte die Bürger der Insel mit unerschöpflichen Klatschereien und schlüpfrigen Spekulationen, die noch durch die absolute Gewißheit angeheizt wurden, daß es wenig, wenn überhaupt etwas gab, was der Minister nicht für bare hundert Dollar auf die Hand getan hätte. Die Bürger hatten ihm den Beinamen »Die Axt« gegeben.

Der Minister hatte die Fünfzig-Kilometer-Fahrt von der Hauptstadt im offenen Cadillac seines Premierminister-Bruders zurückgelegt. Zur Gesellschaft hatte er sich Kassetten von Carly Simon, eine Flasche hochprozentigen Rums und ein Gewehr mit abgesägtem Lauf mitgenommen, das quer über seinem Schoß ruhte.

An der Einfahrt zur Plantage hupte er kräftig, um die zwei Soldaten aufzuwecken, die zwanzig Prozent der Streitmacht ausmachten, die abkommandiert war, die vornehmen ausländischen Besitzer der Plantage zu beschützen. Die Soldaten erwachten, reckten und streckten sich, gähnten und nahmen einen Schluck Rum aus der Flasche, versorgten den Minister mit ihren Meinungen zum Cup Final und richteten sich, als er weitergefahren war, wieder gemütlich im Schatten auf die Fortsetzung ihres Morgenschläfchens ein.

Auf der Terrasse stand zur Begrüßung des Ministers Jack Spiceman, der Ex-FBI-Agent.

»Hallo, Jojo«, sagte Spiceman.

Der Minister saß regungslos im Wagen und wartete, bis Simon zu Ende gesungen hatte. »Singt einfach Klasse«, sagte er.

»Einfach Klasse«, sagte Spiceman und schickte sich an, ins Haus zu gehen. Der Minister stieg aus und folgte ihm, das Gewehr unter die linke Armbeuge geklemmt.

Das Treffen fand, wie immer, im großen Salon statt, der noch mit den kostbaren Möbeln aus den dreißiger Jahren eingerichtet war, die Leland Timble, der Bankräuber, von geschickten Handwerkern aus der Hauptstadt hatte restaurieren und polstern lassen. Timble saß in einem Ohrensessel, als Spiceman, gefolgt vom Minister, eintrat. Auf einer Couch in Timbles Nähe saß der Ex-CIA-Mann Franklin Keeling. Es war, wie immer bei diesen monatlichen Visiten, seine Gepflogenheit, an einer geladenen .45er Automatic mit einem leicht geölten Lappen herumzupolieren.

Der Minister nickte Timble und Keeling zu, wählte sich einen bequemen Sessel, nahm Platz, legte das Gewehr quer über seine Knie und fragte: »Habt ihr Bourbon?«

Spiceman ging zu einer Anrichte, goß ein halbes Wasserglas voll mit Jack Daniel's und reichte es dem Minister, der es in einem Zug leerte, sich den Mund mit der Handfläche abwischte und sagte: »Zwei Typen sind letzte Nacht im Hafen gelandet. Aus Miami. Mit einer Chris Craft. Angeblich Maschinenschaden. Wir schickten einen Mechaniker. Bloß die Benzinleitung war kaputt. Keine große Sache. Okay?«

Er hielt sein Glas hin und wartete, bis Spiceman es wieder gefüllt hatte. Diesmal nahm der Minister aber nur einen kleinen Schluck.

»Also, die zwei trieben sich derweil in der Stadt rum und stellten Fragen. Wir ließen sie, wir wollten wissen, wen sie was fragten, okay?« Als niemand etwas sagte, fuhr er fort: »Gute Frager, meiner Meinung nach. Unauffällig, überhaupt nicht aufdringlich, bloß mal hier eine Frage und mal da eine Frage. Aber dann sind sie irgendwie an diesen verdammten Cornelius geraten.«

Timble war der erste, der sprach. Er sagte: »Aha«, und sah interessiert aus.

»Gegen diesen gottverdammten Cornelius müssen wir was unternehmen«, sagte der Minister.

»Nein«, sagte Timble. »Jede Gesellschaft braucht ihre Abweichler. Besonders die zahmen. Und Sie werden mir zugeben, Jojo, daß Cornelius ausgesprochen zahm ist. Abgesehen davon gibt er eine lebendige kleine Zeitung heraus, die ich gern lese. Ein entschiedener Gewinn für eine Gesellschaft.«

»Er quatscht zuviel«, sagte der Minister.

»Die zwei haben also mit ihm geredet«, sagte Keeling. »Was weiter?«

»Sie haben dann mit ein paar Typen Krach bekommen.«

»Und?«

»Am Schluß hatte der eine einen kaputten Arm, den linken. Und der andere – na ja, sie haben ihm ein paar über die Rübe gezogen, vielleicht Gehirnerschütterung. Wir schafften sie ins Krankenhaus, wissen Sie, und renkten den kaputten Arm wieder ein, ohne Betäubung, er hat jede Menge geschrien; dem anderen haben wir zwei Aspirin gegeben, gegen die Gehirnerschütterung, wissen Sie – und dann fragten wir sie, ob sie ein paar Tage im Krankenhaus bleiben wollten, und wenn ja, womit sie bezahlen wollten, weil irgendwer ihre Brieftaschen bei der Prügelei geklaut hätte. Hier.«

Der Minister nahm zwei Brieftaschen aus einer Jackentasche und warf sie Spiceman zu, der ihren Inhalt zu prüfen begann.

»Sie wollten dann doch lieber zurück nach Miami«, sagte der Minister und trank noch etwas Bourbon. »Sie sind heute früh abgereist.«

»Was für Fragen haben sie denn gestellt?« sagte Timble.

»Den üblichen Mist. Was Sie bezahlt haben und wer es gekriegt hat und ob hier Fremde aufgetaucht wären. Ach ja, und sie wollten alles über Ihre Sicherheitseinrichtungen wissen. Was und wo und ob sie kürzlich verstärkt worden wären. Diese Art Mist.«

Timble nickte.

»Hübsche Namen«, sagte Spiceman und reichte die Brieftaschen an Keeling weiter. »Roger Sawyer und Daryl-mit-Y Nicety. Ich frage mich, wer auf Nicety gekommen ist.«

»Aus Miami und Omaha«, sagte Keeling, seinerseits den Inhalt der Brieftaschen prüfend. »Sawyer ist Anwalt in Miami, und Nicety, der aus Miami kommt und dem das Boot gehört, ist Investitionsberater. Nicht schlecht.«

Der Minister erhob sich. »Sonst noch was?«

Timble blickte seine zwei Partner an, die den Kopf schüttelten. »Ich glaube nicht, Jojo«, sagte Timble. »Nett, daß Sie vorbeigekommen sind.«

»Kein Problem«, sagte der Minister.

Er schickte sich an zu gehen, und das kleine Spiel bekann, das sie jeden Monat spielten. »Ich glaube, Sie haben Ihren Aktenkoffer vergessen«, sagte Timble.

»Ach ja«, sagte der Minister, drehte sich noch einmal um und nahm den braunen Plastikkoffer in Empfang, den Keeling ihm hinhielt. »Vielen Dank.«

Keeling begleitete den Minister bis auf die Terrasse, die .45er Automatic in der linken Hand. »Grüßen Sie den Premierminister von uns«, sagte Keeling.

»Yeah, mache ich«, sagte der Minister für Jugend und Sport. Er schloß den Aktenkoffer in den Kofferraum des Cadillac ein, kletterte auf den Fahrersitz, legte das Gewehr über seinen Schoß, schob ein neues Carly-Simon-Band in den Kassettenrecorder und fuhr in der weichen Morgenluft davon, Carlys Lieder mitsummend.

Als Keeling in den großen Salon zurückkehrte, legte er die Automatic in eine Schublade, goß sich ein großes Glas Perrier ein, warf einen Eiswürfel dazu, quetschte eine Limone über dem Glas aus, fügte einen Hauch Gin als Würze hinzu und fragte: »Also, wer waren sie?«

»Komm, ich zeig dir was«, sagte Spiceman und reichte Keeling zwei blau-weiße Sozialversicherungskarten, die er aus den Brieftaschen genommen hatte, die vom Minister zurückgelassen worden waren.

»Was soll damit sein?«

»Hast du je ferngesehen?«

Keeling, der ahnte, daß Spiceman ihn austricksen wollte, nickte vorsichtig.

»Ist dir jemals bei den Telefonnummern im Fernsehen was aufgefallen?«

Keeling schüttelte den Kopf, aber Timble nickte mit glückstrahlendem Lächeln, weil ihm was aufgefallen war. »Sie fangen alle mit 555 an.«

»Richtig«, sagte Spiceman, »die Telefongesellschaft hat sich das ausgedacht. Wer im Fernsehen eine Telefonnummer braucht, muß sie mit 555 beginnen lassen.«

»Aber für 555 gibt es gar keine Schaltzentrale, richtig?« sagte Timble.

»Richtig. Die Telefongesellschaft hat das vorgeschlagen, weil von zwanzig oder fünfundzwanzig Millionen Zuschauern, die einem Fernsehprogramm zuschauen und eine Telefonnummer hören, etwa ein- bis zweitausend Irre die Nummer tatsächlich wählen, um zu hören, wer sich meldet.«

Keeling betrachtete die beiden Versicherungskarten, die er noch in der Hand hielt. »Beide beginnen mit 999.«

»Das war eine Idee des Alten«, sagte Spiceman.

»Von Hoover?«

Spiceman nickte. »Es ist jetzt vielleicht dreizehn, vierzehn Jahre her. Der alte J. Edgar hatte über seine Leute erfahren, daß die CIA ein neues Bündel gefälschter Sozialversicherungskarten haben wollte. Also ließ er irgendwen in der Sozialversicherung wissen, daß der Direktor des FBI es als persönlichen Gefallen schätzen würde, wenn alle gefälschten CIA-Sozialversicherungskarten leicht zu identifizieren wären – im Interesse der nationalen Sicherheit, versteht sich. Also erdachten die Leute von der Sozialversicherung die Sache mit der 999-Nummer, vergaßen aber, es gegenüber irgendwem in der CIA zu erwähnen, womit wir euch ganz gut im Griff hatten.«

»Dann sieht es so aus«, sagte Timble, »als wären die beiden Gentlemen in der Chris Craft aus Miami von der CIA gewesen.«

»So sieht es aus«, sagte Spiceman.

Timble lehnte den Kopf an die hohe Rückenlehne seines Sessels und schloß die Augen. »Ich überlege gerade, was Dr. Mapangou so macht.«

Keeling sah auf seine Uhr. »Sie meinen, gerade jetzt?«

Timble nickte, die Augen immer noch geschlossen.

»Tja, im Augenblick«, sagte Keeling, »müßte der alte schwarze Joe eigentlich mit den Libyern reden.«

Dr. Joseph Mapangou hatte schon dreiundvierzig Minuten in dem kaum möblierten Empfangszimmer im einundzwanzigsten Stock des *Libya House* gewartet, dem dreiundzwanzig Stockwerke hohen Gebäude auf der East 48th Street, gleich westlich von der First Avenue, das die Libyer mit einem Kostenaufwand von siebzehn Millionen Dollar gebaut hatten, um Wohnungen und Büroraum für ihre Delegierten bei den UN und ihr Konsulatspersonal zu haben, obwohl es augenblicklich praktisch kein nennenswertes Konsulatspersonal gab, da die diplomatischen Beziehungen zwischen Libyen und den Vereinigten Staaten abgebrochen waren.

Dr. Mapangou trug das, was er manchmal seine Diplomatenuniform nannte: einen dunkelgrauen, fast schwarzen Anzug mit perlgrauer Weste, einer sehr konservativen dunkelblauen Krawatte, einem weißen Hemd und einem grauen Borsalino fedora, den er auf dem rechten Knie balancierte. Auf seinem linken Knie ruhte eine Tiefkühltasche. Und seit einer Viertelstunde fragte Dr. Mapangou sich, wie lange die Tasche etwas vorm Auftauen bewahrte.

Gerade als Dr. Mapangous Wartezeit ihre fünfzigste Minute erreicht hatte, kam ein schlanker junger Libyer in maßgeschneiderten Jeans und grauem Kaschmirjackett durch eine Doppeltür herein, schloß sie hinter sich und glitt an seinen Schreibtisch. Er blieb dort erst mal eine Weile stehen, starrte auf einen Bogen Papier und klopfte geistesabwesend mit einem Bleistift auf den Schreibtisch, offensichtlich tief in Gedanken verloren.

Nach fünfzehn oder zwanzig Sekunden Schreibtischklopfen sah er hoch und schien Dr. Mapangou zum erstenmal wahrzunehmen.

»Oh, Dr. Mapangou«, sagte er in gekonntem Ach-Sie-sind-noch-da-Ton. »Ja, ich glaube, er hat jetzt Zeit.«

Dr. Mapangou stand auf, Hut und Kühltasche fest in Händen, und lächelte sogar ein kleines bißchen, um zu zeigen, daß ihm die fünfzig Minuten Wartezeit überhaupt nicht zum Bewußtsein gekommen waren. Laß den Unterlingen ihre kleinen Siege, dachte er bei sich, es sind die einzigen, die sie je erringen. Er bestaunte kurz seine fast heitere Gelassenheit und folgte bestens gewappnet dem jungen Libyer durch die Doppeltür in ein riesiges Büro. Auf dem Zementfußboden gab es keine Teppiche, an den Wänden keine Bilder, an den großen Fenstern, durch die der Blick auf die Fenster eines anderen Gebäudes fiel, keine Vorhänge.

Dafür stand im Raum ein bildschöner englischer Schreibtisch, der an die dreihundert Jahre alt sein mochte. Dahinter saß ein Mann in den Vierzigern, der Farbmuster zu begutachten schien. Für die Besucher standen zwei segeltuchbespannte Feldstühle bereit.

Der Mann hinterm Schreibtisch war Fathi Ashour, Delegationschef Libyens bei den UN. Er blickte von den Farbmustern hoch und lächelte, als Dr. Mapangou eintrat. Sein Lächeln war breit, weiß, eingeübt und bedeutungslos. Das Lächeln eines Diplomaten.

»Joseph!« sagte Ashour in schönstem Tenor, der zu seinen einsfünfundsiebzig, seinen sechzig Kilo und seinen lebhaften Bewegungen paßte. »Wie schön, Sie wiederzusehen. Setzen Sie sich doch, ich muß mich entschuldigen . . .« Er beendete den Satz mit einer Handbewegung, die den nackten Boden und die kahlen Wände mit einschloß.

»Sie ziehen noch ein«, sagte Dr. Mapangou und ließ sich in einem der Feldstühle nieder.

»Was meinen Sie? Grün oder braun? Für die Vorhänge, meine ich.«

»Grün«, sagte Dr. Mapangou fest.

»Grün. Tja, Grün ist hübsch. Tee?«

»Gern, danke.«

Ashour goß aus einer Teekanne auf seinem Schreibtisch Tee in zwei Tassen und reichte Dr. Mapangou eine. »Wissen Sie eigentlich, daß in Libyen pro Kopf mehr Tee getrunken wird als in jedem anderen Land der Welt?«

»Nein, das wußte ich nicht«, sagte Dr. Mapangou und trank Tee. Er war lauwarm, und Dr. Mapangou setzte die Tasse schnell wieder ab.

»Also«, sagte Ashour und lächelte.

Dr. Mapangou vergewisserte sich, daß sein eigenes kleines, gewinnendes Lächeln um den Mund gut festgemacht war. »Ich habe eine äußerst heikle Angelegenheit mit Ihnen zu besprechen.«

»Heikel?«

»Ja, sehr.«

Ashour nickte.

»Ich glaube«, sagte Dr. Mapangou langsam und bescheiden, »daß ich mir über die Jahre einen Ruf als absolut diskreter Mann erworben habe.«

»Ja, natürlich. Absolut. Keine Frage.«

»Und dieser Ruf hat mich manchmal . . . Wie soll ich sagen? . . . Gewirbelt, vielleicht. Ja, in Situationen gewirbelt, die ich mir nicht ausgesucht habe.«

»Und in einer solchen befinden Sie sich im Augenblick?«

»Ja.«

»Mmmm. Noch Tee?«

»Gern, danke.«

Ashour füllte Dr. Mapangous Teetasse, die noch fast voll war, bis zum Rand. Dr. Mapangou nahm einen großen Anstandsschluck. Ashour faltete die Hände über der Brust, lehnte sich in seinem Sessel zurück und lächelte weiter.

»Wegen meines bescheidenen Rufs absoluter Diskretion sind kürzlich bestimmte Personen an mich herangetreten, deren Namen ich nicht preisgeben kann. Sie baten mich, Ihnen eine Botschaft zu überbringen, die Sie möglicherweise an Ihre Regierung zu übermitteln wünschen. Sollten Sie auf der Preisgabe der Namen dieser Personen beharren, müßte unser Gespräch, glaube ich, hier und jetzt enden.«

Ashour krauste die Stirn. Das machte seine Augen schmal. Das Lächeln war schon verschwunden. »Fahren Sie fort«, sagte er.

»Unter der Voraussetzung, daß . . .«

»Ja, ja, keine Namen«, sagte Ashour, »reden Sie.«

»Tja, am besten zeige ich Ihnen zuerst etwas. Etwas Schreckliches.« Er legte seinen Borsalino auf den Boden, nahm die braune Tiefkühltasche hoch und stellte sie auf den Schreibtisch. »Etwas Schreckliches«, sagte er, »ich bitte um Entschuldigung.«

Dr. Mapangou öffnete die Kühltasche. »Haben Sie ein Stück Papier? Die Oberfläche ist so schön, ich möchte nicht . . .«

Ashour öffnete eine Schublade, holte einen Bogen Papier heraus und legte ihn in die Mitte des Schreibtisches.

Dr. Mapangou griff in die Kühltasche, holte einen Blechzylinder hervor und schraubte den Verschluß ab. Er warf Ashour, dessen dunkle Augen jetzt gebannt auf das leere Papier starrten, einen schnellen Blick zu.

Dr. Mapangou schloß die Augen und schüttelte den abgetrennten Finger aufs Papier. Dr. Mapangou öffnete die Augen wieder und war ordentlich erleichtert, zu sehen, daß der abgetrennte Finger auf Ashour zeigte. Nicht, daß es irgendwelche Bedeutung gehabt hätte, immerhin . . .

Ashour erhob sich und trat einen Schritt zurück, ließ dabei aber den Finger nicht aus den Augen. Schließlich sah er Dr. Mapangou an. »Was haben Sie mir da gebracht?«

»Einen Finger.«

»Das sehe ich auch. Warum haben Sie ihn mir gebracht? Ich erwarte eine Erklärung.«

»Ich folge meinen Anweisungen. Außerdem bin ich angewiesen, Ihnen zu sagen, daß der Finger zu einer Hand von Gustavo Berrio-

Brito gehört.«

»Felix«, flüsterte Ashour.

»Der Freiheitskämpfer«, sagte Dr. Mapangou diplomatisch.

»Wer hat Ihnen . . . Wer hat Ihnen das gegeben?«

Dr. Mapangou hob hilflos die Schultern. »Ich kann es nicht sagen.«

Das Blut schoß Ashour ins Gesicht. Erst rötete es seinen Hals, dann stieg es hoch in sein Gesicht, bis es die Wangen erreicht hatte. Es war eine tiefdunkle Zornesröte, die ihn gefährlich aussehen ließ. »Sagen Sie es!« brüllte er.

»Ich kann nicht.«

Ashour starrte sekundenlang den Finger an. Dann streckte er die Hand aus und berührte ihn vorsichtig, zog seinen Finger aber sofort wieder zurück. »Er ist kalt.«

»Gefroren.«

Ashour starrte Dr. Mapangou an. Was wollen diese Leute von mir?« Seine Stimme war nur ein Flüstern. »Geld?«

»Ich soll Ihnen eine Botschaft übermitteln, aber ich habe keine Vollmacht, zu verhandeln. Ich kann Ihnen nur das sagen, was zu sagen man mir aufgetragen hat. Verstehen Sie?«

Ashour nickte.

»Die Botschaft lautet: ›Wenn Sie den Rest der Ware haben wollen, beträgt der Preis zehn Millionen Dollar. Bei Erhalt des Geldes wird die Ware unbeschädigt innerhalb von vierundzwanzig Stunden geliefert. Dr. Mapangou dient als Mittelsmann.‹ Das ist die Botschaft. Sollten Sie noch Fragen haben, werde ich versuchen, sie zu beantworten.«

»Zehn Millionen Dollar?«

Dr. Mapangou nickte.

»Und Sie stehen als Mittelsmann zur Verfügung?«

Wieder nickte Dr. Mapangou.

»Wie wissen wir, ob dieser . . . dieser Finger da von Felix stammt?«

»Fingerabdrücke«, sagte Dr. Mapangou. »Man hat mir gesagt, daß die Pariser Polizei . . . oder vielleicht Interpol . . . den Beweis liefern kann.«

Ashour nickte. »Es gibt natürlich eine Frist.«

»Achtundvierzig Stunden.«

»Ich muß mich mit meiner Regierung in Verbindung setzen.«

»Verstehe.«

Ashour nickte kalt. »Wir bleiben mit Ihnen in Verbindung.«

Dr. Mapangou nahm seinen Hut vom Boden hoch und stand auf. Er schickte sich an zu gehen, drehte sich aber noch einmal kurz um. »Ich möchte vorschlagen, daß Sie das da in Alufolie wickeln und in einem Tiefkühlfach deponieren.«

»Raus!« schrie Ashour mit seinem hellen klaren Tenor.

Im Fahrstuhl auf dem Weg nach unten lächelte Dr. Mapangou sich selbst zu. Im Großen und Ganzen war alles ganz gut gelaufen. Im Vergleich zu den Israelis, die er vorher aufgesucht hatte, waren die Libyer die reinsten Lämmer. Die Israelis waren grauenhaft gewesen. Schlicht grauenhaft.

20

Später am selben Tag, an dem Chubb Dunjee nach Rom flog, legte der Direktor der Central Intelligence Agency, Thane Coombs, die Polaroidfotos, eins neben das andere, langsam auf seine Schreibtischplatte, einem hellsichtigen Pokerspieler nicht unähnlich, der weiß, daß seine Karten nicht stechen werden.

Alex Reese vergaß wieder einmal, daß die Sessel am Boden arretiert waren, und versuchte vergebens, seinen Sessel näher an den Schreibtisch zu rücken, um gleichfalls einen Blick auf die Fotos zu werfen, die Coombs so akkurat ausgelegt hatte. Als der Sessel sich nicht vom Fleck rührte, sagte Reese: »Scheiße«, stand auf und beugte sich über den Schreibtisch, um besser sehen zu können. Coombs konnte die Bourbonfahne riechen.

Er lehnte sich so weit wie möglich zurück und sagte: »Im wesentlichen will er wissen, wie ein Mann ohne Unterstützung und Ausbildung in ein paar Tagen zustande bringt, was wir in – wieviel Jahren? Ich glaube, fünf – nicht zustande gebracht haben.«

»Sie meinen die da?« sagte Reese und nickte mit seinem mächtigen kahlen Schädel zu den Fotos hin.

»Ja, die da.«

»Der Deutsche«, sagte Reese und schnippte mit dem Nagel seines Mittelfingers gegen das Foto des nackten Diringshoffen. »Nicht gerade stark, oder?«

»Der Präsident war überrascht und ein bißchen beunruhigt, daß ein Mann, der allein arbeitet, etwas geschafft . . .«

Reese fiel Coombs ins Wort: »Dunjee hat Glück gehabt. Kann jeder mal haben.«

»Glück gehabt«, sagte Coombs, als handelte es sich um ein Fremdwort, dessen Aussprache ihm nicht ganz geläufig wäre.

»Wie nennen Sie denn so was?«

»Intelligenz«, bot Coombs an, »Einfallsreichtum, Phantasie. In Verbindung mit einem Schuß Skrupellosigkeit, vielleicht. So würde ich es nennen.«

»Wir hatten gestern in London zwei Leute auf ihn angesetzt«, sagte Reese. »Er hat sie schnell ausgemacht.«

»Der Präsident wünscht, daß sie abgezogen werden.«

Das hat Dunjee den beiden auch gesagt. Er hat gesagt, wenn wir sie nicht abziehen, schmeißt er den ganzen Kram hin. Sie bleiben ihm trotzdem auf den Fersen – bis ich sie anweise, ihn in Ruhe zu lassen. Er ist heute morgen von Heathrow nach Rom geflogen. Bei ihm war diese, na, wie heißt sie noch, Csider, die Blonde, die für Paul Grimes arbeitet, und noch einer, der Engländer ist und Harold Hopkins heißt.«

»Hopkins?«

»Yeah, Hopkins.«

»Und er ist wer?«

»Bis vor kurzem Knastbruder. Fünfzehn Monate für Diebstahl.«

»Also ein Dieb. Das erklärt wohl die hier« sagte Coombs und zeigte auf die Fotos.

»Möglich.«

»Und dieser Hopkins ist jetzt in Dunjees Diensten?«

»Sieht so aus.«

»Wo hat Dunjee ihn aufgegabelt?«

»Wie, zum Teufel, soll ich das wissen? In einer Bar vielleicht. Oder einem Billardsaal. Vielleicht auch beim Arbeitsamt. Er brauchte einen Profi für seine Schnüffelarbeit, suchte sich einen und hat einen gefunden. Wo, ist doch unwichtig.«

»Es könnte nützlich sein.«

»Oder auch nicht. Und dann hätten wir unsere Leute durch ganz London rennen lassen, um was über Dunjees Dieb rauszufinden, anstatt sie das tun zu lassen, was sie angeblich tun sollen und was sie ausnahmsweise auch getan haben.«

»Das wäre?«

»Zum Beispiel, die Passagierliste der Maschine checken, mit der Dunjee nach Rom geflogen ist. Miss Csider hat die Buchung gemacht. Sie bestand auf drei bestimmten Plätzen. Alle erster Klasse. Sie mußte bis hoch in die PR-Abteilung von Alitalia gehen, um die Plätze zu kriegen. Deshalb erinnert man sich auch so gut.«

»Drei Sitze?«

»Drei Sitze.«

»Was heißt, daß Dunjee einen bestimmten Platz haben wollte, richtig? Zwei auf der einen Seite des Gangs, einen auf der andere. Wer saß neben ihm?«

»Ein Libyer.«

»Von der Botschaft in London?«

»Ihr Kulturattaché, Faraj Abedsaid. Oklahoma-Universität. Diplom in Petrotechnik. Etwa achtunddreißig, ledig. Er leitet ihren Nachrichtendienst in London. Von der PLO ausgebildet. Ich schätze, er war der Kontaktmann.«

»Von Felix?«

»Genau.«

»Und Dunjee saß zwei ganze Stunden neben ihm im Flugzeug?«

»Zwei Stunden und fünfzehn Minuten.«

Coombs zog die unterste Schublade seines Schreibtischs auf, holte die Flasche California Brandy heraus und schob sie über den Schreibtisch in Richtung Reese. Es war das erstemal, daß er Reese freiwillig einen Drink spendierte.

Reese bedankte sich auf seine Weise. »Und einen Aschenbecher«, sagte er, goß Brandy in ein Wasserglas und zündete sich eine Zigarette an, während Coombs das kleine Keramikschälchen herausrückte. Reese inhalierte tief, nahm einen großen Schluck Brandy und sagte dann: »Okay. Raus damit.«

»Ich habe vor, etwas zu tun, was nicht zu tun wir angewiesen sind«, sagte Coombs.

»Mit Dunjee in Rom, meinen Sie?«

»Ja.«

»Aber niemand soll es wissen.«

»Richtig.«

»Mit anderen Worten, ich muß es machen. Ich muß nach Rom.«

»Sieht so aus.«

Sie blickten einander an. Ein Blick eingestandener Mitschuld. Schließlich sagte Reese: »Aber ich bekomme London.«

»Sie bekommen London.«

»Ich fliege morgen von New York aus.«

»Warum New York?«

»Hier«, sagte Reese und zog zwei gefaltete Papierbogen aus seiner Brusttasche. »Noch ein paar mitternächtliche Träumereien – alle über den alten Doktor Mapangou. Er steht auf Leland Timbles Gehaltsliste. Sie erinnern sich an Leland?«

»Computersuperhirn und Bankräuber, aber ja doch. Ich hoffe, es geht ihm gut in seinem Inselparadies.«

»Er hat Dr. Mapangou beauftragt, das Gerücht zu verbreiten.«

»Über den Einkaufsbummel der Libyer?«

»Richtig. Ich schätze, daß Timble irgendwie an die Libyer rangekommen ist und sie überzeugt hat, daß er für einen guten Preis den Handel in Schwung bringen könnte.«

»Hat Dr. Mapangou das behauptet?«

»Nein. Er hat nur zugegeben, daß er das Gerücht in die Welt gesetzt hat.«

»Er hat es dann auf den Weg gebracht, Timble, meine ich.«

»Aber daß Felix geschnappt wurde, hat alles versalzen.«

Coombs lehnte sich im Sessel zurück und klopfte mit den gefalteten Bogen, die Reese ihm gegeben hatte, gegen seine Zähne. »Ich frage mich, was dabei für Timble drin war.«

»Geld.«

»Hat er genug. Mehr als genug.«

»Was ist genug?«

Coombs hob die Schultern und sagte: »Unsere beiden Abtrünnigen sind immer noch bei Timble, oder?«

»Sie meinen diesen gottverdammten Keeling und diesen gottverdammten Spiceman?«

»Ja. Wissen Sie, daß ich die Geschichte über Keeling nie geglaubt habe? Ich meine, daß er all das Gold in Angola gestohlen hat.«

»Er hat es gestohlen«, sagte Reese, »gestohlen und ausgegeben.«

»Ich habe das nie geglaubt. Und irgendwie glaube ich es immer noch nicht. Er war einer der besten . . .«

Wieder fiel Reese ihm ins Wort. »Ich habe zwei unserer Leute von Miami aus losgeschickt, um zu sehen, ob sie irgendwas über Timble und seine Organisation rausfinden können. Man hat sie fertiggemacht.«

»Wen haben Sie geschickt?«

»Harry Milker und Presse Poole. Harry hat einen gebrochenen Arm und Poole vielleicht eine Gehirnerschütterung.«

»Schade. Wer hat sie fertiggemacht?«

»Die Schlägertruppe des Ministers. Aber es war gut inszeniert, sah aus wie eine Prügelei im Hafenviertel. Sie haben sogar Harrys Arm eingerenkt.«

»Haben die beiden etwas Brauchbares erfahren?«

»Nichts. Allerdings haben sie Kontakt mit einem Typ aufgenommen, der Cornelius heißt. Peter Cornelius. Er ist so was wie der lokale Solschenizyn. Man toleriert ihn, weil er eine ganz nette kleine Zeitung macht – mit viel Busen und Popos, auch mit Leitartikeln, aber wer liest die schon? Außerdem ist es gut zum Vorzeigen, wenn der Premierminister sich mit der Pressefreiheit brüsten will. Wie auch immer, Cornelius ist nicht abgeneigt, ein bißchen für uns zu arbeiten.«

»Und wie kriegt er das Zeug raus?«

»Das ist noch ein Problem. Ich schätze, wir müssen jemanden einschleusen.«

»Ich kümmere mich darum«, sagte Coombs und machte sich einen Vermerk. »Jetzt zu Mapangou.«

»Ich will ihn noch mal melken, ehe ich nach Rom fliege. Deshalb New York. Ich möchte . . .« Er hielt inne, als eine mittelalte Sekretärin ins Büro kam und Coombs wortlos ein halbes Blatt Papier hinlegte. Sie wartete, während Coombs las und die vier getippten Zeilen noch einmal las. Coombs dachte kurz nach, sah zu ihr hoch und sagte: »Die Antwort ist ja.«

Die Sekretärin nickte und ging.

Coombs las noch einmal die vier getippten Zeilen auf dem halben Blatt Papier. Er blickte zu Reese hin. »Die Israelis«, sagte er. »Man hat ihnen Felix für zehn Millionen Dollar angeboten. Dr. Mapangou soll der Mittelsmann sein. Sie wollen wissen, ob wir gern einsteigen wollen, auf der Basis fünfzig zu fünfzig. Ich habe ja gesagt.«

»Yeah, ich hab's gehört«, sagte Reese und hatte zum erstenmal das Gefühl, ihm sei vielleicht beschieden, doch noch unwahrscheinlich reich zu werden.

21

Dunjee fand Hopkins da, wo Hopkins gesagt hatte, daß er zu finden sein werde – in der Bar des Hassler. Hopkins hatte vor sich einen Drink stehen und in der Hand eine Broschüre, die Busfahrten durch Rom anbot.

»Die haben da eine Spitzentour«, sagte Hopkins. »Der Bus fährt mittags los und ist um vier zurück. Aber irgendwie schätze ich, daß heute vielleicht nicht der richtige Tag dafür ist.«

»Nein«, sagte Dunjee, »ist er nicht.« Er bestellte Whisky und Wasser.

»Wissen Sie, was mein Zimmer kostet?« fragte Hopkins.

»Keine Ahnung.«

»Siebzig Pfund.«

»Wenigstens hübsch?«

»Wenn der Preis nicht wäre.« Hopkins drehte sein Glas in kleinen Kreisen auf der Bartheke, als könne ihm das nachdenken helfen. »Bis jetzt stimmten die Mäuse«, sagte er schließlich.

Dunjee wartete ab. Als Hopkins still blieb, fragte er: »Aber?«

Hopkins sah Dunjee voll an. Sein Blick war kalt und forschend. »Aber was das alles soll, weiß ich nicht.«

»Ganz einfach«, sagte Dunjee. »Wir suchen jemanden.«

»Und wenn wir ihn finden?«

»Machen Sie noch eine Menge mehr Geld.«

»Und wenn nicht?«

»Dann machen Sie kein Geld mehr.«

»Ich könnte jetzt fragen, nach wem wir suchen, aber das wäre nicht gut, oder?«

»Nein. Noch nicht.«

Hopkins nickte gedankenschwer. »Ich überlege gerade, daß ich meine Fragen vor unserm Abflug aus London hätte stellen sollen, bis auf eine vielleicht: Wie geht's weiter?«

»Gute Frage«, sagte Dunjee, nahm seine Brieftasche heraus und holte das kleine zerknüllte Stück linierten Papiers hervor, das er in Diringshoffens Sachen gefunden hatte und das aus einem Spiralblock herausgerissen schien. Er reichte es Hopkins. »Erinnern Sie sich?«

Hopkins nickte und las Initialen und Adresse ab. »G. G., Via Corrado Nr. 18.« Er reichte das Papier Dunjee zurück. »Denken

Sie, daß der, nach dem wir suchen, da zu finden ist?«
»Nein.«
»Ich dachte mir's schon. Wäre zu einfach. Aber wer dann?«
»Weiß ich nicht«, sagte Dunjee. »Finden wir es raus.«

Das Gebäude in der Via Corrado Nr. 18 im Stadtteil Quarticciolo mochte schon seit hundert oder hundertfünfzig Jahren das graue Elendsquartier sein, das es jetzt war. Der Taxifahrer hatte betrübt den Kopf geschüttelt und irgendwas Abschätziges auf italienisch gesagt, als Dunjee ihm die Adresse angegeben hatte.

Er schüttelte immer noch den Kopf, als er Dunjee und Hopkins vor dem sechsstöckigen Haus aussteigen ließ, und brauste auf der Stelle die enge verwinkelte Straße hinunter, die viele ältliche Wagen säumten.

Hopkins sah am Haus hoch und dann zu Dunjee. »Sie haben die Adresse, aber keine Wohnungsnummer.«
»Keine Wohnungsnummer.«
»Und einen Namen auch nicht.«
»Auch keinen Namen.«
»Dann gehen wir wieder.«
»Noch nicht«, sagte Dunjee. Beim Hauseingang, der in eine Art Innenhof zu führen schien, stand ein Grüppchen junger Italiener. Dunjee ging zu ihnen hinüber und sagte in langsamem Englisch: »Ich suche jemanden.« Während er das sagte, zog er eine Zwanzigdollarnote hervor, faltete sie längsweise, faltete sie noch mal und schnippte mit dem Finger dagegen.

Einer der Jugendlichen löste sich aus der Gruppe, studierte den Schein und musterte dann Dunjee. Als er mit Dunjee fertig war, nahm er sich Hopkins zur Inspektion vor. »Amerikaner?« fragte er schließlich.
»Amerikaner«, bestätigte Dunjee.
»Sie wollen zu dem Amerikaner?«
Dunjee nickte.

Der junge Bursche drehte sich zu seinen Freunden um und sagte etwas auf italienisch, das Dunjee nicht verstand. Der Älteste der Gruppe antwortete und hob die Schultern.

Der junge Bursche wandte sich wieder zu Dunjee um und starrte gezielt auf die Zwanzigdollarnote. Dunjee gab sie ihm. Der junge Bursche krauste die Stirn, während er für sich ins Englische übersetzte, was er sagen wollte.

»Dreiundfünfzig«, sagte er dann.

»Der Amerikaner«, sagte Dunjee. »Wohnung dreiundfünfzig?«

Der junge Bursche nickte grinsend. Er streckte seinen linken Arm aus und führte stumm vor, wie jemand sich eine Spritze setzt. Seine Freunde lachten. Dunjee lächelte. Da plötzlich ließ der junge Bursche den Kopf nach vorn fallen, als sei er gerade eingeschlafen, blickte aber gleich ganz wach zu Dunjee hoch und sagte zwei Worte auf italienisch, von denen Dunjee annahm, sie bedeuteten so etwas wie »kein Freund von Stoff«. Er nickte verständnisvoll und ging auf den Hauseingang zu. »Dreiundfünfzig«, rief ihm der junge Bursche nach, als sei er auf sein Englisch stolz. »Dreiundfünfzig.«

Die Wohnung Nr. 53 lag im fünften Stock ziemlich am Ende des Flurs, der zum rückwärtigen Teil des Gebäudes führte. Das Treppenhaus war dunkel, schmal und roch nach Urin. An jeder Tür blieben sie stehen und benutzten Hopkins' Feuerzeug, um die Nummer lesen zu können. Als sie schließlich vor Nummer 53 standen, fragte Hopkins: »Wie gehen wir vor?«

Dunjee hob die Schultern. »Nach Gehör«, sagte er und klopfte viermal an die Tür.

Nichts passierte. Kein Geräusch von schleppenden Schritten. Kein Gehusche. Kein Husten. Kein Flüstern. Nur Stille. Dunjee hob die Hand, um noch mal zu klopfen, als die Tür sich öffnete und ein Wrack von einem Menschen vor ihnen stand.

Das Wrack mußte den Jahren nach so um vierzig sein. Das Haar fiel ihm bis auf die Schultern und fing an, grau zu werden. Es hätte eine Wäsche gebraucht. Der Rest des Wracks auch. Der Rest war männlichen Geschlechts, weißlich-grau, ausgemergelt, gekrümmte einsachtzig und nicht unrasiert genug, um bärtig genannt zu werden.

»Wer sind Sie?« fragte das Wrack durch einen graulippigen, rissigen Mund. Über dem Mund befand sich die laufende Nase, die sich zwischen die zwei hundert Jahre alten, blauen Augen schob. Die Augen sahen müde geschlagen aus, Augen eines Verlierers. Bekleidet war das Wrack mit einem rotzverschmierten Sweat-Shirt mit Löchern und der Aufschrift »Yale«, darunter mit irgendwelchen Jeans. Die nackten Füße steckten in Sandalen. Die Nägel der großen Zehen waren dick und gelblich und lang genug, um sich spiralförmig nach unten zu drehen.

Die Frage des Wracks war in einer Art Italienisch gestellt worden. Er probierte es noch mal auf englisch. »Wer sind Sie?«

»American Express«, sagte Dunjee. »Wir bringen Ihnen das Geld.«

Irgendwas flickerte in den Augen des Wracks. Hoffnung vielleicht. Es erstarb schnell. »Daß ich nicht lache.«

»Reden wir darüber«, sagte Dunjee und drückte gegen die Tür. Das Wrack drückte zurück. Hopkins kam herbei und lehnte sein ganzes Gewicht gegen die Tür.

»Wieviel Geld?« fragte das Wrack.

»Eben darüber würden wir gern reden.«

Das Wrack gab die Tür frei. Dunjee betrat, gefolgt von Hopkins, die Wohnung. Sie bestand aus einem einzigen Zimmer, einem großen Zimmer mit hoher Decke und drei Fenstern. Die Fenster waren fast blind vor Schmutz. In einer Ecke auf dem Fußboden lag eine Matratze. Auf der Matratze säugte eine magere Katze ihre vier Jungen. Die Jungen mußten etwa fünf Wochen alt sein.

Das Wrack schlurfte zur Matratze und setzte sich. Er streichelte den Kopf der Katze. Die Katze schloß die Augen und schnurrte. »Also gut«, sagte das Wrack, »reden Sie.«

Dunjee sah sich erst mal im Zimmer um. Es gab keine Schränke oder Kommoden. Die Spüle aus Zinkblech mit nur einem Wasserhahn zierte eine Ecke des Zimmers. Der Hahn tropfte mit einem scharfen, penetranten Ping in die Spüle. Hopkins ging hin und drehte den Hahn zu.

Es gab dann noch ein Regal mit drei Fächern, in denen Dosenvorräte lagen – süßes Zeug, im wesentlichen – und einen Holztisch und zwei Stühle, die nicht zueinander paßten, und eine Kochplatte; das war alles an Möblierung. Dunjee vermutete, daß das Geschirr und die Töpfe, wenn es sie überhaupt gab, in der Spüle lagen.

Er ging zum Tisch und setzte sich. Hopkins folgte seinem Beispiel und nahm den anderen Stuhl. Dunjee holte einen Notizblock und einen Kugelschreiber heraus. Er blätterte in dem Block, bis er die Seite gefunden zu haben schien, nach der er gesucht hatte. Er hielt den Kugelschreiber gezückt, blickte das Wrack an und lächelte. »Name?« fragte er.

»Was soll der Quatsch?«

Dunjee blickte Hopkins an. »Ich dachte, Sie hätten gesagt, für fünfhundert Dollar hätten wir ihn?«

»Vorausgesetzt, er erzählt uns ein paar nette kleine Geschichten«, sagte Hopkins. »Dann kriegt er fünfhundert.«

»Fünfhundert?« fragte das Wrack.

»Mir scheint, du kannst sie brauchen, Junge«, sagte Hopkins.

»Wer soll das eigentlich sein?«

Dunjee lächelte Hopkins an. »Mein Partner, Mr. Ralph.«

»Sie kenne ich doch, oder?« fragte das Wrack.

Dunjee schüttelte den Kopf. »Ich glaube nicht.«

»Yeah, ich kenne Sie, von irgendwoher. Von ganz früher.«

»Name?« sagte Dunjee.

»Fünfhundert, sagt ihr?«

Dunjee seufzte, holte seine Brieftasche hervor und reichte sie Hopkins. »Stimmen Sie ihn ein bißchen ein, Mr. Ralph.«

Hopkins stand auf, ging zur Matratze und ließ sich neben dem Wrack nieder. Er öffnete die Brieftasche, damit das Wrack all die Hundertdollarnoten sehen konnte, die darin waren. Hopkins nahm eine heraus. Das Wrack wollte zugreifen. Aber Hopkins zog sie ihm weg. »Name?« fragte er.

Das Wrack wischte sich mit dem Ärmel seines Sweat-Shirt die Nase. »Den kennen Sie doch«, sagte er. »Goucher. Giles Goucher.« Hopkins reichte ihm den Geldschein.

Das Wrack hielt ihn dicht vor die Augen. Hopkins streckte seine Hand aus und strich der Katze über den Kopf. Die Katze lächelte – jedenfalls schien es so. »Reizende Katze haben Sie da, Mr. Goucher«, sagte Hopkins, erhob sich und kehrte an den Tisch zurück.

Dunjee starrte Goucher an. Schließlich lächelte er, schüttelte den Kopf und schrieb irgendwas ins Notizbuch. »Alter?« fragte er.

»Einundvierzig.«

»Sieht wie hundert aus, oder?« sagte Hopkins.

»Nicht ohne Grund«, sagte Dunjee. Er sah wieder zu Goucher hin. »Es wäre einfacher, wenn Sie uns alles über sie erzählten.«

»Über wen?«

»Den Roten Amboß, die fünf vom Roten Amboß. Sie können mit dem Deutschen anfangen – dem blonden Typ mit den vielen Muskeln.«

»Wer seid ihr?«

»Auslandskorrespondenten«, sagte Dunjee. »Ich für die *New York Times,* Mr. Ralph für die Londoner *Times.*«

»Reden Sie keinen Quatsch, Mann.«

»Wollen Sie die restlichen vierhundert, Giles?« fragte Dunjee.

Goucher zog den anderen Sweat-Shirt-Ärmel über die Nase, sah sich im Zimmer um und dann zu Dunjee hin. »Was dachten Sie?«

»Dann reden Sie, Mann.«

Goucher schniefte. »Wo soll ich anfangen?«

»Als Sie die Staaten verließen.«

»Das ist sieben Jahre her.«

»Länger nicht? Ich dachte, es wäre länger her. Wohin gingen Sie – nach Beirut?«

Goucher starrte Dunjee mißtrauisch an. »Ich kenne Sie von irgendwoher. Von ganz früher.

»Ich glaube, da irren Sie sich.«

»Yeah, ich kenne Sie. Ich komme gleich drauf. Woher wissen Sie das mit Beirut?«

»Ich rate bloß.«

»Natürlich ging ich nach Beirut. Und blieb eine Zeitlang.«

»Wie lange?«

»Vielleicht ein Jahr, vielleicht länger. Danach Damaskus. Danach Bagdad. Ich war auf Vortragsreise, könnte man sagen.«

»Für wen?«

»Die PLO. Ich hielt Vorträge, wissen Sie, über unsere Arbeit in den Staaten.«

»Wie lange sind Sie schon in Rom, Giles?«

»Zwei Jahre.«

»Keine Vorträge mehr?«

»Ich bin krank geworden.«

»Sind sie an Sie herangetreten, oder sind Sie zu ihnen gegangen?«

»Wen meinen Sie?«

»Wollen Sie das Geld?«

»Ja. Also, ich ging zu ihnen.«

»Es waren drei, oder?«

»Ich habe nur den Deutschen gesehen. Frank.«

»So haben sie ihn genannt – Frank?«

»Yeah, Frank.«

»Wie hieß er richtig?«

»Weiß ich nicht. Irgendwas sehr deutsch Klingendes.«
»Probieren Sie's trotzdem.«
»Diringshoffen. Bernt Diringshoffen.«
»Woher wußten Sie, daß sie in Rom waren?«
Goucher hob die Schultern. »Ich habe es gehört. Ich hörte, daß sie nach . . .« Er beendete den Satz nicht.
»Neuen Mitgliedern suchen?«
»Ja.«
»Und Sie meldeten sich.«
»Wir haben bloß geredet. Eine Art Sondierungsgespräch.«
»Aber man hat Sie abgewiesen.«
Goucher sah sich wieder im Zimmer um. Traurig schüttelte er den Kopf über das, was er sah, seufzte und sagte: »Ach, ist schon scheißegal. Kann man es ihnen übelnehmen?«
»Was haben sie über Felix gesagt?«
»Ich habe nur mit Frank gesprochen.«
»Was hat Frank über Felix gesagt?«
»Er hat nur was angedeutet.«
»Was?«
»Daß Felix in der Tinte sitzt. Deshalb suchten sie auch nach . . . nach neuen Leuten.«
»Aber nicht nach Typen wie Ihnen.«
»Nicht nach Typen wie mir.«
»Sie sind noch in Rom?« Dunjee ließ die Frage so beiläufig wie möglich klingen.
»Nein. Jedenfalls glaube ich es nicht.«
»Wo sind sie hingegangen?«
»Wie soll ich das wissen?«
»Für vierhundert Dollar, Giles – wohin sind sie gegangen?«
»Wer seid ihr überhaupt wirklich?«
»Ich bin von der CIA. Mr. Ralph vom MI 6.«
»Quatsch.«
»Sie haben gefragt«, sagte Dunjee und legte dann einen schneidenden Ton in seine Stimme. »Für vierhundert Dollar, Giles – wo sind sie hingegangen?«
»Ich habe Frank in einem billigen Hotel getroffen, irgendwo in der Nähe der Piazza del Popolo. Wir haben geredet. Irgendwer kam dann ins Zimmer. Eine Frau. Sie sprachen deutsch, aber sie hatte einen französischen Akzent. Sie wechselten wenige Worte,

redeten aber über die Abflugszeit einer Maschine. Ich habe in Ostberlin vier Jahre Deutsch gehabt. Ich schätze, Frank wußte das nicht. Also haben sie über das Flugzeug geredet.«

»Ein Flugzeug wohin?«

»Malta.«

»Zahlen Sie ihn aus, Mr. Ralph.«

Hopkins stand wieder auf, trat an die Matratze und zählte Goucher vier Hundertdollarscheine in die Hand. »Kommst dir ein bißchen wie Judas vor, oder?«

»Mann, hau ab.«

Dunjee holte eine Zigarettenschachtel aus der Tasche, nahm eine Zigarette heraus und zündete sie an. »Fehlen Ihnen die Weathermen, Giles?«

Goucher sah zu Dunjee hoch, dann auf das Geld in seiner Hand und wieder hoch zu Dunjee. »Yeah«, sagte er. »Ich kenne Sie doch. Sie sind Dunjee. Ich erinnere mich an Sie. Sie waren mal so ein Scheißabgeordneter.«

Dunjee erhob sich. »Gehen wir, Mr. Ralph.«

»Mir nur recht«, sagte Hopkins.

Sie gingen auf die Tür zu, blieben aber stehen, als Goucher hinter ihnen herrief: »He, Dunjee!«

Dunjee drehte sich um.

»Ich habe mit deiner Frau geschlafen, Mann!« schrie Goucher. Er betrachtete das Geld in seiner Hand. »Wußtest du das, Mann? Ich habe mit deiner Frau geschlafen!« Er warf die vier Hundertdollarscheine Dunjee entgegen. Sie kamen nicht weit. Sie flatterten langsam abwärts, einer schwebte auf die Katzenmutter nieder.

»Soll ich ihm eine kleben?« fragte Hopkins.

Dunjee schüttelte den Kopf und öffnete die Tür. »Warum?« sagte er. »Weil er die Wahrheit gesagt hat?«

22

Das Polaroidfoto zeigte Bingo McKay, das linke Ohr akkurat verbunden, in einem Stuhl und tatsächlich lächelnd, mit der *International Herald Tribune* unter der Nase. Der Hintergrund des Fotos war verschwommen weiß. Der Botschafter vermutete, daß man wahrscheinlich ein Bettlaken benutzt hatte, um jeden Hinweis auf den Ort der Aufnahme auszuschließen.

»Er sieht . . . munter genug aus, finden Sie nicht auch?« bemerkte Faraj Abedsaid, als der riesige Mensch mit dem runden, schokoladefarbenen Gesicht und den vernarbten Wangen ein Vergrößerungsglas hervorholte. Der riesige Mensch war Seine Exzellenz Olufemi Dokubo, Nigerias Botschafter in den Vereinigten Staaten. Dokubo benutzte das Vergrößerungsglas, um die Schlagzeilen auf der ersten Seite der *Herald Tribune* zu prüfen.

Dokubo war morgens, von Washington kommend, in Rom eingetroffen und hatte in der nigerianischen Botschaft auf den Anruf des Libyers gewartet. Er hatte den ganzen Morgen gewartet. Als der Anruf schließlich kam, kurz nach zwölf, verging eine Viertelstunde mit einem albernen Palaver über den Treffpunkt. Die Libyer bestanden auf einem neutralen Ort. Botschafter Dokubo machte verschiedene Vorschläge, die Schweizer Botschaft eingeschlossen, die ihm der denkbar neutralste Ort der Welt schien. Aber die Libyer wiesen unter diesem und jenem Vorwand alle Vorschläge zurück, bis Dokubo schließlich den Ort vorgeschlagen hatte, an dem sie sich jetzt getroffen hatten.

Der Raum war riesig, mehr ein Saal als ein Raum. Er gehörte zur FAO, der Ernährungs- und Landwirtschaftsorganisation der Vereinten Nationen, die ihren Sitz in Rom hat. Dokubo und Abedsaid saßen am Kopfende eines zwanzig Meter langen Konferenztischs, um den sich üblicherweise ausgewählte Ernährungs- und Landwirtschaftsexperten versammelten, um über die drei Milliarden oder so in der Welt zu sinnieren, die jeden Abend hungrig schlafen gingen.

Der Raum mit seiner hohen Decke, dem Kronleuchter, den Stoffen und Teppichen hatte etwas merkwürdig Feierliches an sich, als würde binnen kurzem Monumentales verkündet. Allein im Raum, ertappten Abedsaid und Dokubo sich dabei, daß sie miteinander flüsterten.

Am Abend zuvor, unmittelbar vor seinem Abflug nach Rom, hatte Botschafter Dokubo sein zweites Gespräch mit Präsident McKay geführt. Sie hatten sich wieder im Oval Office getroffen. Der Präsident sah müde aus. Er hatte einen Fuß auf seinen Schreibtisch gelegt, verschränkte die Hände hinterm Kopf und starrte Dokubo an.

»Wir haben ihn nicht«, sagte der Präsident.

Bei seinem fixen Verstand brauchte Dokubo nur eine Sekunde,

um zu begreifen, wovon der Präsident redete. »Sie meinen Felix«, sagte Dokubo und versuchte, seinen Schock zu verbergen.

»Richtig. Wir haben ihn nicht. Wir hatten ihn nie. Wir wissen nicht mal, wer ihn hat.«

»Aber sie wissen das nicht. Die Libyer.«

»Nein.«

»Hm.« Dokubo legte eine Pause ein, um seine Frage sorgfältig zu formulieren. »Besteht die Möglichkeit, daß er – nun ja – abhanden gekommen ist?«

Der Präsident grinste. Es war ein saures, sogar bitteres Grinsen. »Sie meinen, ob ich mit Sicherheit sagen kann, daß die CIA ihn nicht doch hat und irgendwo in einem Geräteschuppen aufbewahrt? Ich habe selbst schon daran gedacht. Sie haben ihn nicht. Dessen habe ich mich vergewissert, und zwar verdammt gründlich.« Er betrachtete Dokubo mitfühlend. »Bringt Sie in arge Verlegenheit, nicht wahr?«

»Es mindert meine Wirksamkeit als Unterhändler.«

»Es wird keine Verhandlungen geben.«

»Sie wünschen, daß ich von meinem Auftrag zurücktrete?« fragte Dokubo, nicht ganz sicher, ob ihm als Antwort ein Ja oder ein Nein lieber wäre.

»Nein, Sir, ich möchte Sie um einen Gefallen bitten.« Der Präsident nahm seinen Fuß vom Schreibtisch und die Hände vom Kopf und beugte sich in seinem Sessel vor. Sein Gesichtsausdruck war ebenso ernst wie offen.

Er hat vor, mir irgendwas zu verkaufen, dachte Dokubo.

»Sie genießen einen ganz bestimmten Ruf hier in Washington, Herr Botschafter«, sagte der Präsident.

Erst die Schmeichelei, dachte Dokubo, brannte aber dennoch darauf, zu hören, zu was sie sich auswachsen werde.

»In einem Punkt herrscht Übereinstimmung bei allen Delegierten der UN: Wenn ihr Leben von den Diensten eines erfahrenen Diplomaten abhinge, wählten fünfundneunzig Personen Sie. Für wen die anderen stimmen würden, weiß ich nicht, vermutlich für sich selbst.«

Dokubo spürte die sanfte rote Welle der Freude, die seinen Hals hochspülte, bis sie die Ohren erreichte. Sie wurde auch noch von einem gleichermaßen sanften Prickeln der Spannung begleitet. Er hielt sein Gesicht unter Kontrolle und seine tiefe Stimme in wohltönendem, aber bescheiden klingendem Baß. »Das ist äußerst schmeichelhaft, Mr. President.«

Der Präsident schüttelte den Kopf. »Ich würde es nicht Schmeichelei nennen. Ich würde es eine ziemlich realistische Einschätzung nennen. Und deshalb möchte ich Sie um diesen Gefallen bitten. Ich möchte Sie bitten, das Leben meines Bruders zu retten.«

Dokubo wollte etwas sagen, aber der Präsident hob die Hand. »Lassen Sie mich zu Ende reden. Wir versuchen, Felix von wem auch immer zurückzubekommen. Profis sind darauf angesetzt. Aber ich wäre ein Narr, wenn ich in diesem kritischen Augenblick eine Voraussage wagte. Also bitte ich Sie, mir diesen Gefallen zu tun. Retten Sie das Leben meines Bruders. Sollten Sie zustimmen, werden Sie Ihre ganze bemerkenswerte Erfahrung und Geschicklichkeit benötigen, um das zu vollbringen, was ihn retten wird.«

»Und das wäre?«

»Hinhalten.«

Dokubo nickte langsam. »Für wie lange?«

»Ich weiß es nicht. Für Tage, vielleicht für Wochen. Es ist eine Kunst, das Hinhalten. Ihnen muß ich nicht sagen, was dabei an Tricks und Listen vonnöten ist.«

Dokubo lächelte, obwohl er am liebsten gestrahlt hätte. »Ich habe tatsächlich ein wenig Erfahrung«, sagte er, »im Hinhalten.«

Im FAO-Konferenzraum legte Dokubo das Vergrößerungsglas beiseite und blickte Abedsaid an. »Er scheint zu leben, jedenfalls gestern noch«, sagte er.

»Er lebt«, sagte Abedsaid. »Ich erwarte, daß Sie ähnliche Beweise für Berrio-Britos Wohlergehen vorlegen werden.«

»Sie reden von Felix?«

»Sie ziehen es vor, ihn so zu nennen?«

»Kürzer, finden Sie nicht auch?«

»Also gut«, sagte Abedsaid. »Felix. Haben Sie Beweise für sein Wohlbefinden mitgebracht?«

»Ehe wir zu diesem Punkt kommen, sollten wir uns, glaube ich, mit einer dringenderen Sache befassen. Wann erhält der Präsident die Erlaubnis, mit seinem Bruder zu telefonieren?«

Abedsaid schüttelte den Kopf. »Davon war nie die Rede. Es wird kein Telefongespräch geben.«

Dokubo stellte sich verblüfft. Er machte das fabelhaft, legte sogar noch einen Anflug von Schock in seinen Gesichtsausdruck. »Aber nach meinen Informationen sollte wenigstens ein Telefongespräch erlaubt werden.«

»Ich fürchte, Sie sind falsch informiert worden, Botschafter. Es wird kein Telefongespräch geben.«

Dokubo seufzte. »Ich werde diese neue Entwicklung meinen Auftraggebern natürlich berichten müssen.«

»Was Sie nicht hindert, mir die Beweise für Felix' Sicherheit und Wohlbefinden vorzulegen.«

»Ich fürchte, das wird bis zu unserer nächsten Begegnung vertagt werden müssen. Meine Anweisungen sind eindeutig. Falls wir in Verhandlungen über ein Telefongespräch eingetreten wären, hätte der Beweis, den Sie fordern, diskutiert werden können. Unter den gegebenen Umständen jedoch muß diese Diskussion vertagt werden, bis neue Beratungen mit meinen Auftraggebern abgeschlossen sind.«

Was für ein durchtriebener, aalglatter Schweinehund, dachte Abedsaid. Er legte sein Gesicht in düster ahnungsvolle Falten, von denen er hoffte, sie würden ihre Wirkung nicht verfehlen. »Ich bedaure zutiefst die Verzögerung, die unsere Verhandlungen schon jetzt erfahren haben. Meine Vorgesetzten in Tripolis sind keine Männer von endloser Geduld. Ich befürchte, sie könnten sogar argwöhnen, daß Sie Verzögerungstaktik betreiben.«

»Verzögerungstaktik?« fragte Dokubo, seine tiefe Stimme voller Überraschung und Empfindlichkeit. »Hier handelt es sich um äußerst heikle Verhandlungen, Mr. Abedsaid. Oberst Mourabet war es doch höchstpersönlich, der von Beginn an darauf hingewiesen hat, daß möglicherweise das Schicksal der Menschheit auf dem Spiel steht. Ich bin in unsere heutige Begegnung mit der Erwartung gekommen, daß wir die Konditionen diskutieren, unter denen der Präsident mit seinem Bruder telefonieren kann. Aber wir haben gar nicht verhandeln können. Von Ihrer Seite gab es nur die kategorische Verweigerung eines Ersuchens, das meiner Ansicht nach nicht ungebührlich ist. Ich muß zu meinen Auftraggebern mit leeren Händen zurückkehren. Es sei denn . . .«

Jetzt kommt es, dachte Abedsaid. »Es sei denn – was, Botschafter?«

»Es sei denn, Sie sind absolut sicher, daß es kein Telefongespräch geben kann.«

»Dessen bin ich mir sicher.«

»Was würden Sie in dem Fall zu einer Bandaufnahme sagen? Eine kurze Botschaft des Bruders an den Präsidenten, zum Beispiel. Vielleicht könnte er ein paar Schlagzeilen aus der heutigen *Herald Tribune* vorlesen – und dann zwei Minuten ein paar persönliche, beruhigende Worte. Das wäre natürlich kein annähernder Ersatz für ein Telefongespräch, aber vielleicht gelingt es mir, meine Auftraggeber zu überzeugen, daß sie es als vertretbare Alternative akzeptieren.«

»Mit anderen Worten, Sie weigern sich, mir vorher irgendeinen Beweis für Felix' Wohlergehen zu geben?«

Dokubo seufzte. »Ich fürchte, wir können das Thema erst anschneiden, wenn der Präsident die Stimme seines Bruders gehört hat. In diesem Punkt war er unnachgiebig. Jetzt, da eindeutig feststeht, daß es kein Telefongespräch geben wird, mag es mir gelingen, den Präsidenten zu bewegen, sich mit einer Bandaufnahme zufrieden zu geben. Garantieren kann ich das natürlich bedauerlicherweise nicht.«

Abedsaid erhob sich. »Ich muß mich mit Tripolis in Verbindung setzen.«

»Und ich mich mit Washington.« Dokubo erhob sich gleichfalls lächelnd. »Halten Sie diesen Verhandlungsort hier für geeignet?« Er deckte mit einer vagen Handbewegung den riesigen Raum ab.

»Er erfüllt seine Funktion.«

»Dann schlage ich vor, daß wir uns wieder hier treffen. Um jedoch sicherzugehen, daß unsere nächste Begegnung ergiebiger wird, sollten wir in – lassen Sie mich nachdenken, was würden Sie zu achtundvierzig Stunden sagen?«

Abedsaid lächelte kalt. »Ich würde sagen, Sie halten mich hin.«

Dokubo hob die buschigen Brauen. »Hinhalten?«

Abedsaid nickte und starrte den Nigerianer nachdenklich an. »Obwohl ich mir noch nicht sicher bin, warum.«

»Achtundvierzig Stunden also?« fragte Dokubo mit seinem besten Lächeln.

»Vierundzwanzig«, sagte Abedsaid, drehte sich um und ging.

Der Anruf aus Tripolis versetzte die libysche Botschaft in Aufruhr. Oberst Mourabet war selbst am Telefon und verlangte, mit Faraj Abedsaid zu sprechen. Als ihm mitgeteilt wurde, daß Abedsaid nicht verfügbar war, begann der Oberst, telefonisch das Personal der Botschaft zu feuern, und fing mit dem Botschafter persönlich an. Als er beim Amtsboten angelangt war, kehrte Abedsaid von seinem Treffen mit Dokubo zurück, wurde ans Telefon gescheucht und redete besänftigend auf den Oberst ein.

Das Gespräch war lang, es dauerte über eine Stunde. Abedsaid hörte zunächst nur zu; doch gegen Ende war er es, der fast ausschließlich das Reden besorgte. Und erst jetzt, während der letzten zwölf Minuten, drehte das Gespräch sich um den Amerikaner, einen Ex-Congressman namens Chubb Dunjee.

Dunjee wachte vor Hunger auf. Seine Uhr lag auf dem Nachttisch. Er streckte seinen nackten Arm aus und nahm sie hoch. Sie hatten ein Licht auf der anderen Seite des Zimmers brennen lassen, eine kleine Tischlampe mit einer schwachen Birne. Aber sie war hell genug, um sie sehen zu lassen, was sie machten, und jetzt konnte er auch sehen, wie spät es war. Es war neun Uhr abends.

Dunjee drehte sich im Bett um und betrachtete Delft Csider. Sie schlief, atmete ruhig, mit leicht geöffnetem Mund. Die Bettdecke hatte sich um ihre Hüften gewickelt, ihre Brüste waren bloß. Brüste wie was? überlegte Dunjee. Größer als Zitronen, aber kleiner als Melonen. Brüste wurden komischerweise immer mit Melonen verglichen. Cantaloupes? Honeydew? Beide ziemlich groß. Eher wie Orangen, entschied er, wollte man bei Früchten bleiben. Er langte hinüber und berührte die linke Brustspitze.

Sie regte sich, öffnete die Augen und lächelte. »Schon wieder?« sagte sie. »Dir wird aufgefallen sein, daß ich nicht ›nicht schon wieder!‹ gesagt habe.«

»Ich überlege gerade«, sagte er.

»Was?«

»Ob du auch Hunger hast.«

Sie dachte darüber nach. »Wir haben nicht gegessen. Jedenfalls nichts Eßbares.«

»Und das andere hat keinen Nährwert. Höchstens eine Spur Protein, glaube ich.«

Sie reckte und streckte sich und gähnte, ohne sich die Mühe zu machen, die Hand vor den Mund zu halten. Ihm fiel auf, daß sie keine Plomben in den Zähnen hatte.

»Was ist denn mit deinen Zähnen los?«

»Mit meinen Zähnen?«

»Keine Plomben.«

»Sie sind nicht umzubringen. Ich kann essen, was ich will. Ich habe gutes Zahnfleisch, hier.« Sie fletschte ihn an.

»Glückspilz«, sagte Dunjee und angelte nach dem Telefonhörer. Sie waren in seinem Schlafzimmer. Zwei Stunden vorher, die Drinks noch in Händen, waren sie vom Salon der $-220-pro-Tag-Suite mit ihrem Vierter-Stock-Blick auf die Spanische Treppe sofort ins Schlafzimmer gewandert. Die Präliminarien fielen eher kurz und wortlos aus. Im Bett wurde es dann munter und ein bißchen laut. Sie hatten entdeckt, daß sie beide Reder waren. Delft Csider war auch noch ein kleiner Schreihals – winzige, wonnevolle Schreie, die sie damit abschnitt, indem sie in alles hineinbiß, was gerade verfügbar war. Aber sie biß nicht zu fest zu, und nach einer Weile fing Dunjee fast an, Spaß daran zu finden.

»Was willst du essen?« fragte er, als der Zimmerservice sich gemeldet hatte.

»Eier mit Shrimps«, sagte sie. »Irgendwas Leichtes und Italienisches aus Eiern und Shrimps. Bergen von Shrimps.«

Dunjee bestellte zwei Scampi-Omeletts und Wein. Als er eingehängt hatte, sah er zu ihr hin. »Drink?«

Sie nickte. »Aber dünn.«

Dunjee stand auf, ging in den Salon und kehrte mit zwei Gläsern zurück. Er reichte ihr eins und setzte sich mit seinem auf die Bettkante dicht neben sie.

»Bist du schon schielend auf die Welt gekommen?« sagte sie und berührte ihn behutsam unter seinem linken Auge.

Er schüttelte den Kopf. »Bajonett-Übung. Ein Sergeant zeigte mir den senkrechten Kolbenschlag. Er zerschmetterte den Bakkenknochen, und der heilte nicht richtig. Seither sehe ich wie irgendwas von Picasso aus.«

»Mir gefällt es«, sagte sie. »Du siehst ein bißchen aus wie ein . . .« Ein Klopfen an der Tür hinderte sie an der Vervollständigung des Vergleichs. »Das kann nicht der Zimmerservice sein«, sagte sie. »Nicht so schnell.«

»Vielleicht die Tickets?«

»Nach Malta?«

»Du hast ihnen doch gesagt, sie sollen sie hochschicken, oder?«

Sie nickte. »Aber sie sagten, erst morgen früh.«

»Vielleicht ist es Hopkins«, sagte Dunjee, suchte nach seiner Hose und stieg hinein. Er suchte nach seinem Hemd, fand es auf der anderen Seite des Betts und zog es an, ohne sich die Mühe zu machen, es in die Hose zu stecken. Barfuß, den Drink in der Hand, ging er an die Tür der Suite und öffnete sie.

Sie waren zu viert, Harold Hopkins eingeschlossen, der zwischen zwei großen Männern mit Schnurrbart eingeklemmt war. Die beiden Männer waren jung und Ende Zwanzig. Die vierte hatte geklopft. Er hielt eine Pistole in der rechten Hand. Die Pistole, eine Automatik, hing nach unten, zielte auf nichts. Der Mann mit der Pistole war Faraj Abedsaid.

Abedsaid lächelte. »Ich schätze«, sagte er, »Sie und ich müssen miteinander reden.«

Dunjee zog sich rückwärts von der Tür zurück. Abedsaid wartete, bis die beiden großen Männer Hopkins ins Zimmer getrieben hatten. Abedsaid folgte ihnen, schloß hinter sich die Tür und vergewisserte sich, daß sie abgeschlossen war. Die beiden Männer gaben Hopkins frei, gingen zur Tür und lehnten sich dagegen.

Hopkins blickte Dunjee an und ließ dann die Augen durchs Zimmer wandern. »Ich hatte keine gottverdammte Wahl, Junge«, sagte er und steuerte die Whiskyflasche an.

»Hier.« Dunjee hielt ihm sein eigenes Glas hin. »Tun Sie auch da noch was rein.«

Hopkins nahm das Glas und begann, die Drinks zu mixen. Abedsaid wedelte mit der Pistole zur Schlafzimmertür. »Miss Csider?«

Dunjee nickte.

»Bitten Sie sie, herauszukommen.«

Wieder nickte Dunjee und ging ins Schlafzimmer. Delft Csider war schon dabei, sich anzuziehen. »Wir haben ein bißchen Ärger«, sagte Dunjee.

»Wieviel ist ein bißchen?«

»Weiß ich noch nicht.«

»Bin sofort fertig.«

Dunjee kehrte in den Salon zurück und ließ sich von Hopkins seinen Drink geben.

Abedsaid lächelte umgänglich. »Ziemlich hektischer Tag,

möchte ich sagen. Einen Großteil haben wir damit verbracht, Sie zu überprüfen, Congressman. Unsere eigenen Möglichkeiten sind da ein wenig begrenzt, wir mußten also hier und da Freunde bemühen. Sie haben einen bemerkenswerten Ruf, zumindest in Mexiko. Der Bakschisch-Mann. Heißt Bestechungsgeldgeber, oder?«

»So etwa, ja«, sagte Dunjee.

Delft Csider kam aus dem Schlafzimmer, nickte Abedsaid kühl zu, übersah die beiden, die an der Tür lehnten, und ließ sich in einem Sessel nieder.

»Möchten Sie etwas trinken, Miss Csider?« sagte Abedsaid.

»Danke, nein.«

Er nickte, sah sich um, entschied sich für einen Sessel und nahm Platz. Die Pistole hielt er lose im Schoß. Dunjee und Hopkins zogen es vor, stehenzubleiben.

»Es war«, fuhr Abedsaid fort, »natürlich kein Zufall, daß Sie neben mir im Flugzeug saßen. Erlauben Sie mir, Ihnen zu Ihrer Vorstellung zu gratulieren. Sie war ziemlich überzeugend. Es war Ihnen gelungen, meine Neugierde zu wecken, was Sie vermutlich auch erreichen wollten.« Obwohl Abedsaid das nicht in Frageform gefaßt hatte, schien er auf eine Antwort zu warten.

Dunjee sagte dann auch: »So etwa, ja.«

»Sie signalisierten, wenn ich mich nicht täusche, Ihre Verfügbarkeit.«

»Vielleicht habe ich auch nur versucht, einen reichen Araber auszunehmen.«

Abedsaid lächelte wieder. »Mr. Hopkins hier ist beinahe gleichermaßen interessant. Mr. Hopkins ist ein Dieb – und ein guter, wenn meine Informanten in London recht haben. In meine Wohnung ist vor ein paar Tagen eingebrochen worden. Ein weiterer kleiner Zufall.«

»Reden Sie schon, Mann«, sagte Hopkins.

»Ja, Sie haben völlig recht. Es läuft auf eine Angelegenheit hinaus, die uns alle betrifft: Mr. Bingo McKay, der Bruder Ihres Präsidenten.«

»Wovon, verdammt, redet er eigentlich?« fragte Hopkins.

»Das weiß er noch nicht ganz genau«, sagte Dunjee und fügte leise hinzu: »Oder, Mr. Abedsaid?«

Abedsaid hörte nicht auf zu lächeln. »Wir möchten, daß Sie eine kurze Reise machen. Sie alle drei. Eine Flugreise. Die Maschine steht schon bereit. Sie haben die Wahl. Entweder gehen Sie freiwillig an Bord, oder Sie müssen sich an Bord schmuggeln lassen, was ziemlich lästig wäre – Drogen und so weiter. Ich rate Ihnen dringend, freiwillig an Bord zu gehen.«

»Und wir fliegen wohin?«

»Nach Tripolis.«

»Warum Tripolis?«

»Jemand dort wünscht, mit Ihnen zu reden. Etwas außerhalb von Tripolis, genaugenommen.«

»In der Wüste?«

»Ja, in der Wüste.«

»Und wer will reden?«

»Oberst Mourabet.«

»Persönlich?«

»Persönlich.«

»Also gut«, sagte Dunjee. »Wir sind bereit.«

23

Etwas früher am selben Tag, etwa um Mitternacht New Yorker Zeit, saß Dr. Joseph Mapangou auf einer Bank im Central Park und fragte sich, wie lange es noch dauern könnte, bis irgendein finsterer Typ ihn zusammenschlüge. Er wartete schon eine Viertelstunde auf der einsamen Bank tief im Park und hatte bereits die Belästigungen eines traurig aussehenden Homosexuellen zurückgewiesen, der ihn angefleht hatte, es anfassen zu dürfen, nur für eine Sekunde.

Dr. Mapangou, der glaubte, sein Entsetzen gut kaschiert zu haben, hatte den Mann höflich gebeten, fortzugehen. Der Mann hatte ihm achtzehn Dollar geboten. Dr. Mapangou hatte angefangen zu kichern. Es war ein hohes, schrilles, fast hysterisches Kichern gewesen. Der Mann hatte ihn verwünscht und war gegangen. Dr. Mapangou hatte aufgehört zu kichern.

Jetzt saß er mit übergeschlagenen Beinen auf der Bank und drehte den Kopf nach jedem Geräusch, das aus dem nächtlichen Dschungel an sein Ohr drang. Aber es war ja nicht der Dschungel, machte er sich wiederholt klar. Es war bloß ein gepflegter Park, und es gab keine wilden Tiere, die umherschlichen, allenfalls verlorengegangene Hunde, kleine Hunde. Winzige Pudel, vermutlich, mit straßbesetzten Halsbändern.

Hinter Dr. Mapangou, verborgen in den blauen Schatten der Bäume, schob der massige Mann sich langsam um einen alten Baum. Er blieb stehen und starrte auf Dr. Mapangous Rücken, der im schwachen Licht einer Parklaterne kaum erkennbar war. Der massige Mann stand regungslos da und atmete lautlos durch den Mund, während er den Auftritt des Homosexuellen beobachtete. Er wartete noch zehn Minuten, ehe er sich fortbewegte, mit einem langsamen, sicheren Schritt nach dem anderen, auf den nervösen Mann auf der Parkbank zu.

Als er nicht mehr als einen Meter von ihm entfernt war, sagte er: »Guten Abend.«

Dr. Mapangou schreckte hoch und drehte sich um. »Sind Sie es?«

»Wer sonst?« fragte Alex Reese und stellte sich so ins Lampenlicht, daß sein Kahlkopf funkelte.

»Ich mag das hier nicht«, sagte Dr. Mapangou. »Es ist ja zum Fürchten. Ich hätte zusammengeschlagen, ausgeraubt werden können.«

»Wurden Sie aber nicht«, sagte Reese, steuerte die Bank an und setzte sich. »Also, was gibt's?«

Dr. Mapangou blickte über seine Schulter, ehe er sich zögernd neben den massigen Mann, der nach Whisky roch, auf die Bank setzte.

»Die Israelis waren ausgesprochen schwierig«, sagte Dr. Mapangou.

»Was heißt schwierig?«

»Sie wollten Fragen stellen.«

»Aber das Geld haben sie überwiesen?«

»Um zwei heute mittag.«

»Und die Libyer?«

»Um Viertel nach drei. Sie haben keine Fragen gestellt. Sie waren . . . nun ja, mürrisch.«

»Und die Banken?«

»Ich war bei beiden und habe mich vergewissert, daß sie genau nach Ihren Anweisungen gehandelt haben. Das Geld wurde an Ihren Mr. Brian Brandon in Montreal überwiesen. Ich verstehe nur immer noch nicht, wer dieser Brandon ist.«

»Das habe ich Ihnen doch bereits erklärt.«

»Aber ich habe es nicht verstanden.«

»Brian Brandon ist niemand. Aber er hat der Bank in Montreal den Dauerauftrag gegeben, alle auf seinem Konto eingehenden Summen von mehr als tausend Dollar auf das Konto eines Arturo Foglio in Panama zu transferieren. Arturo Foglio seinerseits hat der Bank in Panama Anweisungen gegeben, jede Summe von mehr als eintausend Dollar, die auf seinem Konto erscheint, telegrafisch auf das Konto eines Casinos auf den Bahamas zu überweisen. Ist das Geld überwiesen, wird das Casino davon unterrichtet. Das Casino hebt das Geld dann in bar ab. Zweiundsiebzig Stunden später werden die Gelder, immer noch in bar, aber in verschiedenen Währungen, im Casino von einem Boten abgeholt. Um sich zu identifizieren, sagt der Bote – wer es auch ist – bloß irgendeinen vereinbarten Satz. Das ist alles. Der Satz für diesen Monat ist ein Zitat aus James Monroes erster Antrittsrede: ›Die nationale Ehre ist der Nation höchstes Gut‹.«

Dr. Mapangou nickte nachdenklich. »Wer sucht so was denn aus?« sagte er schließlich.

»Die Zitate? Die sind vor Jahren ausgesucht worden. Der Mann, der sie zusammengestellt hat, war ein verläßlicher Beamter der CIA. Inzwischen tot. Hinterließ Frau und drei Kinder. Er nannte das ganze Unternehmen die Panama-Wäscherei. Von ihr wurde nur einmal Gebrauch gemacht, aber niemand hat je daran gedacht, das Transfer-System zu annullieren. Nach seinem Tod habe ich sein Safe ausgeräumt. Die einzigen Unterlagen für den Transfer lagen im Safe. Irgendwer war nachlässig gewesen, und zufällig stand auch noch ein kleines Kopiergerät im Büro. Anschließend habe ich den Safe-Inhalt an meine Vorgesetzten weitergegeben und dafür gesorgt, daß alles vernichtet wurde. Jetzt weiß niemand mehr was von der Panama-Wäscherei, außer Ihnen und mir.«

»›Die nationale Ehre ist der Nation höchstes Gut‹«, sagte Dr. Mapangou und schüttelte traurig den Kopf. »Was wir da machen, ist nicht ehrenhaft.«

»Nein, aber gewinnbringend. Gewinn und Ehre werden nicht oft im selben Atemzug genannt. Wenn Sie nicht mehr so ehrenhaft sind wie gestern, sind Sie um zwei Millionen Dollar reicher. Na, wie fühlen Sie sich?«

Dr. Mapangou schien die Frage nicht gehört zu haben. Er

schüttelte den Kopf, auf dem dunklen Gesicht einen kummervollen Ausdruck. »Aber was soll ich ihnen sagen?«

»Wem?«

»Den Israelis und den Libyern.«

»Die Wahrheit! Sagen Sie ihnen alles über Dr. Arnold und Mr. Benedict. Sie waren nur der Mittelsmann.«

»Man wird mir nicht glauben.«

»Unsinn«, sagte Reese und riß plötzlich die Augen auf, als hätte er gerade etwas gesehen, was ihn erschreckte. »Drehen Sie sich nicht um, bevor ich es Ihnen sage. Dann aber nur ganz langsam, und in die Richtung, die ich angebe.«

Dr. Mapangou leckte sich die Lippen und nickte. Seine eigenen Augen waren groß und rund vor Entsetzen. »Jetzt?« flüsterte er.

»Noch nicht.«

Die beiden Männer warteten. Sie warteten fast dreißig Sekunden. »Jetzt«, sagte Reese.

Dr. Mapangou drehte langsam den Kopf. »Wo?« flüsterte er.

»Etwas nach links und etwa fünfzehn Meter vor Ihnen. Nahe der Laterne.«

Dr. Mapangou starrte ins Dunkel. Reese stellte sich lautlos hinter ihn. Er schob eine seiner gewaltigen Hände unter Dr. Mapangous Kinn und umschloß mit der anderen seine Stirn. Dann riß er den Kopf nach rückwärts und nach rechts und brach ihm das Genick. Dr. Mapangou war schon tot, als er immer noch mit aufgerissenen Augen ins Dunkel starrte.

Reese ließ den toten Körper auf den Parkweg gleiten. Er durchsuchte schnell die Taschen, fand die Brieftasche und holte das Bargeld heraus. Er stopfte es in seine Tasche und wischte die Brieftasche an Dr. Mapangous blauem Anzug ab. Er zog auch noch die goldene Uhr von Dr. Mapangous linkem Handgelenk. Er steckte die Uhr in eine andere Tasche. Anschließend erhob er sich, blickte sich um und tauchte zurück ins Dunkel der Bäume.

Reese war erst gut drei Meter gegangen, als eine Stimme sagte: »Stehenbleiben, oder Sie sind tot.«

Reese blieb stehen.

»Ganz langsam die Hände auf den Kopf.«

Reese nahm langsam die Hände hoch und legte sie auf seinen Kahlkopf.

»Wir sind zu zweit«, sagte die Stimme. »Ich bin einen Meter

hinter Ihnen. Ich habe eine .38er Smith & Wesson mit Hohlgeschossen. Sie gehen nicht durch – sie bleiben irgendwo im Körper stecken und reißen alles in Fetzen. Ziemliche Schweinerei.«

»Okay«, sagte Reese.

»Wir müssen Sie abklopfen«, sagte die Stimme.

»Okay«, sagte Reese.

Vor Reese, kaum einen halben Meter entfernt, trat ein Mann aus dem Schatten der Bäume. Er war hochgewachsen, aber ein bißchen mager. »Mr. Arnold, oder?« fragte Reese.

»Hallo, Alex«, sagte Franklin Keeling zu seinem ehemaligen CIA-Kollegen.

»Wer ist hinter mir?« sagte Reese. »Dieser gottverdammte Spiceman?«

»Eben der«, sagte Keeling und klopfte Reese sorgfältig ab.

Keeling trat einen Schritt zurück. »Wie du dem Nigger den Hals gebrochen hast«, sagte er, »das war saubere Arbeit.«

Es war wieder die gemietete Limousine, die sie immer benutzten, den Cadillac mit dem Fahrer, der Henry hieß. Die Trennscheibe war hochgekurbelt. Spiceman saß auf einem der Klappsitze, beide Hände um einen .38er Revolver, der genau auf den Bauch von Reese zielte. Keeling saß neben Reese auf dem Rücksitz.

Reese blickte aus dem Fenster. »Ich schätze, ihr wollt es zurück«, sagte er.

»Was?«

»Das Geld.«

»Was für Geld?«

Reese drehte den Kopf und sah Keeling an. Er sah zunächst überrascht aus, aber sehr schnell wurde daraus tiefer Argwohn. »Die zwanzig Millionen. Das Geld, das ich den Libyern und den Israelis abgenommen habe, nur daß unsere Zentrale in Langley mit den Israelis halbe-halbe gemacht hat.«

»Mach keine Witze«, sagte Keeling, aber seine Stimme klang keineswegs überrascht. »Über welche Kanäle hast du es laufen lassen? Über die Panama-Wäscherei vielleicht?«

Reeses Gesichtsausdruck kehrte zurück zu totaler Überraschung. »Davon wußte keiner. Außer Eubanks – und der ist tot.«

»Eubanks hat das nicht erfunden«, sagte Keeling. »Ich habe es mir ausgedacht und an ihn weitergegeben.« Keeling langte in eine seiner Taschen und holte ein kleines blaues Notizbuch mit Lederdeckel heraus. Er blätterte darin. »Willst du das Codewort für diesen Monat hören? ›Die nationale Ehre ist der Nation höchstes Gut.‹ Richtig?«

Reese nickte langsam, drehte dann den Kopf zur Seite und starrte wieder aus dem Wagenfenster. »Okay. Ihr gewinnt. Ich verliere. Was weiter?«

»Du verlierst überhaupt nicht«, sagte Spiceman. »Nicht, wenn du es richtig anpackst.«

Reese nahm den Blick vom Fenster. »Okay«, sagte er. »Wie?«

»Soll ich dir was sagen, Bruder Reese?« fragte Keeling. »Wir sind verdammt froh, daß du es bist. Jesus, wenn ich an ein paar von den Jungs denke, die es hätten sein können! Du weißt doch, richtige Schwachköpfe. Oder Hosenscheißer. Die wären noch schlimmer. Aber du, du bist doch immer flexibel gewesen, oder?«

Reese nickte langsam. »Flexibel«, sagte er, »wie flexibel?«

Keeling wedelte mit einer großen plumpen Hand. »Du mußt dich nach dem Wind drehen, einmal so und einmal so.«

»Ich glaube nicht, daß er über Wind reden will«, sagte Spiceman, »ich glaube, er will über das Geld reden. Die zwanzig Millionen.«

»Die kann er behalten. Ich dachte, das wäre längst klar.«

Reese leckte mit trockener Zunge über trockene Lippen. »Habt ihr was zu trinken?«

»Zu trinken? Sicher doch. Was trinkst du denn inzwischen? Bourbon?«

»Bourbon.«

Keeling beugte sich vor und zog eine Minibar heraus. Er füllte zwei kleine Gläser mit Bourbon aus einer Karaffe und reichte eins Reese, das andere behielt er für sich. Er bot Spiceman nichts an, weil der seine Hände brauchte, um den Revolver zu halten, der immer noch auf den Bauch von Reese zielte.

»Ich kann das Geld behalten?« fragte Reese langsam und ungläubig.

»Sicher«, sagte Keeling. »Spiceman und ich brauchen keins. Wir haben genug. Richtig, Jack?«

»Ab fünf Millionen aufwärts, wer zählt da noch?« sagte Spiceman und lächelte, aber auf eine Weise, die Reese davon abhielt, ihm zu glauben.

»Und was ist mit eurem Boss?«

»Er wird sich freuen, daß du es bist.«

Wieder nickte Reese nachdenklich und leerte sein Glas. »Das Ganze hat mit Felix angefangen, richtig?«

»Felix war bloß das Werkzeug.«

»Für was?«

»Für den Einstieg, sozusagen.«

»Zu mir?«

»Oder zu jemandem wie dir.«

»Was passiert jetzt mit Felix?« fragte Reese. »Gebt ihr ihn zurück?«

Keeling blickte Spiceman fragend an. Als Spiceman nach kurzem Nachdenken gleichgültig die Schultern hob, blickte Keeling wieder Reese an. »Geht nicht. Der arme alte Felix, irgendwie hat er einen Unfall gehabt.«

»Schwer?«

»Ziemlich. Tödlich.«

»Kein Witz?« fragte Reese.

»Kein Witz.«

Reese hielt Keeling sein Glas hin. »Wie wär's mit einem kleinen Schluck, nur um meinen Schmerz zu lindern.«

Keeling goß ihm Bourbon nach, während Reese sagte: »Die Finger. War er lebendig oder tot, als ihr sie ihm abgeschnitten habt?«

»Tot. Er ist einfach eingeschlafen und nicht wieder aufgewacht. Ein schöner Tod.«

»Die glauben, wir waren es«, sagte Reese.

»Wer?«

»Die vom Roten Amboß. Sie denken, es war die CIA. Die Libyer übrigens auch.«

»Na, ist das wahr«, sagte Keeling nicht eigentlich als Frage.

»Mehr kriegt also keiner zurück – außer dem Finger?«

»Mehr ist nicht übriggeblieben. Den Rest haben die Fische.«

»Sie werden sich langsam fragen, was mit ihrem Geld passiert ist, oder?«

»Tja, ich schätze, da werden sie schon den alten Doktor Mapangou fragen müssen, oder was meinst du?«

Reese schwieg erst mal. Schließlich sagte er: »Mapangou hätte ihnen was über euch erzählen können.«

»Du meinst über Mr. Arnold und Mr. Benedict? Er kannte uns nur unter diesem Namen.«

»Yeah, ganz schön raffiniert. Trotzdem hätten sie die Spur zurückverfolgen können. Besonders die Israelis. Die sind in so was ganz gut.«

Spiceman schüttelte den Kopf, nahm aber seine Augen nicht von Reeses Bauch. »So gut auch wieder nicht. Aber angenommen, sie kämen uns auf die Spur. Rate mal, an wen wir sie verweisen würden.«

Reeses mächtiges Kinn ging dreimal in bedächtigem Nicken hoch und nieder. »Was habt ihr – Bilder?«

»Von dir und Mapangou?« sagte Keeling. »Yeah, genau, Bilder. Jack hier ist der Kamerafan – mit Spezialfilm, Infrarot, was weiß ich. Er hat dich geknipst, wie du aus den Büschen kommst und dich hinsetzt und wieder aufstehst und dem alten schwarzen Joe das Genick brichst und so weiter. Das muß nicht schlimm für dich werden. Ich meine, wenn du das Geld von den Bahamas abholst, brauchen wir die Bilder eigentlich gar nicht mehr, oder, Jack?«

Reese leerte sein Glas bis auf den letzten Tropfen und blickte es noch an, als er seine Frage stellte: »Was wollt ihr wirklich von mir?«

»Was wir wirklich wollen?« sagte Keeling. »Hm, wir dachten, das soll dir der Boss selber sagen.«

Die Limousine bog unvermittelt nach rechts ab. Reese blickte wieder aus dem Wagenfenster und wußte, wohin die Fahrt ging. Er drehte sich zu Keeling um und fragte: »In Jersey?«

»Richtig, in Jersey«, bestätigte Keeling.

Am Tor des Newark International Airport, das zur Rollbahn führte, auf dem die 727 stand, war eine uniformierte Wache postiert. Der Mann hob die Hand, um den Cadillac zu stoppen. Das Fenster wurde herabgekurbelt, eine Hand reichte einen offenen weißen Briefumschlag nach draußen, die Wache blickte hinein, blickte sich dann schnell um, steckte den Umschlag in die Tasche, ging zum Tor und schob es auf. Der Cadillac schnurrte aufs Rollfeld.

Keeling stieg über die rückwärtige Gangway in die cremefarbene 727, gefolgt von Reese. Hinter Reese schloß Spiceman auf, den Revolver immer noch in Händen. Die drei Männer betraten die

Lounge des Flugzeugs, dieselbe, durch die sie den Mann, der Felix hieß, geschleppt hatten, ehe er fast zweitausend Meter tief ins Meer gefallen war.

In einem Sessel der Lounge saß ein junger Mann mit rundem Kindergesicht. Er lächelte, als die drei Männer eintraten. Es war ein warmes, fast gemütliches Lächeln, das keine Zähne sehen ließ.

Keeling besorgte die Vorstellung. »Ich schätze, du kennst unsern Boss nicht. Alex Reese, Leland Timble.«

»Großartig, daß Sie Zeit für uns gefunden haben, Mr. Reese«, sagte Timble und übersah die Waffe, die auf Reeses Brustkorb gerichtet war. »Bitte«, fuhr Timble fort und schwenkte vage die Hand, »setzen Sie sich doch.«

Die drei setzten sich hin. Niemand redete, während der Ko-Pilot durchkam, um die rückwärtige Treppe einzuziehen. Auf seinem Weg zurück tat er so, als sähe er die Waffe nicht. »Bitte anschnallen, Leute«, sagte er.

Spiceman wartete, bis Reese seinen Gurt eingeklickt hatte, ehe er ihm den Revolver in den Schoß legte, um sich selbst anzuschnallen. Der Pilot startete die Triebwerke, eins nach dem anderen. Ein paar Sekunden später rollte die Maschine zur Startbahn.

Schließlich fragte Reese: »Wohin fliegen wir?«

Timble lächelte. »Das liegt an Ihnen, Mr. Reese. Wir können zu mir fliegen, wo es ganz hübsch ist – oder auf die Bahamas. Ich denke, für Sie wären die Bahamas ergiebiger.«

24

Niemand sprach, während die Maschine über die Startbahn rollte. Es kam jener vertraute Augenblick, in dem die Maschine ihre ganzen Kräfte zu sammeln scheint, um auf irgend etwas loszustürzen. Dann jaulten die Triebwerke, die Maschine legte Geschwindigkeit zu, Timbles Gesicht wurde blaß und blieb blaß, bis die Maschine Reisehöhe erreicht hatte. Reese bemerkte Timbles Erbleichen und legte es irgendwo hinten in seinem Hirn als möglicherweise brauchbar ab. Zuviel Hoffnung machte er sich allerdings nicht. Reese stellte fest, daß ihm die Hoffnung eigentlich ausgegangen war.

Er beugte sich im Sessel vor zu Timble, die Arme und den enormen Bauch auf den Knien. Als er sprach, war seine tiefe

Stimme ein vertrauenerweckendes Grummeln. »Also raus damit, Sonny. Was ist der springende Punkt?«

»Springender Punkt«, sagte Timble, als wiederhole er ein Stückchen halbvergessener Poesie. »Sagt man das noch? Ich kenne es aus den Zeiten, ehe ich . . . nun ja, ins Ausland ging. Der . . . springende . . . Punkt. Tja, Mr. Reese, der springende Punkt ist schlicht: Ich möchte nach Hause.«

»Zurück in die Staaten?«

»Ja.«

Reese schüttelte seinen mächtigen Kopf. »Das wird ziemlich schwierig sein.«

»Ist es – und es wird immer schwieriger.«

»Lelands Hirn«, sagte Keeling, »funktioniert anders als deins und meins, Alex.«

»Dann wüßte ich gern, wie es funktioniert.«

Timble lächelte sein glückstrahlendes Lächeln, was er fast immer aufsetzte, wenn er eine Chance sah, zu prahlen. »Ich denke, ich sollte am Anfang anfangen. Nicht ganz am Anfang, natürlich. Etwa sechs Monate weiter, als ich eines Morgens aufwachte und feststellte, daß ich, nun ja, Heimweh hatte.« Sein Lächeln veränderte sich, es wurde eher scheu, wie das Lächeln eines Menschen, der sich zu einem minderen, durchaus verzeihlichen Laster bekennt. Daumenlutschen, zum Beispiel.

»Heimweh«, sagte Reese.

»Ja.«

Reese nickte, angestrengt bemüht, es zu glauben. »Okay.«

»Gut. Nachdem ich erkannt hatte, daß es für Heimweh nur ein einziges Heilmittel gibt, war es nur logisch, daran zu denken, daß man nicht mit leeren Händen zurückkehren kann. Wer weiß schon, wie lange es dauert, bis ich wieder Gelegenheit bekomme, ein Projekt zu entwickeln, das – na, sagen wir – die Grenzen des Erlaubten überschreitet? Sie können mir folgen?«

Reese nickte wieder. »Doch, schon. Sie wollten den letzten großen Wurf landen, richtig?«

»Richtig. Also beschloß ich, ehrlicher Makler zu werden. Ich beschloß, die Beziehungen zwischen den Vereinigten Staaten und Libyen wieder in Ordnung zu bringen.«

»Einfach so?«

»Leland hat eben dieses sagenhafte Selbstvertrauen«, sagte

Spiceman, ohne eine Miene zu verziehen.

»So schwierig war das gar nicht. Zunächst sondierten wir bei den Libyern, äußerst diskret, versteht sich, wieviel sie beispielsweise für die Wiederherstellung normaler Beziehungen zu Washington zu zahlen bereit wären. Schließlich hatten wir einen ganz akzeptablen Pauschalpreis ausgehandelt, alle Unkosten eingeschlossen.«

»Wie hoch?« fragte Reese fasziniert.

»Zwanzig Millionen.«

»Dollar?«

»Dollar. Einschließlich« – Timble pausierte, um zu lächeln – »aller erforderlichen Bestechungsgelder. Wir machten ihnen natürlich klar, daß die schlichtweg enorm sein würden. Sie nahmen es als selbstverständlich zur Kenntnis, und wir erbaten und erhielten eine Anzahlung von fünf Millionen Dollar. Dann gingen wir ans Werk.«

»Gerüchte«, sagte Reese.

»Genau, Gerüchte, Andeutungen und Hinweise. Ein bißchen Kleingeld hier und da – nicht zuviel – trieb die Sache voran, und ehe wir uns versahen, war der Schaufensterbummel arrangiert. Für seine Ausrichtung forderten wir weitere fünf Millionen, und alles lief wie am Schnürchen – als in Kalifornien irgend etwas passierte, das für mich immer noch ein Rätsel ist und das der ganzen Reise ein Ende machte.«

»Es war zu der Zeit, als Sie Felix in London schnappten«, sagte Reese.

»Glauben Sie, da besteht eine Verbindung?« sagte Timble.

Reese hob die Schultern. »Wer weiß? Erzählen Sie von Felix.«

»Tja, so betrachtet, war Felix meine Fahrkarte zurück in die Heimat, vorausgesetzt, alles lief nach Plan, was es selten tut. Aber damit muß man rechnen. Für den Fall muß man Auffangpositionen bereithalten, für das Kräftespiel des Zufalls gerüstet sein. Ich sage immer, man kann nicht gründlich genug planen.«

»Tut mir leid, ich komme nicht ganz mit«, sagte Reese. »Sie müssen mir das vorbuchstabieren – ich meine, wie Felix Ihre Fahrkarte nach Hause werden sollte und so.«

»Dienst am Volk«, sagte Timble. »Felix war ein schlichtweg grauenhafter Mensch. Völlig gewissenlos. Ihn der gerechten Strafe zuzuführen, ist doch eine Art Dienst am Volk, finden Sie nicht? Und das rechtfertigt durchaus eine Gegenleistung, finde ich. Ein quid-pro-quo – so in der Art. Die Israelis wären zutiefst dankbar gewesen. Ich bin überzeugt, daß man mir mit ihrer Fürsprache Straferlaß gewährt hätte oder mich mit einer kleinen, zur Bewährung ausgesetzten Strafe hätte davonkommen lassen, gegen die ich mich nicht mal gesträubt hätte.«

»Felix gegen Begnadigung«, sagte Reese. »Ein Tauschobjekt.«

»Du sagst es, Junge«, sagte Keeling.

Reese nickte nachdenklich. »Hätte klappen können. Vielleicht.«

»Wenn der arme Felix uns nicht unter den Händen weggestorben wäre«, sagte Timble. »Ab da konnten wir nur noch auf unsern Ersatzplan zurückgreifen.«

»Sie schnitten ihm die Finger ab.«

»Nun ja, immerhin mußten wir beweisen können, daß er tatsächlich in unserem Besitz war. Die Zeigefinger erwiesen sich als geeignet. Den Rest der Geschichte kennen Sie: wie wir Dr. Mapangou als Mittelsmann bei den Israelis und den Libyern benutzt haben.«

»Yeah, den Rest kenne ich«, sagte Reese.

Timble lächelte und kringelte sich im Sessel, als könne er es vor Spannung kaum noch aushalten. »Fällt Ihnen eigentlich gar nicht auf, daß unser Unternehmen ein bißchen schlampig gewesen zu sein scheint?«

Reese starrte ihn an. Er brauchte nur ein paar Sekunden, um die vergangene Woche durch sein Gedächtnis laufen zu lassen, und als sie dann durchgelaufen war, seufzte er, lang und schwer, und der Seufzer schien ihn seiner ganzen Kraft zu berauben. »Eine Falle«, sagte er heiser. »Von Anfang an war es eine Falle.«

»Sehen Sie«, sagte Timble sich vorbeugend und offenbar bemüht, die Sache zu erklären, »als Felix uns wegstarb, mußten wir einen *untragbaren* Skandal inszenieren. Ich betone absichtlich untragbar. Nun, was gäbe einen besseren Skandal ab – zumal in der augenblicklichen politischen Lage und mit dieser Regierung – als die Enthüllung, daß ein hochrangiger CIA-Beamter in Bestechung, vielleicht Landesverrat und Mord verwickelt ist . . .« Timble unterbrach sich, das Gesicht plötzlich voller Unruhe. »Mord war doch dabei, oder?«

»Er hat Mapangou das Genick gebrochen«, sagte Keeling.

Timbles Gesicht entspannte sich, es legte für eine Gedenksekunde an Mapangou Trauer auf. Als die Gedenksekunde um war, rückte die Neugierde auf Reeses Antwort nach.

Es dauerte dann noch dreißig Sekunden, ehe Reese redete. »Sie konnten nicht wissen, daß ich es sein würde.«

»Uns war das an sich gleich, obwohl wir uns freuen, daß Sie es geworden sind. Wir haben nichts weiter gemacht, als eine schlichtweg unwiderstehliche Gelegenheit zu schaffen. Wir haben sie mit größter Sorgfalt ausgearbeitet. Wir alle drei.«

»Und weiter? Liefern Sie mich aus?«

»Mit Sicherheit nicht. Sie holen sich das Geld – die ganzen zwanzig Millionen. Dann flüchten Sie. Anschließend informieren wir Washington. Wir bieten absolutes Stillschweigen im Tausch gegen unsere Immunität. In meinem Fall wäre eine kleine Gefängnisstrafe, ausgesetzt zur Bewährung, kein Unglück, aber das sagte ich bereits. Andernfalls geben wir die Fotos . . .« Er unterbrach sich wieder. »Es sind doch Fotos da, oder?«

»Alles da, bei mir«, sagte Spiceman.

»Ja, andernfalls geben wir die Fotos von einem hochrangigen CIA-Beamten, der bei der Ermordung eines ausländischen Diplomaten fotografiert worden ist, an die diversen Medien. Mitsamt dem Rest unserer ziemlich dreckigen Beweise, womit der Regierung ein vernichtender nationaler und internationaler Schlag versetzt würde. Ich kann mir eigentlich nicht vorstellen, daß sie dazu bereit wäre.«

Fast eine Minute saß Reese ganz still, Bauch und Ellenbogen immer noch auf den Knien, die Augen auf Timbles Gesicht gerichtet. Es war ein harter, endlos scheinender Blick eiskalter Abschätzung. Dann plötzlich war er verschwunden. Die Augen funkelten oder glitzerten. Reese richtete sich auf. Ein Lächeln erschien auf seinem Gesicht. Ein kollerndes Lachen kam aus seinem Mund. Er schlug sich mit den Händen auf die Knie, löste seinen Gurt und stand auf. Spiceman war schon auf den Beinen, die Hände mit der Pistole auf Reeses Brustkorb gerichtet.

»Die kannst du getrost weglegen, Spiceman«, sagte Reese, immer noch lächelnd. »Du kannst sie weglegen und was zu saufen holen, weil der Junge hier und ich ein Geschäft machen werden.« Er beugte sich zu Timble herab, bis nur ein paar Zentimeter sein Gesicht von dem Timbles trennten. »Kalifornien, Sonny. Sie wissen nicht, was in Kalifornien passiert ist, oder?«

Spiceman rammte Reese die Pistole in die Seite. »Hinsetzen.«
»Moment«, befahl Timble. »Was ist in Kalifornien passiert, Mr. Reese?«
»Bingo McKay.«
»Er begleitete die Besucher.«
»Sie haben ihm das Ohr abgeschnitten. Die Libyer. Sie haben es abgeschnitten und ins Weiße Haus geschickt, weil sie glaubten, Langley hätte sich Felix geschnappt. Die Libyer haben Bingo, Jungchen, und schuld daran sind Sie. Eine Begnadigung ist da nicht drin. Auch keine kleine Strafe mit Bewährung.«
Alle Farbe wich aus Timbles Gesicht, es wurde ganz regungslos. Kein Muskel bewegte sich. Absolut keiner. Keeling beobachtete es und wartete gespannt, was das Hirn dahinter ausbrüten würde. Dreißig Sekunden lang passierte nichts. In Timbles Gesicht rührte sich nichts. Dann bewegten sich seine Lippen. »Geben Sie Mr. Reese einen Drink«, sagten die Lippen. Danach war das Gesicht wieder völlig regungslos. Keeling war so fasziniert, daß er es kaum aus den Augen ließ, als er die drei Drinks fertig machte und servierte.
Mit einemmal lächelte Timble. Seine Lippen, gerade noch fest zusammengepreßt, lockerten sich, seine Augen wurden schmal und nahmen sich aus wie zwei glückliche Halbkreise. »Bingo McKay«, sagte er. »Die Libyer haben ihn, sagen Sie.«
»Richtig, Jungchen«, sagte Reese mit dem Lächeln eines Wilden. »Die Libyer haben ihn.«
»Nun«, sagte Timble, »dann müssen wir ihn einfach zurückholen, oder?«

25

Ko Yoshikawa sah zu, wie die schwarze Dame diagonal übers Brett gezogen wurde, bis sie den weißen Läufer keineswegs sanft umstieß. Bingo McKay nahm den Läufer hoch und sagte: »Schach und matt in zwei Zügen. Drei, wenn Sie versuchen, besonders schlau zu sein.«
Ko studierte die Lage. Schließlich nickte er. »Ja, in zwei Zügen, wenn ich nicht versuche, besonders schlau zu sein.« Er lehnte sich im Stuhl zurück und streckte sich. »Wie spät ist es?«
McKay sah auf seine Uhr. »Kurz nach drei.«

»Und der Spielstand?«

McKay nahm einen Umschlag vom Tisch, auf dessen Rückseite drei Längsreihen mit Zahlen standen. Er addierte sie und sagte: »Neununddreißig für Sie und einundvierzig für mich, und sechsmal Remis. Spielen wir noch eine Partie?«

»Schlafen Sie eigentlich nie?«

»Sie?«

Ko lächelte ein wenig. »Nicht viel.«

McKay nahm aus einer halbleeren Packung Gauloise eine Zigarette und zündete sie an. Er inhalierte den Rauch, blies ihn aus und sagte: »Starkes Kraut.« Er blickte durch den Rauch Ko an. »Fängt an, Ihnen zuzusetzen, oder?«

»Wie lange dauert das nun schon – zehn Tage?«

McKay sah wieder auf seine Uhr. »Neun Tage, vierzehn Stunden und zweiunddreißig Minuten – Westküstenzeit. Die Sekunden zähle ich nicht mehr.«

Sie saßen an einem Tisch im Salon der Yacht, die für König Idris I. gebaut worden war. Auf einem Stuhl nahe der Tür saß ein junger libyscher Soldat und schnarchte leise, eine Maschinenpistole israelischer Herkunft auf dem Schoß.

»Warum wecken wir den Jungen nicht und lassen uns Kaffee holen?« fragte McKay.

»Warum eigentlich nicht?« Ko drehte sich im Stuhl. »He, Moussef!«

Der junge Soldat war sofort wach, ein Schafslächeln auf dem Gesicht.

»Kaffee«, sagte Ko auf englisch und dann auf italienisch.

Der junge Soldat nickte und stand auf. Er öffnete die Tür und sagte irgendwas auf arabisch. Eine andere libysche Wache kam herein und nahm Moussefs Platz ein. Der Mann sah älter aus und überhaupt nicht müde. Er hielt seine Maschinenpistole unter einen Arm geklemmt.

»Verraten Sie mir eins«, sagte McKay.

»Was?«

»Wenn es zum Äußersten kommt, wer übernimmt es – er?« Er nickte zu der neuen Wache hin. »Oder Sie – oder der alte Frank?«

»Warum wollen Sie das wissen?«

»Aus Neugier.«

»Morbide Frage.«

»Wenn Sie in meiner Lage wären, wären Sie nicht neugierig?«
»Es kommt nicht soweit.«
»Aber angenommen doch?«
Ko seufzte. »Frank. Frank übernähme es.«
»Schnell?«
»So schnell, daß Sie es nicht mal merken.«
McKay schnaubte höhnisch. »Ich merke es, wetten? Aber ich dachte mir schon, daß es der alte Frank sein wird. Sein Pech, daß er zu spät auf die Welt gekommen ist. Er hätte so Jahrgang 1922 oder 1923 sein müssen. Dann hätte er in die SS gehen und was aus sich machen können.«
»Sie typisieren wieder.«
»Trotzdem müssen Sie zugeben, daß der alte Frank aussieht wie ein Werbeposter für SS-Nachwuchs.«
»Wenn Sie schon typisieren – was käme denn bei mir raus? Sie wissen noch nicht mal, wo ich geboren wurde.«
»Wo?«
»In Utah. In einem Konzentrationslager. Einem amerikanischen Konzentrationslager. Nur nannte man das nicht so. Man nannte es Umsiedlerlager. Mein Vater starb im Frühling 1945 an Lungenentzündung, kurz vor Kriegsende. Sein Pech. Nach Kriegsende nahm meine Mutter mich mit zurück nach Japan, nach Tokio, zu ihren Leuten. Sie suchte sich einen Job. Raten Sie, was Sie gemacht hat?«
»Was?«
»Sie verkaufte Zigaretten in den PX-Läden. Sechzehn ganze Jahre hat sie da gearbeitet, und wir lebten zu viert in einem Zimmer; sie sparte und sparte nur für ein Ziel – mich nach Stanford schicken zu können. Ich bin dann nach Stanford gegangen.«
»Wann war das? 1961?«
»Zweiundsechzig.«
»Um die Zeit noch eine friedliche Universität, wenn ich mich recht erinnere.«
»Nicht unbedingt. Nicht, wenn man siebzehn ist, bitterarm und in einem fremden Land, wo sie einem den Spitznamen Tojo anhängen. So friedlich ist das für diesen Jemand nicht. Und auch seine Wut ist nicht friedlich.«
»Yeah«, sagte McKay nach einer Weile, »kann ich mir vorstellen.«

»Dann stellen Sie sich auch mal vor, Bingo, daß Sie sich aus Einsamkeit auf die Bücher stürzen. Und weil Sie so fleißig lesen und auch behalten, was Sie lesen, bekommen Sie Belohnungen. Stipendien, Preise. Man ist ja so liberal – Preise an Japse und Nigger und gottverdammte Lateinamerikaner. Und man fühlt sich so fabelhaft. Okay, ich habe Ihre Scheißpreise und Stipendien angenommen und weitergelesen, und je mehr ich las, um so einfacher wurde alles. Ich habe sogar Marx hinter mir gelassen, er hatte noch Zweifel, kleine nagende Zweifel, ich zog mich in eine Welt zurück, in der es keine Zweifel gibt. Man weiß eben. Es war eine Art Verwandlung.«

Bingo McKay nickte nachdenklich. »Yeah, ich verstehe, was Sie meinen. Mir ging es ähnlich damals, 1946 gleich nach dem Krieg.«

»Ihnen?«

»Ich kehrte auf die Schulbank zurück. Oklahoma University. Und ich war verdammt arm. Ich lebte recht und schlecht von dem Geld, das die Regierung uns Ex-Soldaten zusteckte. Ich saß mitten in einer Vorlesung, als mir ein Licht aufging. Ich stand mitten in der Vorlesung auf, ging raus und kehrte nie mehr zurück. Wie Sie sagen, plötzlich wußte ich es eben.«

»Wußten was?«

McKay grinste. »Daß ich mal reich werden würde.«

Es klopfte, die Wache stand auf und öffnete die Tür. In der Tür stand, ein Tablett mit Kaffeekanne und drei Tassen in Händen, Bingo McKays Assistentin, Eleanor Rhodes. Hinter ihr stand Moussef, seine Maschinenpistole unter den Arm geklemmt.

»Die Frau braucht Hilfe«, sagte Eleanor Rhodes, während sie eintrat und das Tablett auf dem Tisch neben dem Schachbrett absetzte. Moussef winkte den älteren Soldaten hinaus und nahm seinen Platz an der Tür ein.

»Was ist denn jetzt schon wieder los?« fragte Ko; er sah zu, wie die Rhodes den Kaffee eingoß und ihm und McKay eine Tasse reichte, ehe sie ihre Tasse nahm und sich neben McKay setzte. »Sie läßt mich nicht schlafen«, sagte die Rhodes. »Gestern hat sie bis zwei Uhr nachts auf mich eingeredet und heute bis jetzt, also bis nach drei. Ich weiß alles über ihre Kindheit in Algier. Ich weiß alles über ihren Vater, den Fallschirmjäger-Oberst, und ihre Mutter und deren Liebhaber, schlichtweg alles. Jeder wird auseinandergenommen und analysiert. Und dann Paris 1968. Ich weiß auch alles über Paris achtundsechzig. Die Frau braucht Hilfe.«

»Oder einen mitfühlenden Zuhörer«, sagte Ko.

»Schläft sie jetzt?« fragte McKay.

Die Rhodes hob die Schultern. »Wenn du das so nennen willst. Als ich Moussef in die Pantry gehen sah, bin ich geflüchtet und habe mich erboten, den Kaffee zu tragen.« Sie blickte auf das Schachbrett. »Wer hat gewonnen?«

»Bingo«, sagte Ko. »Werden Françoises Träume schlimmer?«

»Das sind keine Träume, das sind Alpträume«, sagte die Rhodes. »Können die jemals besser werden? Kann man sie klassifizieren? Ihre handeln immer von Tod. Sie stirbt, ich sterbe, wir alle sterben. Und Felix. Auch er stirbt andauernd. Wieder und wieder. Einmal so und einmal so, aber immer auf grauenhafte Weise. Dann weckt sie mich und berichtet, mit allen Einzelheiten. Verdammt noch mal, ich bin die Geisel, das Opfer, nicht sie. Ich bin doch diejenige, die durchdrehen müßte oder in Verzweiflung versinken. *Ich* will jemanden, der mir zuhört. Ich mag diese Rolle nicht, ich will nicht die Busenfreundin der Terroristin sein. Gottverdammt, ich möchte jemanden, der . . .«

Ihre Stimme hatte sich gehoben, bis sie zersprang. Eleanor Rhodes begann zu schluchzen und barg ihren Kopf in den Armen auf dem Tisch. McKay streckte die Hand aus und legte sie auf ihre Schulter. »Nicht aufregen, Sugar«, sagte er, »bleib ganz ruhig.« Ihm fiel nichts anderes ein, was er hätte sagen können.

Das Schluchzen verebbte. Die Rhodes blickte zu McKay hoch. Ihre Nase war rot, ihre Augen waren verschwollen, ihre Wangen tränenverschmiert. McKay fand, sie sah wunderschön aus. »Der Scheißverband muß gewechselt werden«, sagte sie.

»Yeah, ich weiß«, sagte er und berührte gedankenlos den Verband. »Der alte Dr. Souri kümmert sich schon darum.«

»Ich rede mal mit ihm über Françoise«, sagte Ko. »Vielleicht kann er ihr was geben, was sie ruhiger macht und schlafen läßt.«

»Sie sollten lieber . . .« Ein neuerliches Klopfen unterbrach Eleanor Rhodes' Zurechtweisung. Moussef stand auf und öffnete. Der libysche Funker der Yacht betrat den Salon. »Aus Rom«, sagte er auf italienisch und reichte Ko einen gefalteten Bogen Papier.

Als der Funker verschwunden war, entfaltete Ko den Bogen und las die Botschaft.

»Geiseln sollten im Dunkeln gehalten werden«, sagte er, »das untergräbt ihre Widerstandskraft. So steht's im Buch, glaube ich.«

»Aber Sie richten sich nicht nach dem Buch, alter Junge?«

Ko lächelte. Es war das müde Lächeln eines traurigen Philosophen. »Keine guten Nachrichten«, sagte er.

»Immerhin Nachrichten«, sagte McKay.

»Der nigerianische Botschafter in den Staaten traf sich gestern mit einem Vertreter Libyens in Rom. Sie sind keinen Schritt vorangekommen. Der Nigerianer scheint den Libyer hinzuhalten.«

»Immerhin treffen sie sich.«

»Das war das eine. Punkt zwei: Kennen Sie einen Amerikaner namens Chubb Dunjee?«

McKays Hirn befahl seinem Gesicht augenblicklich, ihn nicht zu verraten. Er furchte leicht die Stirn, als versuche er, sich des Gesichts zu erinnern, das zu dem Namen gehörte. Aber seine Gedanken jagten sich. Gottverdammt, der Bakschisch-Mann. Der kleine Bruder hatte sich erinnert. Er hatte Grimes eingeschaltet, und der alte Paul hatte Dunjee irgendwo ausgegraben.

»Dunjee«, sagte McKay langsam, aber nicht zu langsam. »Im Kongreß gab es mal einen Typ mit dem Namen, warum?«

»Er war Congressman für eine Wahlperiode«, sagte Eleanor Rhodes. »Er . . .« Sie brach abrupt ab.

»Er was?« Ko musterte sie neugierig.

»Er arbeitete anschließend bei den UN, glaube ich.«

McKay nickte stolz. »Donnerwetter, hat sie ein Gedächtnis? Ja, ich glaube auch, mich zu erinnern. Er war eine Zeitlang bei den UN.« Unschuld breitete sich auf seinem Gesicht aus.

»Wieso?«

»Sie sind auf dem Weg nach Tripolis«, sagte Ko. »Nicht ganz freiwillig, wie es scheint.«

»Sie?« fragte McKay so beiläufig wie möglich.

»Dunjee und seine Partner, offenbar ein englischer Dieb und eine Frau unbekannter Nationalität.«

Gottverdammt, wenn sich das nicht wie Dunjee anhört, dachte McKay. Sucht sich irgendwie eine Crew zusammen, stopft sich die Taschen voller Geld – vom kleinen Bruder, vermutlich – und schlängelt sich geradewegs ins Hühnerhaus. Gott segne den kleinen Bruder, Gott segne Paul Grimes, und Gott segne den Bakschisch-Mann. So dicht an ein Gebet war er in seinen ganzen einundvierzig Jahren nicht herangekommen.

»Sie kennen diesen Dunjee aber nicht, sagen Sie?« fragte Ko.

»Ich versuche, mich zu erinnern. Ich glaube, wir sind einander mal auf einer Wahlversammlung begegnet. 1968 in Chicago. Ich glaube, er war auch da, und wir haben uns vermutlich die Hand gegeben und hallo gesagt. Schätzungsweise sind wir mal bei einer Cocktailparty in Washington aufeinander getroffen. Haben vielleicht ein paar Worte gewechselt. Mehr bestimmt nicht.«

»Eleanor?« fragte Ko.

Sie schüttelte den Kopf. »Ich bin ihm nie begegnet.«

»Und wieso Tripolis?« fragte McKay und steckte sich eine Zigarette in den Mund, um die Belanglosigkeit seiner Frage überzeugender zu machen.

»Wieso?« sagte Ko. »Weil man ihn hinbestellt hat, offensichtlich.«

»Hinbestellt von wem?«

»Mourabet.«

»Dem Oberst?«

Ko nickte. »Höchstpersönlich.«

»Kein Witz?« fragte Bingo McKay.

26

Die Maschine, mit der Chubb Dunjee auf seinem Flug von Rom nach Tripolis das Mittelmeer überquerte, war dieselbe Boeing 727, in der Bingo McKays Ohr entfernt worden war. Aus irgendwelchen nicht näher erklärten technischen Gründen war die Maschine in Rom erst gegen fünf Uhr früh gestartet. Folglich konnten die Passagiere um 5 Uhr 46 den Sonnenaufgang über dem Meer beobachten.

»Es wird hell«, sagte Delft Csider. Dunjee und Harold Hopkins blickten nach draußen und wieder zurück.

»Du weigerst dich, er beschwört dich, dann gibst du nach«, sagte sie und schüttelte den Kopf. »Ich hoffe, du weißt, was du tust.«

»Wovon redet sie?« fragte Hopkins.

»So geht er vor«, sagte Csider. »Er steckt seinen Hals in die Schlinge und versucht dann, sich wieder aus der Schlinge zu reden, ehe sie sie zuziehen und ihm die Luft abklemmen.«

Hopkins krauste die Stirn. »Für so was habe ich mich nicht anheuern lassen, Junge. Für Rom ja, aber nicht für Libyen. Was gibt's denn überhaupt in Libyen?«

»Viel Sand«, sagte Dunjee, »und viel Öl.«

»Vor dem Öl, wissen Sie, wie man da Libyen nannte?« fragte Csider.

»Das ärmste Land der Erde«, sagte Dunjee.

»Oh, ich vergaß«, sagte sie, »du warst ja bei den UN.«

»Schrott aus dem Zweiten Weltkrieg und Espartogras. Das war so ziemlich alles, was sie exportieren konnten. Man wollte sie nicht mal in die UN lassen, weil man wußte, daß sie noch eins von den Ländern wären, die bloß die Hand aufhielten. Früher nannte man so was unterentwickelte Länder. Aber das kränkte sie, und deshalb sagte man Entwicklungsländer. Aber irgendein hirnrissiger Pedant bestand darauf, daß auch das nicht korrekt wäre, weil viele nichts anderes als ihre Eigeninteressen entwickelten. Deshalb fing man in der Zeit, als ich zu den Vereinten Nationen kam, an, sie die weniger entwickelten Länder zu nennen, was auch fast keinem gefiel. Aber darin sind die UN stark – es keinem recht zu machen.«

»Aber sie haben dann alle reingelegt, die Libyer, meine ich«, sagte Hopkins. »Mit dem Öl und dem Geld, das sie dafür kassieren. Ich kann es ihnen nicht verdenken, den Arabern, meine ich. Wenn ich mein ganzes Leben lang arm gewesen wäre, was ich verdammt war, und eines Morgens aufwache und rausfinde, daß ich was habe, was alle in der Welt für ihr Leben gern hätten, glauben Sie, ich würde es billig hergeben? Kaum, Junge. Was der Handel hergibt, würde ich nehmen. Was der Handel hergibt.«

Hopkins nickte, als fände er seine ökonomische Analyse uneinnehmbar. Sie saßen in der Lounge der Maschine. Die Tür zum vorderen Teil war abgeschlossen. Im vorderen Teil hatte man Bingo McKays Ohr abgeschnitten. Jetzt wurde dieser Teil von Faraj Abedsaid und den beiden harten jungen Leibwächtern benutzt, die schon in Rom dabei waren. Sie waren während der langen Verzögerung des Abflugs in der Lounge bei Dunjee und den beiden anderen geblieben, aber nach dem Start im vorderen Teil verschwunden, nicht ohne hörbar die Tür hinter sich abzuschließen.

»Wenn wir da sind, wo wir hin müssen . . .«, sagte Hopkins.

»Tripolis«, sagte Dunjee.

Hopkins nickte. »Also Tripolis. Dann was?«
»Ich treffe ihn.«
»Den Oberhäuptling.«
»Richtig.«
»Dann was?«
Dunjee seufzte. »Dann versuche ich, ihm klarzumachen, daß ich der einzige Lieferant bin.«
»Von was?«
»Von was sein Herz begehrt«, sagte Dunjee und probierte ein Lächeln, das ihm zu einem freud- und hoffnungslosen Lippenspreizen geriet.
Alle drei drehten sich um, als sie hörten, wie die Tür aufgeschlossen wurde. Abedsaid trat hindurch. Er bückte sich, um aus dem Fenster zu sehen, und blickte dann Dunjee an.
»Wir landen in etwa zwanzig Minuten«, sagte er, sich aufrichtend. »Der Captain wünscht, daß Sie die Gurte anlegen.«
»Was passiert, wenn wir gelandet sind?« fragte Dunjee und klickte seinen Gurt zusammen.
Abedsaid runzelte die Stirn, als sei er es leid, Fragen zu beantworten. Offensichtlich hatte er nicht geschlafen. Die Linien um seinen Mund waren scharf, seine Augen gerötet.
»Sie und ich«, sagte er immer noch stirnrunzelnd, »machen eine kleine Reise.«
»Wohin?«
Abedsaid schüttelte den Kopf. »Der Name sagt Ihnen nichts. Was Ihre Partner angeht, sie werden in einem Hotel abgesetzt. Intercontinental, glaube ich. Sehr angenehm.«
»Sind Sie sicher, daß es ein Hotel ist?« fragte Dunjee.
»Was dachten Sie? Ein Gefängnis vielleicht?« fragte Abedsaid. »Oder ein Verlies?«
»Also gut, es ist ein Hotel.«
»Sie sind sehr mißtrauisch, Mr. Dunjee.«
»Bin ich, ja«, sagte Dunjee.

Aus dreihundert Metern Höhe zählte Dunjee sechs chromblitzende *Airstream*-Wohnwagen, die ein L formten. Neben ihnen waren zwei offene Lkw geparkt, auf deren Ladeflächen Diesel-Generatoren standen. Neben den Lkw mit den Generatoren parkten zwei Tankfahrzeuge mit dem Öl, das die Generatoren verbrauchten. Hier und dort verstreut standen mindestens zwei Dutzend Limousinen und Schwertransporter herum, und weiter entfernt parkten zwei französische sechssitzige *Aérospatiale AS 350,* Brüder des Hubschraubers, der Dunjee und Abedsaid schon seit fünfundvierzig Minuten von Tripolis aus erst ost-, dann südwärts transportierte.

Gut einhundert Meter von der Wagenburg entfernt stand das schwarze Zelt. Kabel der Generatoren schlängelten sich durch den Sand. In der Nähe des Zelts wuchsen irgendwelche verkrüppelten Bäume.

»Das ist die Oase?« fragte Dunjee, als der Hubschrauber zu kreisen begann und zur Landung ansetzte.

»Was haben Sie erwartet?« fragte Abedsaid. »Schattenspendende Dattelpalmen, einen kristallklaren Teich und Bauchtänzerinnen?«

»Yeah«, sagte Dunjee, »etwas in der Art.«

Der Hubschrauber landete auf einer dreißig Quadratmeter großen, grünen Kunststoffplane, dem Zeug nicht unähnlich, aus dem Müllsäcke gefertigt werden, nur dicker und schwerer. Die Plane halte den Staub und den Sand ab, sagte Abedsaid.

Aber es war gar kein Sand, was von der Kunststoffplane bedeckt wurde. Es war eher eine Art grauer Kies, der sich mit groben Sandkörnern mischte. Wachsen konnte darin nichts.

Dunjee kickte mit dem Schuh hinein, als sie ausgestiegen und auf dem Weg zum Zelt waren. Der Stoß ließ sogleich eine kleine Staubwolke aufsteigen, die sich nur langsam wieder auf den Boden herabsenkte, weil überhaupt kein Wind wehte. Aber die trockene Hitze war nicht absolut unerträglich.

Uniformierte Soldaten und Techniker in Zivil musterten Dunjee neugierig, als er Abedsaid zum schwarzen Zelt folgte. In der Nähe der Generatoren, an denen sie vorbeigingen, bemerkte Dunjee zwei leicht geneigte Reihen runder, schimmernder Scheiben.

»Solartechnik?« fragte Dunjee.

Abedsaid nickte.

Vor dem Zelteingang standen zwei junge Uniformierte mit ziemlich phantasievoll aussehenden Maschinenpistolen. Sie standen im Schatten eines schürzenähnlichen Vierecks aus schwerem, schwarzem Gewebe, das aus Ziegenhaar gefertigt war und den Zelteingang schützte.

Dunjee brauchte sich nur leicht zu bücken, um hinter Abedsaid das Zelt zu betreten. Innen zog sich das Zeltdach nach oben. Der Boden, fiel ihm auf, war mit der gleichen grünen Kunststoffplane belegt wie der des Landeplatzes. Darüber waren Teppiche gebreitet. Die Teppiche sahen kostbar aus.

Der Mann, den zu treffen Dunjee gekommen war, saß mit gekreuzten Beinen auf einem der Teppiche ziemlich in der Mitte des Zeltes. Neben ihm arbeitete eine *Carrier*-Klimaanlage. Auf einem kleinen niedrigen Tisch stand ein weißes Telefon. Neben dem Telefon gab es einen momentan stummen Fernschreiber. Gleich hinter dem Mann im Schneidersitz befand sich ein Kühlschrank von büroüblicher Größe. Und daneben stand wieder ein kleiner niedriger Tisch mit zwei Thermoskannen und winzigen Porzellantassen. Der Mann beobachtete Dunjee, der auf ihn zukam. Er trug einen losen weißen Überwurf, eine weiße Segeltuchhose und war barfuß. Er sah jünger aus, als Dunjee erwartet hatte.

Abedsaid und der sitzende Mann sprachen auf arabisch etwa eine Minute miteinander, während Dunjee dastand und wartete. Es war überraschend kühl im Zelt, sicher acht, neun Grad kühler als draußen in der Sonne, und das lag nicht an der kleinen Klimaanlage, die eher eine imponierende Dekoration schien. Dunjee, der immer noch von seinem Gang durch die Sonne schwitzte, zog sich das Jackett aus.

Abedsaid wandte sich zu ihm um und machte eine leichte Handbewegung. »Mr. Dunjee, Oberst Mourabet«, sagte er.

Der sitzende Mann starrte Dunjee an. Er sah blendend aus, mit der kräftigen Nase, dem kantigen Kinn und den tiefliegenden dunkelbraunen Augen, die merkwürdigerweise sowohl traurig als auch lebhaft wirkten. Sein Haar war schwarz, dick und leicht verwuschelt, als kämmte er es unbewußt mit den Fingern. Der einzige sichtbare Hinweis auf seine Eitelkeit war der Schnurrbart, makellos gestutzt und gepflegt, der über der vollen Oberlippe wuchs. Es war das Gesicht eines gescheiten Mannes, entschied Dunjee, eines sehr gescheiten Mannes.

»Setzen Sie sich«, sagte Mourabet mit einer überraschend höflichen Handbewegung. »Setzen Sie sich, Mr. Dunjee, wir reden Amerikanisch miteinander. Sie bemerken, daß ich nicht Englisch sagte.«

»Es fiel mir auf, ja«, sagte Dunjee, während er sein Jackett auf den Teppich fallen ließ und sich mit gekreuzten Beinen niederließ.

Mourabet blickte zu Abedsaid hoch. »Sie können gehen«, sagte er. Abedsaid nickte und verließ das Zelt. Mourabet wandte seinen Blick Dunjee zu und lächelte. Es war ein warmes Lächeln, sehr breit, sehr freundlich. Dunjee zog vom Lächeln automatisch die Aufrichtigkeit ab und lächelte zurück.

»Möchten Sie Tee oder Kaffee?« fragte Mourabet und deutete auf die beiden Kannen. »Wußten Sie eigentlich, daß wir Libyer pro Kopf mehr Tee trinken als irgendwer sonst auf der Welt?«

»Ich habe es mal gelesen, ja«, sagte Dunjee. »Eine bemerkenswerte Leistung.«

»Aber für Gäste, für ausländische Gäste, habe ich auch Bier. Amerikanisches Bier. Schlitz, glaube ich.«

»Dann Bier für mich.«

Ohne aufzustehen, drehte Mourabet sich um und öffnete den kleinen Kühlschrank. Er nahm eine Dose Schlitz heraus, beugte sich vor und reichte sie Dunjee. »Man behauptet, es schmeckt aus der Dose besser. Es bleibt länger kalt.«

»Das ist sicher richtig«, sagte Dunjee und zog die Metallasche auf. Er wartete, bis Mourabet sich Tee eingegossen hatte und einen Schluck getrunken hatte, dann nahm er zwei kräftige Schluck Bier.

»Wenn Sie gefragt werden, wie identifizieren Sie sich?« sagte Mourabet.

»Chubb Dunjee.«

»Und die Rasse?«

»Amerikaner.«

»Das ist keine Rasse.«

»Nein, aber als Antwort praktisch.«

Mourabet nickte. »Wenn man mich fragte, sagte ich, ich bin Mourabet, ein Moslem, ein Araber, der zufällig Libyer ist.«

»Ein irgendwie umfassenderer Begriff«, sagte Dunjee höflich und wartete ab, was folgen würde.

»Was haben Sie 1969 gemacht, Mr. Dunjee?«

Dunjee tat, als dächte er nach. »Ich war im Kongreß.«

»Und wie alt waren Sie damals?«

»Neunundzwanzig.«

»Jetzt sind Sie einundvierzig?«

»Ja. Fast zweiundvierzig.«

»Ich bin ein Jahr jünger. Gaddafi war von uns allen der jüngste. Er war 1969 erst siebenundzwanzig. Ich schätze, Sie sind ihm nie begegnet?«

»Nein.«

»Wir waren zusammen auf der Militärakademie. 1966 hat man uns dann gemeinsam für zehn Monate nach England geschickt. Nach Beaconsfield. Wir studierten Kommunikationswissenschaft. Er begann, die Revolution zu planen, als er einundzwanzig war, 1963. Einige von uns waren zunächst skeptisch. Aber er zerstreute unsere Zweifel. Es gibt Männer, die Gott zu Führern ausersehen hat. Er gehörte dazu.«

»Er starb dann – ziemlich unerwartet, wie ich hörte.«

»An einem Schlaganfall, ja. Das ganze Land war trostlos vor Schmerz. Ich richte mich manchmal mit der Erinnerung an seinen Mut und seine Tapferkeit an jenem schicksalhaften ersten September auf.«

»Neunundsechzig.«

»Ja. Idris war in der Türkei. Wir hatten den Termin schon zweimal verschoben. Einige von uns wollten noch mal verschieben. Aber davon wollte Gaddafi nichts hören. Er überzeugte uns durch seinen ... Willen, seine Persönlichkeit. Um zwei Uhr nachts schlugen wir zu. Nicht ein Mensch kam ums Leben.«

»Ich erinnere mich«, sagte Dunjee und trank Bier.

Mourabet wartete höflich, bis Dunjee die Dose vom Mund genommen hatte. »Als ich Sie fragte, wie Sie sich identifizieren, hatte ich einen Grund.«

»Das dachte ich mir.«

»Sehen Sie, Gaddafi war überzeugt – und ich teile seine Überzeugung –, daß wir eine übernationale Verantwortung tragen, eine, die über die Grenzen unseres Landes hinausgeht. Was wir hier in Libyen erreicht haben, müssen wir auch anderen zu erreichen ermöglichen.«

»Revolution«, sagte Dunjee.

»Oder Gerechtigkeit.«

»Durch Revolution.«

»Als Amerikaner müssen Sie eigentlich an Revolution glauben.«

»Das hängt davon ab, was nachher kommt.«

»Demokratie, meinen Sie.«

Dunjee schüttelte den Kopf. »Nicht notwendigerweise. Demokratie ist kein Patentrezept. Man kann sie ausprobieren, feststellen, daß sie nicht funktioniert, beiseitelegen, und auf sie zurückgreifen, wenn die Zeit reif ist. Nigeria ist ein Beispiel dafür. Diesmal, glaube ich, wird sie dort funktionieren.«

Mourabet lächelte. »Sie meinen, Nigeria kann sie sich jetzt leisten?«

Dunjee lächelte zurück. »So etwa, ja.«

»Ich glaube, wir verstehen uns. Wissen Sie, wer mein erster Amerikaner war?«

»Nein, wer?«

»Captain Eugene Stallings aus Memphis, Tennessee, United States Air Force. Oder besser, Madame Stallings. Sie waren meine ersten Amerikaner, und ich wurde ihr erster Diener. In Wheelus. Ich war ihr Hausbursche. Madame Stallings brachte mir Englisch bei – oder Amerikanisch, schätze ich. Man hört es am Akzent, wird behauptet.«

»Irgendwie Südstaaten«, sagte Dunjee.

»Wirklich?«

»Aber charmant.«

»Und die Grammatik?«

»Perfekt«, sagte Dunjee.

»Sie war eine ehemalige Lehrerin. Eigentlich wußte sie nicht genau, ob sie mich herumkommandieren oder adoptieren sollte. Ich war damals dreizehn. Aber den Stallings verdanke ich es, daß ich später auf die Militärakademie gehen konnte. Jahre später stellte ich fest, daß ich sie verachtete – besonders Madame Stallings.«

»Dankesschuld ist selten ein angenehmes Gefühl«, sagte Dunjee und leerte seine Bierdose.

»Noch eins?« fragte Mourabet.

Dunjee schüttelte den Kopf. »Nein, danke.«

»Diese größere Verantwortung, von der ich sprach. Vor einigen Jahren beschlossen wir, daß ein Teil unserer Einkünfte dazu benutzt werden sollte, die Anstrengungen jener zu finanzieren, die jede Art von Unterdrückung abschütteln wollten.«

»Also finanzierten Sie Freiheitskämpfer.«

Mourabet blinzelte. »Ich war mir sicher, daß Sie sie Terroristen nennen würden.«

»Ich bin Dunjee, ein Amerikaner. Sie sind Mourabet, ein

Moslem, ein Araber, der zufällig Libyer ist.« Dunjee hob die Schultern. »Alles nur Etiketten.«

Mourabet nickte langsam. Er langte in eine Tasche seines losen weißen Überwurfs und holte ein Stück Papier heraus, offensichtlich vom Fernschreiber abgerissen. »Das hier ist Ihr curriculum vitae, so nennt man das, glaube ich. Sie haben eine merkwürdige Karriere hinter sich.«

»Vermutlich der Grund, weshalb ich hier bin.«

»Ja, vermutlich. Das hier wurde von unseren Freunden in der PLO geliefert.«

»Dann ist alles wieder im Lot?«

»Mit der PLO? O ja, schon seit längerem.« Mourabet blickte auf das Stück Papier. »Der Bakschisch-Mann. Das bedeutet Bestechungsgeldgeber, glaube ich. Spanisch – oder mexikanisch?«

»Mexikanisch.«

»Was genau haben Sie in Mexiko gemacht?«

»Ich habe Leute aus den Gefängnissen geholt. Reiche Leute, reicher Leute Kinder, um genau zu sein.«

»Mit Hilfe von Bestechungsgeldern?«

Dunjee schüttelte den Kopf. »Nicht immer. Manchmal waren diejenigen, die die Freilassung bewerkstelligten, an etwas anderem interessiert.«

»An was?«

»Anerkennung.«

»Ah! Ich glaube, ich verstehe. Und Sie waren imstande, ihnen diese . . . Anerkennung zu verschaffen?«

»Manchmal.«

»Und was wollten sie sonst noch, diejenigen, die die Freilassung der Gefangenen bewerkstelligen konnten? Manche von ihnen mußten doch schon alles an Geld und Anerkennung haben, was sie brauchten. Was konnten sie noch wollen?«

»Was noch?« überlegte Dunjee. »Üblicherweise Rache.«

»Ah! Rache. Ja. Je kälter die Rache, um so süßer schmeckt sie. Und wie sah ihre Rache aus?«

»Politische Bloßstellungen, meistens.«

»Das konnten Sie arrangieren?«

»Mit genügend Geld kann man ziemlich alles arrangieren.«

»Und wie wirkten sich die Bloßstellungen aus?«

»Manchmal mußten Leute ins Gefängnis. Manchmal nicht.«

»Sie arrangierten also die Verhaftung eines Menschen, um die Freilassung eines anderen zu erreichen.«

»Manchmal.«

»Und damit haben Sie Ihren Lebensunterhalt verdient?«

»Richtig.«

Mourabet drehte sich um und öffnete die Kühlschranktür. Er holte eine Dose Bier heraus und reichte sie Dunjee. »Hier«, sagte er, »Sie sehen durstig aus.«

»Danke.«

Aus dem Gefrierfach des Kühlschranks holte Mourabet dann noch etwas Schmales, Langes, das sorgfältig in Alufolie gepackt war. Er legte es vor sich auf den Teppich.

»Heute . . . Sie sind hier in wessen Auftrag? Oder sagt man im Auftrag von wem?«

»Beides«, sagte Dunjee. Er holte tief Luft. »Des Präsidenten der Vereinigten Staaten.«

»Tatsächlich?« sagte Mourabet und wickelte die Alufolie ab. Als er fertig war, lag ein abgetrennter Finger auf silbernem Grund. Der Finger zeigte auf Dunjee.

Er starrte den Finger sekundenlang an, dann blickte er Mourabet an. »Von Felix?«

»Ja, von Felix. Wir haben zehn Millionen Dollar dafür bezahlt. Ich fange an zu argwöhnen, daß wir sie der CIA bezahlt haben.«

Dunjee schüttelte den Kopf. »Nein.«

»Warum nein?«

»Ist das mit Sicherheit ein Finger von Felix?«

»Mit Sicherheit. Er wurde von New York nach Paris geflogen. Die Franzosen besitzen die Fingerabdrücke von Felix. Und im Augenblick ist unser Verhältnis mit ihnen ausgesprochen freundschaftlich. Sie haben den Finger eindeutig identifiziert. Die Franzosen.«

»Wie haben Sie das Geld ausgezahlt?«

»Über einen Banktransfer an einen Mittelsmann in New York. Er vertritt Gambia bei den UN.«

»Dr. Mapangou?«

»Sie kennen ihn?«

Dunjee nickte. »Ich war auf seinen Partys.«

»Ein ehrlicher Mann?«

Dunjee ließ sich das kurz durch den Kopf gehen. »Vielleicht.

Aber auch habgierig. Sehr habgierig.«

Mourabet hob die Schultern. Nun ja, unwichtig. Ich erhielt heute morgen einen Anruf aus New York. Dr. Mapangou wurde gestern nacht tot in einem Park aufgefunden. Mit gebrochenem Genick.«

»Sie sind also zehn Millionen Dollar los.«

Mourabet nickte. »Zehn Millionen. Andererseits, Mr. Dunjee, ist unser Land zweieinhalbmal so groß wie Texas, mit einer Bevölkerungszahl, die gerade an die Houstons heranreicht. Unser Pro-Kopf-Einkommen ist mit das höchste der Welt. Zehn Millionen Dollar sind für uns ohne besondere Bedeutung. Anders Felix! Für meine Regierung ist er ein wichtiges Symbol, kein insgesamt begeisterndes, aber ein Symbol von großem Gewicht für unsere Beziehungen zu zahlreichen Bewegungen in der ganzen Welt. Wir haben Felix Zuflucht gewährt, als niemand ihn aufnehmen wollte. Wir haben für seine Sicherheit gebürgt. Seine Entführung hat unserem Ansehen bei denen geschadet, die wir unterstützen. Wir werden – und ich möchte das unmißverständlich klarmachen – nichts unversucht lassen, um ihn zurückzubekommen.«

Dunjee starrte Mourabet sekundenlang an. Schließlich sagte er mit klarer, fester Stimme: »Die Amerikaner haben Felix nicht. Sie haben ihn nie gehabt.«

Mourabet starrte zurück. Langes Schweigen folgte. Mourabet brach es schließlich. »Sie könnten lügen.«

»Was hätte ich damit gewonnen?«

Mourabet schien das zu erwägen. Er fuhr sich mit den Fingern durch das dicke schwarze Haar. Dann packte er vorsichtig den Finger in die Folie, legte ihn ins Tiefkühlfach des Kühlschranks zurück und wandte sich wieder Dunjee zu.

»Glauben Sie, er lebt noch?«

Dunjee schüttelte den Kopf. »Nein. Sie?«

Mourabet seufzte. »Eigentlich nicht. Sie sind hier, weil Sie etwas wollen, natürlich.«

»Ja.«

»Präsident McKays Bruder. Das ist es, was Sie wollen, richtig?«

»Ja.«

Mourabet legte den Kopf leicht schräg, während er Dunjee musterte. »Und Sie sind bereit und in der Lage, mir im Austausch etwas anzubieten. Ich überlege, was es sein könnte. Geld natürlich nicht.«

Dunjee lächelte leicht. »Kaum.«

»Was dann?«

»Ich gebe Ihnen die, die Felix entführt haben, wer immer sie sein mögen.«

»Ah! Rache.«

»Rache.«

»Ich fange an zu begreifen, daß Sie ein sehr gescheiter Mann sind, Mr. Dunjee. Sie bieten mir das einzige, was ich, wie Sie sehr wohl wissen, nicht zurückweisen kann. Aber dafür muß ich Ihnen natürlich im Tausch erst mal etwas geben, richtig?«

»Ja.«

»Geld nicht.«

»Nein.«

»Aber ich könnte Sie reich machen, das ist Ihnen doch klar.«

»Verlockend.«

»Aber nicht verlockend genug«, sagte Mourabet lächelnd.

»Nein.«

»Was dann?«

»Sie sagen mir, wo Bingo McKay ist. Das ist alles.«

»Das sieht mir nicht nach Geschäft aus. Wenn ich Ihnen das sage, könnte Ihr Präsident eine CIA- oder Armee-Einheit hinschicken und versuchen, ihn zu befreien.«

Dunjee schüttelte den Kopf. »Sie würden ihn vorher töten.«

Mourabet nickte nachdenklich. »Ja, ich fürchte, das würden wir.«

»Abgesehen davon werde ich den Präsidenten nicht einweihen.«

»Sie mißtrauen seinen Leuten?«

»Ich mißtraue ihrer Fähigkeit, den Mund zu halten.«

Es folgte ein langes Schweigen, das Mourabet dazu benutzte, Dunjee wieder zu mustern wie eine interessante, aber abstrakte Skulptur, die ihm gefiel, ohne daß er hätte sagen können, warum.

Schließlich sagte er: »Ich glaube, mir ist jetzt klar, was Sie wirklich sind, Mr. Dunjee.«

»Was?«

»Ein Patriot. Ein komischer, aber nichtsdestotrotz ein Patriot.«

Dunjee grinste. »Heißt das, daß wir einig sind?«

»Ja«, sagte Mourabet. »Ja, mit kleinen Vorbehalten von meiner Seite würde ich sagen.«

»Bingo McKay«, sagte Dunjee. »Er ist auf Malta, oder?«
Zum erstenmal war Mourabet verärgert. »Ich muß darauf bestehen, zu erfahren, wer Ihnen das gesagt hat.«
»Keiner von Ihren Leuten.«
»Wer?« verlangte Mourabet zu wissen.
Dunjee versuchte zu entscheiden, wie er am besten das Wrack in Rom beschreiben konnte. Schließlich sagte er: »Ein Freund meiner Familie.«

27

In dem kleinen Zimmer im dritten Stock des Old Executive Office Building, das eher einer Studentenbude glich, sagte der Direktor des Central Intelligence Agency mit eisigem, eigensinnigem Ausdruck im Gesicht: »Ich gebe zu Protokoll, Mr. President, daß ich mich gegen die Anwesenheit von Mr. Grimes bei unserem Gespräch verwahre.«
Paul Grimes lächelte schläfrig, er schien nur mühsam ein Gähnen zu unterdrücken. Der Präsident im Sessel hinter dem Schreibtisch starrte Thane Coombs mit einem Blick an, in dem sich Erstaunen mit Abneigung mischte.
»Lassen Sie mich Ihnen eines sagen, lieber Freund«, sagte er. »Sie sind überhaupt nicht in der Verfassung, sich gegen irgend etwas zu verwahren.«
Eine rosige Welle spülte Coombs' Hals hoch bis in seine Ohren. »Ich möchte es nur zu Protokoll geben«, sagte er eigensinnig.
»Bitte«, fauchte der Präsident. »Und jetzt berichten Sie ihm, was Sie mir gesagt haben.«
»Das ist ein Befehl?«
»Herrgott, reden Sie schon!«
»Also gut.« Coombs setzte sich in seinem Sessel so zurecht, daß er Grimes ansehen konnte. Genau betrachtet fixierte er einen Punkt einen Zentimeter links von Grimes' rechtem Ohr. »Die Israelis in New York wurden von dem Vertreter Gambias bei den UN kontaktiert, einem Dr. Mapangou. Er trat als Mittelsmann der Entführer von Gustavo Berrio-Brito auf.«
»Felix«, sagte Grimes.
»Ja, Felix. Dr. Mapangou hatte ein Beweisstück in Form des abgetrennten rechten Zeigefingers von Felix. Der Fingerabdruck

war identisch mit dem im Pariser Polizeiarchiv. Mapangou sagte, die Entführer verlangten ein Lösegeld von zehn Millionen Dollar. Die Israelis setzten sich mit uns in Verbindung. Wir erklärten uns bereit, die Hälfte des Lösegelds zu übernehmen. Das Lösegeld, die ganzen zehn Millionen, wurden gezahlt. Wenige Stunden später wurde Dr. Mapangou im Central Park ermordet. Von den Entführern hat man nichts mehr gehört.«

Grimes nickte. »Was ist mit Bingo?«

»Sein Name wurde während der Verhandlungen nicht ein einziges Mal erwähnt, sagen die Israelis.«

»Zehn Millionen«, sagte Grimes. »Eine Menge Geld. Und nicht Bargeld, oder?«

»Nein. Ein Banktransfer.«

»Können Sie den nicht verfolgen?«

Coombs blickte zum Präsidenten hin. Es war ein fast flehentlicher Blick.

»Reden Sie«, sagte der Präsident.

»Wir haben uns bei dem Geldtransfer eines Verfahrens bedient, das vor einigen Jahren von der CIA ausgeklügelt worden ist. Es ist praktisch todsicher. Das Geld, umgewechselt in verschiedene Währungen, wurde gestern nachmittag in einem Casino auf den Bahamas abgeholt.«

»Wo auf den Bahamas?«

»In Nassau.«

Ein weises Lächeln breitete sich über Grimes' Gesicht. »Und gehört wem?«

Coombs öffnete den Mund, aber nichts kam heraus. Er schloß den Mund, eigentlich klappte er ihn zu, und machte ihn wieder auf, um es noch mal zu versuchen. Er schaffte es nicht.

Grimes betrachtete ihn fast mitfühlend. »Lassen Sie mich raten«, sagte er. »Es gehört Gogo Consentino und seiner Truppe.«

»Sie sind nicht die eingetragenen Eigentümer«, sagte Coombs.

»Hören Sie mir doch mit dem Mist auf, Mister. Ziehen Sie endlich Ihren Schädel aus dem Sand. Was hat Consentino fürs Geldwaschen bekommen?«

»Ein Prozent.«

»Und wie haben Sie das genannt, das System, das Verfahren, wie auch immer?«

Coombs richtete seinen Blick wieder auf den Punkt einen

Zentimeter links von Grimes' rechtem Ohr. »Die Panama-Wäscherei«, sagte er, nachdem er sich geräuspert hatte.

Grimes nickte. »Gut. Jetzt die naheliegende Frage. Wer hat sich die Panama-Wäscherei ausgedacht – sie erfunden?«

»Der Mann ist tot. Sein Name war Eubanks.«

»Okay. Eubanks ist tot. Aber wer wußte noch davon, außer Eubanks?«

»Nur zwei Personen.«

»Wer?«

Coombs umklammerte die Lehnen seines Sessels. Er starrte auf ein Stück Teppich zwischen seinen Füßen. »Der frühere Direktor . . . Und ich.«

»Der sitzt doch jetzt als Botschafter – wo? In Brasilien?«

»Brasilien«, sagte der Präsident.

»Und Sie«, sagte Grimes und starrte Coombs an, der immer noch mit gesenktem Kopf auf den Teppich blickte. »Teufel auch, Sie sehen nicht hungrig genug aus. Es muß also noch jemand anderen gegeben haben.«

»Es gab keinen.«

»Keinen, den Sie kennen.«

»Erzählen Sie weiter, jetzt wird es spannend«, forderte der Präsident Coombs auf.

Coombs hob langsam den Kopf und blickte an Grimes vorbei aus dem Fenster. Der Ausblick zwischen den Vorhängen war ein Scheibchen Pennsylvania Avenue, zu dem auch der oberste Stock von Blair House gehörte.

»Um 14 Uhr Nassau-Zeit gestern mittag«, begann er in trockenem, distanziertem, präzisem Tonfall, »fuhr ein junger Schwarzer im Alter von schätzungsweise siebzehn, achtzehn, in einem Lieferwagen vor dem Casino vor. Er gab seinen Namen bei der Casinoleitung mit Samuel an« – Coombs hielt inne und seufzte –, »Samuel Jones. Dann zitierte er den Codesatz.«

»Das Kennwort?« sagte Grimes.

»Meinetwegen das Kennwort. Oder die Kennworte. Das Geld wurde in den Lieferwagen geladen. Ihn fand man später. Von dem jungen Schwarzen fehlt noch jede Spur.«

»Sie haben ihm einfach das Geld gegeben?« fragte Grimes und versuchte, sein ungläubiges Staunen zu unterdrücken, was ihm nicht gelang. »Die ganzen zehn Millionen?«

»Es waren zwanzig Millionen«, sagte Coombs flüsternd.

»Zwanzig Millionen? Wieso, zum Teufel, waren es zwanzig Millionen?«

»Es hat zwei Überweisungen aus New York an die Bank in Montreal gegeben. Die eine von den Israelis. Die anderen zehn Millionen kamen vom Konto der Libyschen Republik bei der Chase Manhattan. «

»Sie haben ihn zweimal verkauft«, sagte Grimes und starrte dabei den Präsidenten an. »Diese Schweinehunde sind einfach hingegangen und haben ihn zweimal verkauft.«

Der Präsident nickte müde.

»Und sie haben diesem Bürschchen einfach das Geld gegeben, die ganzen zwanzig Millionen?«

»Minus dem einen Prozent Provision. Die Anweisungen an sie waren exakt, unmißverständlich und zeitlich unbegrenzt.«

»Und Consentino strich einen netten kleinen Profit ein.« Grimes furchte die Stirn. »Okay. Den Jungen konnten Sie nicht finden. Also haben Sie angefangen zu checken, wer alles gestern in Nassau aufgetaucht ist. Privatflugzeuge, Boote, Yachten, so was. Wer also?«

»Jetzt wird es richtig spannend«, sagte der Präsident.

Coombs' Augen flogen durchs Zimmer, als suchten sie irgendwo Zuflucht. Sie entschieden sich schließlich für einen Papierkorb in der anderen Ecke des Zimmers und blieben dort. Er sagte etwas, aber so leise, daß es kaum zu verstehen war.

Grimes beugte sich vor. »Wie bitte?«

Coombs wiederholte den Namen der fünfzig Kilometer langen, zwei Kilometer breiten Insel in der Karibik, die sich zur Demokratischen Volksrepublik aufgerufen hatte. »Sie haben vor einiger Zeit ein Flugzeug gekauft«, sagte er. »Sie haben es für einen Dollar gekauft und für eine Million im Jahr an die Person zurückvermietet, die es ihnen verkauft hat. Das Flugzeug, eine Boeing 727, ist gestern in Nassau gelandet. Nur eine Person ist ausgestiegen, ein Mann mit kanadischem Paß. Die Flughafenbeamten haben seinen Namen nicht notiert, das machen sie nie. Ihre Beschreibung war vage. Der Mann kehrte nach einer Stunde zurück und lud sechs Kisten zollfreien Rum in die Maschine. Die Zollbeamten haben die Kisten natürlich nicht kontrolliert. Sie gaben an, nach Miami zu fliegen, sind aber nie dort angekommen.«

»Das Flugzeug«, sagte Grimes. »Wer hat das Flugzeug gemietet?«

Die Augen immer noch auf dem offenbar Trost spendenden Papierkorb, schluckte Coombs hörbar und sagte: »Leland Timble.«

Grimes zwinkerte und sagte dann, ohne jede Klangfärbung in der Stimme: »Das darf doch, gottverdammt, nicht wahr sein.«

Alle schwiegen, während Grimes erst Coombs, dann den Präsidenten und dann wieder Coombs anstarrte. »Timble. Der Bankraub-Wunderknabe, richtig?«

»Ja.«

»Und der Finger. Wie ist Timble an den Finger von Felix gekommen?«

»Die Unterlagen in London weisen aus, daß auf dem Flughafen Heathrow Timbles Flugzeug, dieselbe 727, vier Tage einschließlich des Tages, an dem Felix entführt wurde, gestanden hat.«

»Timble hat ihn sich also geschnappt. Er selbst?«

»Es kommt noch besser«, sagte der Präsident.

Grimes starrte Coombs an. »Reden Sie.«

Coombs seufzte. »Timble hat einen früheren FBI-Agenten und einen früheren CIA-Beamten, die für ihn arbeiten. Einer von beiden – oder beide – könnten die Entführung bewerkstelligt haben.«

Grimes starrte an die Decke. »Soll ich Ihnen was sagen?« fragte er. »Ich wette, daß sie ihm zwei Finger abgeschnitten haben und einen an die Israelis und einen an die Libyer verkauft haben. Ich wette, daß sie genau das gemacht haben.« Er blickte wieder zu Coombs hin. »Okay. Das Flugzeug, die 727. Wo ist sie jetzt?«

»Sagen Sie es ihm«, sagte der Präsident.

»In Haiti.«

»Mit Timble und seinen sauberen Mitarbeitern?«

»Es gibt keine Hinweise, daß sie die Maschine verlassen haben. Andererseits haben vier Männer eine Privatmaschine gechartert und sind nach Santo Domingo geflogen.«

»In die Dominikanische Republik?«

Coombs nickte. »Dort nahmen sie eine Linienmaschine nach Caracas.«

»Und in Caracas?«

»Wir vermuten, daß sie einen Linienflug nach Rom nahmen. Wir sind aber nicht sicher.«

Grimes blickte den Präsidenten an. »Dunjee ist in Rom. Weiß er von Dunjee?«

»Fragen Sie ihn«, sagte der Präsident und deutete auf Coombs, der jetzt den kleinen Leberfleck auf seinem linken Handrücken einer eingehenden Inspektion unterzog.

Ohne erst auf Grimes' Frage zu warten, sagte Coombs: »Uns blieb nicht verborgen, Mr. President, daß Sie sich der Dienste dieses Dunjee in einer Privatangelegenheit versichert hatten, über deren Natur Sie nicht mit uns reden wollten.«

»Ich habe ihn engagiert, um meinen Bruder zurückzubekommen. Oder Felix. Oder beide.«

»Ich bin nicht sicher, ob Sie da eine weise Wahl getroffen haben, Mr. President.«

»Das lassen Sie meine Sorge sein«, sagte der Präsident. »Jetzt interessiert mich, wen wir in Rom haben. Ich will diese kleine Ratte, diesen Timble. Und bald.«

»Ja, verstehe. Wir haben unsere Leute in Rom vollzählig. Zusätzlich habe ich ein paar unserer besten Agenten aus Paris und Bonn hingeschickt.«

»Und wer ist verantwortlich?« fragte der Präsident.

»Alex Reese. Er muß gestern in Rom eingetroffen sein.«

»Reese?« fragte der Präsident. »Ist das dieser massige, kahlköpfige Bursche mit dem Bauch, von dem jeder sagt, er trinke wie ein Fisch?«

»Er ist brillant, Mr. President. Einfach brillant.«

»Er ist das beste, was wir haben?«

»Das allerbeste, Sir.«

»Ihr Wort in Gottes Ohr, Coombs. Noch etwas.«

»Ja, Sir?«

»Sagen Sie Reese, Finger weg von Dunjee. Ist das verstanden? Absolut die Finger weg von ihm.«

»Verstehe, Mr. President.«

Der Präsident blickte Grimes an. »Ich habe Botschafter Dokubo gebeten, die Verhandlungen mit den Libyern in Rom zu führen – sie hinzuhalten, falls nötig. Darin ist er gut.« Er machte eine Pause. »Rom?« sagte er und sah Grimes fragend an.

Grimes nickte entschieden. Dann hievte er seinen großen,

schweren Körper, wie immer verblüffend behende, aus dem Sessel.

»Bin schon auf dem Wege.«

28

Einen Tag nachdem Dunjee wieder von Tripolis nach Rom zurückgeflogen worden war, saß er mit Faraj Abedsaid an einem kleinen Tisch draußen vor Doneys Café, einen Espresso und einen Brandy vor sich. Vor Abedsaid stand eine kleine Flasche San-Pellegrino-Mineralwasser. Es war kurz vor zwei Uhr nachmittags.

»Wieviele, sagen Sie, sind Ihnen auf den Fersen?« fragte Dunjee.

»Als ich gegen zwölf das Hotel verließ, habe ich drei ausgemacht. Vielleicht vier. Sollte es einen vierten geben, ist er ausgesprochen gut.«

»Irgendeiner in unserer Nähe?«

»Einer hinter Ihnen, etwa sechs Tische weiter. Etwa neunundzwanzig, dreißig. Er scheint irgendwas ungeheuer Interessantes im *Daily American* gefunden zu haben. Dann die Frau. Zwölf Tische weiter. Pummelig, schlecht angezogen, so um vierzig. Aber nicht übel. Grüne Polyesterhose, orangefarbener Pullover, Mäusehaar. Auf Touristin getrimmt.«

»Wir haben also unser Publikum.«

»In der Tat.«

»Wann treffen Sie sich mit Dokubo?«

Abedsaid sah auf seine Uhr. »In einer halben Stunde.«

»Wieder in der FAO?«

»Ja.«

»Wie ist er?«

»Dokubo? Sehr intelligent, sehr geschickt, sehr routiniert – und ein Meisterläufer in Treibsand. Allein mit seinem Charme könnte er diese Verhandlungen für weitere sechs Monate hinziehen.«

Dunjee lächelte. »Okay, packen wir's an.«

»Wie hätten Sie es denn gern? Unauffällig oder offensichtlich?«

»Sie sind doch der Spion.«

»Ja, und ich übertrete jede Vorschrift meines Gewerbes. Ich glaube, ich leiste mir eine kleine Auffälligkeit, – sonst blinken sie gerade mit den Augen und verpassen das Wichtigste.«

Abedsaid sah wieder auf seine Uhr. »Ich muß jetzt wirklich gehen«, sagte er und schickte sich an, aufzustehen, schien aber dann die zusammengefaltete Ausgabe der *Herald Tribune* auf seinem Schoß zu bemerken, fing sie auf, bevor sie hinfiel, und legte sie auf den Tisch, als habe er sie ausgelesen. »Wir bleiben in Verbindung«, sagte er zu Dunjee.

»Okay.«

Dunjee blieb weiter am Tisch sitzen, beobachtete die Leute und trank langsam seinen Brandy. Eine Viertelstunde später blickte er sich um, als suche er den Kellner. Er entdeckte die Vierzigerin in der grünen Hose. Sie schien ihre ganze Aufmerksamkeit einem ziemlich großen Eisberg vor sich auf dem Tisch zu widmen. Den jungen Mann mit dem *Daily American,* den Abedsaid ihm beschrieben hatte, konnte er nicht entdecken.

Als Dunjee schließlich bezahlt hatte, stand er auf, klemmte sich die gefaltete *Herald Tribune* unter den Arm und ging die Via Veneto nach rechts in Richtung amerikanische Botschaft. Er bog an der nächsten Ecke rechts ab, als schlendere er zu seinem Hotel zurück.

Einige Male blieb er stehen und blickte in Schaufenster. Einmal machte er sogar kehrt, um alten Schmuck zu betrachten, der ihn zu faszinieren schien. Soweit er es beurteilen konnte, folgte ihm niemand.

Er hatte auf seinem Bummel das Eden Hotel etwa siebzig Meter hinter sich gelassen, als ein grüner Peugeot im Halteverbot parkte und der massige Mann mit dem Kahlkopf und den Hängeschultern die hintere Wagentür öffnete und ausstieg. Auf dem Fahrersitz am Bordstein saß ein Mann mit einem mächtigen Unterkiefer und einem teigigen Gesicht. Seine Augen hatten Dunjee fest im Blick.

Der massige, kahlköpfige Mann kam langsam auf Dunjee zu und zog sich im Gehen die Hose über den vorstehenden Bauch. Aber sie rutschte sofort wieder herab.

»Sie sind Chubb Dunjee?«

»Richtig.«

»Wir würden gern mit Ihnen reden.«

»Wer ist wir?«

»Mein Name ist Reese. Alex Reese. Wir sind von der Regierung.«

»Wessen Regierung?«

»Ihrer Regierung.«

Dunjee betrachtete Reese. Dann lächelte er. Er lächelte sein bestes Lächeln, voll Charme und extrem weiß. »Suchen Sie meinen Anwalt auf«, sagte er und wollte weitergehen.

Die Fahrertür des Wagens sprang auf. Der Mann mit dem mächtigen Unterkiefer und dem teigigen Gesicht versperrte Dunjee den Weg. Er hatte weniger als zehn Sekunden dazu gebraucht.

»Sie sind auch von der Regierung?« sagte Dunjee.

Der Mann fuhr sich heftig mit der Hand über den Mund. Offenbar eine Angewohnheit. Vielleicht eine nervöse Angewohnheit, obwohl Dunjee fand, der Mann sähe etwa so nervös aus wie ein Felsbrocken.

»Ich heiße Arnold«, sagte der Mann, »ich gehöre zu ihm.«

»Macht insgesamt zwei«, sagte Dunjee, als überrasche ihn das Ergebnis seiner Addition.

»Und einer im Wagen, macht drei«, sagte Reese.

»Haben Sie zufällig was bei sich, das beweist, daß Sie von der Regierung sind – einen Ausweis, vielleicht eine Dienstmarke?«

Reese langte in die Tasche und produzierte einen plastikversiegelten Ausweis mit Foto. »Reicht das?« sagte er und ließ ihn Dunjee kurz sehen.

»Mir hat mal in East St.Louis ein Typ so was flüchtig hingehalten«, sagte Dunjee. »Anschließend war ich um dreihundert Mäuse ärmer.«

»Er möchte ihn gern näher betrachten«, sagte Franklin Keeling, der gesagt hatte, er hieße Arnold.

»Hier«, sagte Reese und reichte Dunjee seinen Ausweis.

»Alex Merrifax Reese«, las Dunjee. »Ich kannte mal ein paar Merrifaxes in Borger, Texas. Verwandte?«

Reese schüttelte den Kopf.

Dunjee las weiter. »2241, Bonnie Brae Drive, Bethesda, Maryland. Bonnie Brae. Ist das nicht draußen beim Glen Echo, am Kanal?«

»So etwa.«

»Hübsche Gegend.« Dunjee las weiter. »United States Department of Agriculture.« Er blickte Reese an. »Landwirtschaftsministerium. Bienen-Fachmann?«

»Sie sind reichlich vorlaut, Mr. Dunjee«, sagte Reese mit einem gewinnenden Lächeln.

»Ich versuche bloß, nicht in einen Wagen in einer fremden Stadt, mit drei Typen, die ich nicht kenne, einsteigen zu müssen.«

Franklin Keeling wischte wieder eine Hand über seinen Mund. »Sie haben gar keine Wahl.«

Dunjee hob die Schultern. »Sieht fast so aus.« Er blickte sich um und fand, was er suchte. Einen Abfallkorb. Er nahm die gefaltete *Herald Tribune* und machte einen Schritt auf den Abfallkorb zu. »Ich brauche sie nicht mehr. Das Rätsel habe ich gelöst.«

Reese nahm ihm die Zeitung ab. »Danke«, sagte er. »Ich habe die Comics noch nicht gelesen.«

»Das habe ich befürchtet.«

»Yeah«, sagte Reese und lächelte, »dachte ich mir.«

Er und Keeling nahmen Dunjee in die Mitte, öffneten die hintere Wagentür und stiegen ein. Spiceman, der Ex-FBI-Agent, saß am Lenkrad. Der römische Verkehr schien ihn nicht zu schrecken.

Dunjee schenkte der Fahrtroute keinerlei Aufmerksamkeit. Statt dessen beobachtete er Alex Reese, der sorgfältig die *Herald Tribune* aufschlug und Seite für Seite umdrehte.

Der Umschlag lag da, wo er liegen sollte, zwischen Seite acht und neun. Der Umschlag war verschlossen. Reese prüfte ihn erst vorn, dann hinten, dann wieder vorn. Laut las er den Namen vor, der in der oberen linken Ecke aufgedruckt war.

»Das Grand Hotel«, sagte er. »Hübscher alter Schuppen.«

»Gleich neben den Bädern des Diocletian«, sagte Dunjee. »Und nicht weit von der Via Veneto.«

Reese hielt den Umschlag ans Ohr und schüttelte ihn. »Sie wohnen im Hassler, richtig?«

Dunjee nickte. »Auch ein hübscher Schuppen. Bißchen teuer, aber was soll's.«

»Gib mir mal dein Messer, Frank«, sagte Reese. Keeling grub in seiner Tasche und holte ein Taschenmesser heraus. Reese klappte es auf und schlitzte vorsichtig den Umschlag auf. Er klappte das Messer wieder zu und gab es Keeling zurück.

»Wie sind Sie an Abedsaid gekommen?«

»Purer Zufall.«

Reese nickte. »Aber gewiß doch.« Er linste in den Umschlag. »Ein Bogen Briefpapier«, sagte er und nahm den Bogen vorsichtig heraus. Es war erkennbar ein Briefbogen des Grand Hotels, in üblicher Weise zusammengefaltet. Reese faltete ihn auf. »Wer sagt's denn«, meinte er, »eine Karte.«

»Ach, eine Karte?« fragte Dunjee.

»Eine Karte. Ein Weg offenbar und ein Haus, sieht jedenfalls wie ein Haus aus. Und unten ist der Maßstab angegeben. 1:500. Ziemlich kleine Karte für einen so großen Maßstab, finden Sie nicht auch?«

»Eigentlich ja«, meinte Dunjee.

»Soll ich Ihnen was sagen?«

»Was?«

»Ich bin gar nicht im Landwirtschaftsministerium.«

»Also kein Bienenfachmann?« sagte Dunjee und blickte nun doch aus dem Wagenfenster. Der Wagen bog gerade links ab und fuhr eine steile gewundene Straße hoch. Er hatte keine Ahnung, wo sie waren.

»Soll ich Ihnen verraten, wer ich wirklich bin?«

»Wer?«

»CIA.«

»Wie aufregend.«

»Überhaupt nicht. Manchmal sogar irgendwie frustrierend«, sagte Reese. »Nehmen Sie nur gestern und heute. Vorgestern bin ich in Rom gelandet, um eine bestimmte Operation zu leiten. Wir suchen jemand wichtigen. Können Sie mir folgen?«

Dunjee nickte. »Ich denke schon.«

»Gut. Unsere Leute hier sind seit Tagen in Alarmbereitschaft. Ich melde mich also bei unserm Chef hier in Rom. Und ich frage ihn, was habt ihr rausgefunden? Da kriegt er diesen komischen Ausdruck im Gesicht.«

Reese verfiel sekundenlang in Schweigen, als verfolge ihn immer noch, was er auf dem Gesicht des CIA-Chefs von Rom gesehen hatte.

Nach ein paar weiteren Sekunden sagte Dunjee: »Einen komischen Ausdruck?«

»Yeah, einen komischen Ausdruck. Scheint, als hätte einer unserer gelegentlichen Mitarbeiter einen Bericht geschickt. Aber irgendwie ist der erst mal in die Ritzen gefallen. Bis gestern. Scheint, als hätte eine bestimmte Yacht in Valletta vor Anker gelegen.«

»Auf Malta«, sagte Dunjee.

»Yeah, Malta. Eine libysche Yacht. Ein Dreißig-Meter-Kahn, der *True Oasis* heißt. Er ist für König Idris von Libyen gebaut worden. Okay, um eine lange Geschichte kurz zu machen, unser Teilzeit-Mitarbeiter aus Malta berichtete, daß ein paar komisch aussehende Typen an Bord der *True Oasis* gegangen sind.«

»Was für Typen?« sagte Dunjee.

»Laut diesem Bericht, der irgendwie erst mal durch die Ritzen gefallen war, ein Asiate, vielleicht Japaner, ein Deutscher – oder Holländer, und eine Frau, jung, dünn, brünett und möglicherweise Französin.«

»Die gingen an Bord der Yacht«, sagte Dunjee.

»Richtig. Ich erspare mir die Einzelheiten. Jedenfalls gingen wir davon aus, daß uns diese drei komisch aussehenden Typen vielleicht zu dem Mann hätten führen können, nach dem wir suchen. Sie können folgen, oder?«

»Doch, ja.«

»Also, ich, flink wie ein Wiesel, schicke ein paar Leute nach Valletta, und jetzt raten Sie.«

»Keine Yacht.«

»Keine Yacht. Aber schließlich kann man so einen Dreißig-Meter-Scheißkahn nicht verstecken, also wenden wir uns an die Navy. Sie schicken ein paar Flugzeuge – und jetzt raten Sie wieder.«

»Diesmal kapituliere ich!«

»Also, draußen im Mittelmeer, auf der Hälfte zwischen Valletta und Tripolis, schwimmt die *True Oasis* mit Maschinenschaden und funkt um Hilfe. Und der Witz dabei ist, daß sie um Hilfe funkt, als ein Zerstörer der Vereinigten Staaten nur fünf Seemeilen entfernt ist. Gut, unser Zerstörer eilt hin und dreht bei, oder was immer die bei der Marine tun, und schickt eine Crew an Bord. Eine Zwölf-Mann-Crew. Und die Libyer haben wahrhaftig Maschinenschaden, der in etwa einer Viertelstunde von unseren Jungs behoben wird. Dann behaupten die Libyer aber, sie hätten noch ein paar Probleme, die sie gern von der Navy überprüfen ließen, wenn sie schon mal da wäre. Also zeigen sie unsern Jungens die ganze Scheißyacht, von Bug bis Heck. Und wissen Sie was? Es waren keine komisch aussehenden Typen mehr an Bord, wenn man die Libyer nicht zählt.«

»Ziemlich lange Geschichte«, sagte Dunjee. Der Wagen hatte

die Hügelkuppe erreicht und fuhr in eine Einfahrt auf eine Garage zu, die das halbe Erdgeschoß einer dreistöckigen, cremefarbenen Villa einnahm.

Jack Spiceman auf dem Fahrersitz holte eine kleine Metallbox hervor und richtete sie auf die Garage. Er drückte einen Knopf, und das Schwingtor hob sich. Der Wagen fuhr hinein. Das Schwingtor senkte sich wieder.

»Das hier ist das, was man in unserm Gewerbe ein sicheres Haus nennt«, sagte Reese.

»Ein sicheres Haus.«

»Wir steigen jetzt alle aus, gehen nach oben und reden mit jemandem über Ihre nette kleine Karte.«

»Und mit wem reden wir?« fragte Dunjee.

»Einem Patrioten.«

»Soll ich Ihnen was verraten?« sagte Dunjee.

»Was?«

»Genau das zu sein, hat mir kürzlich jemand vorgeworfen.«

29

Sie gingen drei Treppen hoch, Alex Reese voran, hinter ihm Dunjee, dann Keeling, und als Schlußlicht Spiceman. Dunjee entschied, daß es sich um den Personalaufgang handelte. Der Bau schien alt genug, um noch die Zeiten erlebt zu haben, in denen es Personal gab.

Im obersten Stockwerk gingen sie über einen kleinen Flur in einen sonnendurchfluteten Eckraum, der im wesentlichen aus Fenstern und eckigen Möbeln aus Chrom, Leder und Glas zu bestehen schien. Es gab dann noch einen Marmorfußboden, an einer Stelle mit einem dünnen, abgenutzten Teppich bedeckt, der alt und kostbar aussah.

In einem der Chrom-plus-Leder-Sessel saß Leland Timble. Er trug ein indisches Uniformhemd mit vielen Taschen in den Ärmeln, darunter eine hellbraune Hose und darüber ein Lächeln, das Dunjee ausgesprochen albern fand. Timble musterte Dunjee wachsam. Dunjee schenkte ihm nur einen kurzen Blick und sah dann zum Fenster hinaus auf Rom. Der Ausblick war grandios und garantiert teuer, entschied Dunjee, sagte aber bedauerlicherweise nichts über seinen Aufenthaltsort aus.

»Sie sind, nehme ich an, Mr. Dunjee«, sagte Timble.

Dunjee blickte Timble wieder an. »Ich bin Dunjee.«

»Ich bin Leland Timble.«

Dunjee nickte. »Sie rauben Banken aus.«

Timble kicherte. »Und Sie sind der Bakschisch-Mann.«

»Zeitungsklatsch.«

»Ist so was nicht schlimm?«

»Ausgesprochen ärgerlich«, sagte Dunjee. Er wandte sich Alex Reese zu. »Das ist der Patriot, von dem Sie erzählt haben?«

Reese lächelte und hob die Schultern. »Er arbeitet noch dran.«

»Nun«, sagte Timble, »was hat Mr. Dunjee denn für uns?«

Reese holte den Umschlag vom Grand Hotel aus der Tasche und reichte ihn Timble. Timble zog den gefalteten Bogen heraus und faltete ihn auf. Er studierte ihn sorgfältig.

»Ausgesprochen gut gezeichnet, sehr detailliert.« Er sah zu Dunjee hoch. »Bei dem Gebäude scheint es sich um eine Art Bauernhaus zu handeln.«

»Ich habe mir den Plan noch nicht genau ansehen können«, sagte Dunjee.

Timble streckte ihm den Bogen hin, Dunjee kam zu ihm hinüber, nahm den Bogen und betrachtete ihn gründlich. »Wie Sie sagten, ein Bauernhaus.«

»Scheint am Meer zu liegen«, sagte Timble.

Dunjee nickte, den Blick immer noch auf der Karte. »Sieht so aus.«

»Aber an welchem Meer?«

»Wie soll ich das wissen?« Dunjee reichte die Karte zurück. Timble brauchte ein paar Sekunden, um die Karte zusammenzufalten und in den Umschlag zu stecken. Das Strahlerlächeln verschwand. Er blickte zu Keeling hoch und nickte mürrisch.

Keeling drehte sich blitzschnell um und schlug Dunjee hart in den Bauch, genau unterhalb der Gürtelschnalle. Pfeifend entwich die Luft durch Dunjees Mund. Keeling schlug noch einmal zu, härter diesmal und auf etwa dieselbe Stelle. Dunjee krümmte sich zusammen und preßte die Hände auf seinen Bauch. Er rang nach Luft, aber seine Lungen verweigerten den Dienst. Er sackte auf den Marmorboden. Die Übelkeit würgte sich aus dem Magen hoch, Dunjee versuchte, sie zurückzuwürgen, verlor aber. Er erbrach sich auf den Marmorboden.

Jack Spiceman verließ den Raum. Als er zurückkehrte, hockte Dunjee immer noch zusammengekrümmt auf den Knien. Spiceman warf ihm einen Putzlappen zu. »Hier«, sagte er, »wischen Sie's auf.«

Dunjee richtete sich langsam auf. Er probierte ein paar schnelle flache Atemzüge. Sie schienen zu helfen. Er nahm den Putzlappen und wischte das Erbrochene auf. Dann stand er vorsichtig auf, nahm ein Taschentuch heraus und benutzte es, um die Tränen aus seinen Augen und das Erbrochene von seinem Mund zu wischen.

»Das mußte sein, um Zeit zu sparen, Mr. Dunjee«, sagte Timble. »Wir sind äußerst knapp an Zeit.«

»Was wollen Sie?« fragte Dunjee.

»Warum setzen Sie sich nicht zu mir«, sagte Timble und klopfte auf einen Sessel neben sich.

Dunjee ging hinüber und ließ sich in einem Ledersessel nieder, dessen Chromrahmen irgendwie einem Z ähnelte.

»Was wir wollen, ist ganz simpel«, sagte Timble. »Wir wollen Bingo McKay. Den Bruder des Präsidenten«, setzte er noch hinzu, als gäbe es möglicherweise mehrere.

Dunjee nickte.

»Abedsaid weiß, wo er ist, oder?« sagte Reese.

Wieder nickte Dunjee und preßte die rechte Hand gegen seinen Bauch. Es linderte den Schmerz überhaupt nicht.

»Nach meiner Beurteilung ist das ein Doppelgeschäft. Die kleine Karte da ist der erste Teil. Der zweite müßte aus geographischen Angaben bestehen, Koordinaten, Längen- und Breitengraden und all dem brauchbaren Zeug, um sagen zu können, um welches Land es sich handelt, richtig?«

Dunjee räusperte sich. »Etwas in der Art, ja.«

»Verraten Sie mir eins«, sagte Reese, »mit was setzen Sie Abedsaid unter Druck? Bestechung oder Erpressung?«

»Mit ein bißchen von beidem.«

Reese nickte, beinahe anerkennend. »Wieviel bißchen ist ein bißchen – ich rede von der Bestechung.«

»Eine Million.«

»Und woher haben Sie die?«

»Von Paul Grimes«, sagte Dunjee. »Er hat sie heute morgen überwiesen.«

»Grimes hat sie vom Präsidenten?«

Dunjee nickte.

»Und die Million hat unsere kleine Karte hier bezahlt, richtig?« Ohne auf eine Antwort zu warten, fuhr Reese fort: »Was kauft die Koordinaten?«

»Bilder«, sagte Dunjee.

»Unanständige Bilder?«

»Gemeine Bilder«, sagte Dunjee. »Der Oberst ist irgendwie prüde.«

»Wo haben Sie die Bilder her?« fragte Reese.

»Aus Abedsaids Wohnung. In London.«

»Wer ist denn auf den Bildern?« sagte Spiceman.

»Abedsaid und der Deutsche – Diringshoffen.«

»Zusammen im Bett?«

Dunjee nickte.

»Kein Witz?« sagte Spiceman. Er blickte zu Reese hin. »Neigt Diringshoffen . . .«

Leland Timble unterbrach ihn. »Wir sind ins Stocken geraten«, sagte er in einem Ton, der jede weitere Abschweifung verbot.

Franklin Keeling lächelte Dunjee an. »Leland ist uns immer ein bißchen voraus, er ist der Schnelldenker.«

»Er hat recht«, sagte Dunjee.

»Sie sehen das Problem, richtig, Mr. Dunjee?« sagte Timble.

»Ich sehe es, ja.«

»Sehen was?« fragte Keeling.

Timble seufzte. »Wir haben den Wunsch, Mr. Bingo McKay aus der Gewalt seiner Entführer zu befreien und ihn sicher zu seiner Familie zurückzubringen. Für diese patriotische Tat erwarten wir natürlich eine Belohnung. Im schlimmsten Fall eine kleine Haftstrafe mit Bewährung für unsere lang zurückliegenden Jugendsünden. Mr. Dunjees Ziel ist das gleiche – Mr. McKay zu befreien. Nur ist Mr. Dunjee seinem Ziel nahe, während wir es noch nicht annähernd erreicht haben.«

»Wir haben Dunjee«, sagte Keeling.

»Aber nur Mr. Dunjee hat Verbindung zu Mr. Abedsaid. Wir haben keinerlei Ansatzpunkte. Trotzdem können wir Mr. Dunjee nicht seiner Wege gehen lassen, oder? Jedenfalls nicht, bevor Mr. McKay sicher auf dem Weg nach Hause ist.«

Dunjee preßte beide Hände gegen seinen Bauch, schloß die Augen und lehnte sich im Sessel zurück. Er fragte sich, wie lange sie noch brauchten, um zur Lösung des Problems zu kommen, und wer sie zuerst vorschlagen würde. Er setzte eine kleine private Wette auf Reese.

Er verlor. Es war Spiceman, der schließlich sagte: »Die halbe Antwort haben wir ja schon. Wir brauchen nur noch die andere Hälfte.«

Dunjee öffnete die Augen. Spiceman starrte ihn an. »Was wollte er Ihnen im Tausch gegen die unanständigen Bilder geben?«

»Eine Karte. Die richtige Karte.«

»Wann?«

»Heute abend um sechs.«

»Wo ist er jetzt – Abedsaid?«

»In der FAO. Er verhandelt mit Botschafter Dokubo.«

»Dem Nigerianer?«

Dunjee nickte.

»Die Verzögerung der endgültigen Transaktion bis heute abend sechs Uhr leuchtet ein«, sagte Timble. »Abedsaid wollte sichergehen, daß das Geld tatsächlich auf sein Konto überwiesen worden ist. Wohin übrigens? In die Schweiz?«

Wieder nickte Dunjee und schloß die Augen. Jetzt kommt's, dachte er.

»Er ist im Augenblick also mit Botschafter Dokubo zusammen«, sagte Timble. »Wie lange dauern diese Sitzungen gewöhnlich?«

Dunjee machte die Augen wieder auf. »Reden Sie mit mir?«

»Ja.«

»Abedsaid sagt, etwa zwei Stunden. Weil Dokubo ihn hinhalte.«

»Er wird die richtige Karte nicht mit sich herumtragen, oder?« sagte Timble und korrigierte sich selbst. »Natürlich nicht.«

»Wieso nicht?« sagte Dunjee.

»Der Maßstab«, erklärte Timble in einem Ton, als redete er mit einem begriffsstutzigen Kind. »Wenn die Karte, die Sie uns gezeigt haben, Teil der richtigen Landkarte ist, muß diese enorm groß sein. 1:500. Sogar ausgesprochen unhandlich.«

»Vielleicht hat er sie im Hotelsafe?« fragte Keeling.

Timble schüttelte den Kopf. »Nein, glaube ich nicht. Das könnte Aufmerksamkeit erregen. Ich glaube . . . Also, wenn ich Mr. Abedsaid wäre, ich ließe die Karte in meinem Hotelzimmer. Gut versteckt, versteht sich.« Timble verlagerte seinen Blick auf Spiceman, den Ex-FBI-Agenten.

»Ein Bruchjob also«, sagte Spiceman, »oder?«

Timble nickte. »Richtig, Jack.«

»Aber ohne mich«, sagte Spiceman. »Wenn ich geschnappt werde, geht der ganze Handel hoch.«

»Nein, Sie nicht, Jack«, sagte Timble. »Was wir brauchen, scheint mir, ist ein Leih-Dieb. Ein guter.« Er lächelte sein glückstrahlendes Lächeln und blickte sich im Raum um.

Nach kurzem Zögern sagte Dunjee: »Ich kenne einen. Einen guten.«

30

In seinem Hotelzimmer im dritten Stock des Hassler meldete Harold Hopkins sich nach dem zweiten Klingeln.

»Ich bin's, Dunjee. Es hat sich ein kleines Problem ergeben.«

»Ein kleines, sagen Sie? Wie klein?«

»Winzig, könnte man sagen.«

»Und?«

»Ich glaube«, sagte Dunjee, »daß der Araber vorhat, uns reinzulegen.«

»Pfui. Und wie?«

»Ich glaube, er holt sich sein Geld und macht sich aus dem Staub.«

»Was ist denn mit all den hübschen Bildchen? Von ihm und dem deutschen Typ mit dem blonden Haar?«

»Ich glaube, er denkt, er könnte sich schlimmstenfalls rausbluffen – wenn er nicht überhaupt darauf spekuliert, daß wir die Bilder gar nicht erst an den Oberst abschicken.«

»Und damit spekuliert er richtig, oder?«

»Genau. Was hätten sie noch für einen Sinn?«

Hopkins legte zwei Sekunden Pause ein, ehe er sagte: »Mit anderen Worten, keine Karte.«

»Keine Karte«, sagte Dunjee. »Es sei denn, Sie wären an einer Zulage interessiert, einer Zulage von, na, sagen wir zehntausend.«

»Zehntausend. Dollar?«

»Dollar.«

»Irgendwas mit der Karte, schätze ich.«

»Sie holen sie aus seinem Hotelzimmer.«

»Für zehntausend?«

»Für zehntausend.«

»Nein, danke«, sagte Hopkins.

»Hören Sie, Harold, es ist für Sie ein Spaziergang. Rein und wieder raus. Abedsaid ist nicht da. Er verhandelt mit dem nigerianischen Botschafter. Sie haben mindestens eine Stunde – vielleicht anderthalb sogar. Fünf Minuten Arbeit, und Sie sind fünfzehntausend Dollar reicher.«

»Fünfzehn sind es jetzt?«

»Fünfzehn.«

Es folgte langes Schweigen. Schließlich beschloß Hopkins, es zu beenden. »Okay. Wonach genau soll ich suchen?«

Dunjee erklärte ihm genau, wonach er zu suchen hatte, nannte ihm die Zimmernummer von Abedsaid im Grand Hotel und gab an, wohin er die Karte bringen sollte, nachdem er sie gestohlen hatte. Hopkins schrieb alles auf einen Briefbogen des Hassler Hotel.

»Mir gefällt das immer noch nicht«, sagte Hopkins.

Dunjee seufzte ins Telefon. »Fünfzehntausend, Harold.«

»Nicht viel Kies, oder? Für das Risiko und alles.«

»Fünfzehn, Harold. Maximum.«

»Okay. Versuchen mußte ich es wenigstens, oder?« sagte Hopkins und hängte ein.

Er drehte sich vom Telefon ins Zimmer, auf dem Gesicht ein strahlendes Lächeln, und blickte die beiden Personen an, die mit ihm im Zimmer saßen, den Mann im Sessel und die Frau auf der Bettkante.

»Wie war ich?« sagte Hopkins.

»Absolut überzeugend«, sagte Delft Csider.

Paul Grimes nickte mit seinen diversen Kinnpolstern. »Perfekt.«

»Jetzt wird's ein bißchen riskant, schätze ich«, sagte Hopkins.

Wieder nickte Grimes. »Ein bißchen schon«, sagte er.

Hopkins stieg am Eingang des Grand Hotel aus dem Taxi, überzahlte den Fahrer, sah sich lässig nach allen Seiten um und betrat die Hotelhalle. Er steuerte den Zeitungsstand an und kaufte sich eine einen Tag alte *Times*. Als er sich wieder umdrehte, betrat gerade die pummelige Frau mit der grünen Hose, dem orangefarbenen Pullover und dem mausgrauen Haar die Halle. Hopkins ging auf den Fahrstuhl zu und las dabei die Schlagzeilen.

Im dritten Stock stieg er aus und bewegte sich flink über den Flur zu Zimmer 318. Die Zeitung hatte er unter den linken Arm geklemmt. Er langte in seine rechte Hosentasche, sah scharf nach rechts und links, holte einen Schlüssel hervor, schloß die Tür auf und schob sich blitzschnell ins Zimmer.

Der Libyer stand mitten im Raum. Er war hochgewachsen und um die Dreißig, mit einem steifen, mißbilligenden Mund und absolut argwöhnischen Augen. Hopkins reichte ihm wortlos den Zimmerschlüssel.

Der Libyer nahm den Schlüssel und übergab Hopkins einen großen Manila-Umschlag, den Hopkins in die *Times* schob. Er sah auf seine Uhr und dann zurück zu dem Libyer. »Sie sprechen englisch, Junge?«

Der Libyer schüttelte den Kopf.

Hopkins zeigte auf seine Uhr, hielt dann die rechte Hand hoch und spreizte alle fünf Finger. Der Libyer nickte. Hopkins sah sich um, fand einen Stuhl, setzte sich, holte seine Zigaretten heraus und zündete sich eine an. Der Libyer ging zur Kommode, faltete die Arme und lehnte sich dagegen.

Nachdem fünf stille Minuten vergangen waren, drückte Hopkins seine Zigarette aus, stand auf und bewegte sich auf die Tür zu. Er drehte sich nochmals um und sagte: »Ciao« zu dem Libyer. »Ciao«, sagte der Libyer, als Hopkins die Tür öffnete, sich hinausschob und sie leise hinter sich schloß.

Auf halbem Weg zum Fahrstuhl begegnete ihm die maushaarige Frau in Grün und Orange. Sie ging langsam mit prüfend gefurchter Stirn und einem Stück Papier in der Hand von Tür zu Tür, als suche sie nach einer Zimmernummer. Hopkins nahm die rechte Hand hoch und begann, sich ein Auge zu reiben. Er wandte ein wenig sein Gesicht ab, während er an ihr vorbeiging, aber sie blickte ihn gar nicht an.

Draußen vor dem Hotel fand Hopkins ein Taxi und zeigte dem Fahrer die Adresse, die Dunjee ihm telefonisch durchgegeben hatte. Der Fahrer nickte. Hopkins rutschte, das Hinterteil voraus, auf den Rücksitz des Wagens. Er sah, wie die maushaarige Frau gerade das Hotel verließ.

Die maushaarige Frau wartete, bis das Taxi abgefahren war. Dann kehrte sie ins Hotel zurück. In einer der öffentlichen Telefonzellen wählte sie eine Nummer. Eine männliche Stimme meldete sich beim zweiten Durchklingeln.

»Ja?«

»Er ist auf dem Weg«, sagte die Frau. Sie sprach englisch mit leichtem italienischem Akzent. »Er war etwa fünf Minuten und einundzwanzig Sekunden im Hotelzimmer.«

»Das sollte reichen.«

»Fand ich auch«, sagte die Frau und hängte ein.

Es war Alex Reese gewesen, der den Anruf von seiner maushaarigen CIA-Beamtin entgegengenommen hatte. Aber es war Jack Spiceman, der vor der Garagentür der Villa stand, als Hopkins' Taxi vorfuhr.

Spiceman wartete, bis Hopkins den Fahrer bezahlt hatte und aus dem Taxi gestiegen war. Er kam auf ihn zu. »Sie sind Hopkins?«

»Ich bin Hopkins. Und wer könnten Sie sein?«

»Benedict«, sagte Spiceman.

»Wo ist Dunjee?«

»Oben.« Spiceman zog eine kleine Metallbox heraus, hielt sie gegen die Garagentür und drückte auf einen Knopf. Die Schwingtür hob sich.

»Zauberei«, sagte Hopkins.

»Zauberei«, stimmte Spiceman zu.

Hopkins stieg vor Spiceman die Personaltreppe hinauf. Oben überholte Spiceman ihn und führte ihn über den Flur in den sonnendurchfluteten Raum. Als Hopkins eingetreten war, blickte er sich langsam um. Leland Timble saß mit seinem albernen Strahlerlächeln in einem Sessel. Alex Reese und Franklin Keeling standen. Dunjee hockte in seinem Chrom-und-Leder-Sessel, eine Hand immer noch gegen seinen Bauch gepreßt.

Hopkins' Augen blieben auf Dunjee hängen. »Wir haben noch ein paar Partner, oder?«

Dunjee nickte. »Ein paar. Haben Sie sie?«

»Natürlich.«

»Irgendwelche Probleme?«

Hopkins schüttelte den Kopf. »Ein Spaziergang.«

»Geben Sie sie ihm«, sagte Dunjee und nickte zu Alex hin, »dem Typ da mit dem Kahlkopf.«

»Er meint Sie, Junge, schätze ich«, sagte Hopkins, holte den Umschlag aus der Zeitung und reichte ihn Reese.

Die Karte, die Reese auf einem Glastisch am Fenster auffaltete, war groß. Etwa einsfünfzig mal einsfünfzig Meter und auf dickes starkes Papier gedruckt. Timble war schon auf den Beinen, die kleine Karte, in die das Bauernhaus eingezeichnet war, in der rechten Hand. »Eine Insel also«, sagte er überrascht, als er auf die große Karte blickte.

Reese nickte. »Comino.«

»Nie gehört.«

»Die kleinste maltesische Insel«, sagte Reese über die Karte gebeugt. »Etwa zwei Quadratkilometer groß. Wenn ich mich recht erinnere, wohnten bei der letzten Volkszählung da neunzehn Figuren. Oder zwanzig.«

»Und genau hier rein« – er zeigte auf einen Punkt der großen Karte –, »paßt unsere Karte, das Bauernhaus.« Jack Spiceman und Franklin Keeling kamen, um es sich anzusehen. Während vier Männer über die Karte gebeugt standen, wandte Hopkins sich an Dunjee.

»Wissen Sie was?«

»Was?« sagte Dunjee.

»Wir sind dran vorbeigefahren, auf dem Weg hierher. Sogar halb herum, genau genommen.«

»Ums Colosseum?«

»Ums Colosseum! Wäre ja richtig schade gewesen, nach Rom zu kommen und das Colosseum nicht zu sehen. Ich hatte es mir größer vorgestellt und nicht so baufällig. Aber es war schon ein Anblick.«

Timble am Tisch sagte: »Holen Sie mir bitte das Lineal, Franklin?«

»Sofort«, sagte Franklin Keeling. Er wischte sich mit seiner großen Hand über den Mund und setzte sich in Bewegung. Von einem Tisch nahm er ein großes Lineal und machte sich auf den Rückweg. Als er genau hinter Harold Hopkins war, bleib er stehen.

»Wissen Sie, Mr. Dunjee«, erzählte Hopkins weiter, »ich wäre verdammt gern reingegangen. Um zu sehen, wo die Löwen die Christen gefressen haben. Darüber habe ich in der Schule gelesen, wirklich. Zu schade, daß ich . . .«

Er kam nicht mehr dazu, seinen Satz zu beenden. Keeling holte die Pistole mit einer einzigen blitzschnellen Handbewegung aus seiner Jackentasche und hielt den Lauf genau hinter Hopkins' linkes Ohr. Die Pistole war klein, eine .22er Automatik italienischer Fabrikation, die Waffe eines Meuchelmörders. Keeling drückte zweimal ab.

Hopkins hörte mitten im Satz auf zu reden. Es mochte Erstaunen sein, was sich auf seinem Gesicht ausbreitete. Oder Schmerz. Wer wußte das schon? Er schaffte es noch, die Augen zuzukneifen, ehe er fiel, ein bißchen zur Seite geneigt, ein bißchen in der Taille abgeknickt, die Arme baumelnd und unbrauchbar zu beiden Seiten. Vornübergeneigt schlug er auf dem Marmorboden auf, mit zwei kleinen, rötlich-schwarzen Löchern genau unter und neben dem linken Ohr. Sein rechtes Bein bewegte sich, trat kraftlos ins Leere, dann lag er ganz still.

Dunjee war aufgesprungen und schon auf den Knien neben ihm. Seine rechte Hand streckte sich aus, als wolle sie Hopkins berühren, zögerte aber mitten in der Bewegung und hing in der Luft, als überlege Dunjee noch, wie man einen Toten tröstet.

Er leugnete es zunächst, vor sich selbst. Er leugnete die unabweisbare Tatsache vor sich selbst, daß Hopkins tot war. Der Beweis lag sichtbar vor ihm, aber er leugnete ihn, bis der Zorn ihn übermannte. Ein bis zur Weißglut entfachter Zorn, der sich indes nicht gegen Hopkins' Killer sondern gegen Hopkins selbst richtete. Das hast du dir selbst eingebrockt, armes Schwein, dachte Dunjee. Du hättest bei deiner Hure in London bleiben sollen. Du hättest bei den Sächelchen bleiben sollen, die dir ab und zu vor die Füße gefallen sind. Du hättest nicht so habgierig sein sollen.

Aber schnell wich sein Zorn einer glasklaren, kalten Wut, die sein Gesicht versteinerte, bis er sich zu einem Lächeln entschloß. Einem Lächeln, das sich kaum merklich um seinen Mund legte und wie eingemeißelt schien. Ein schreckliches Lächeln.

Mit diesem grauenhaften Lächeln um den Mund drehte Dunjee sich um und sah zu Leland Timble hoch. »Das war nicht . . .« Er brach ab, weil er hatte sagen wollen, das war nicht redlich. Aber er wußte, daß sie das nicht verstehen würden. Also sagte er: »Das war nicht nötig.«

Timbles Gesichtsausdruck war feierlich. Aus unerfindlichen Gründen blickten seine Augen weise drein. »Doch, es war nötig, Mr. Dunjee. Aus zwei Gründen.«

»Ich höre«, sagte Dunjee freundlich und fragte sich, wann seine Lippen anfangen würden zu schmerzen.

»Erstens, nachdem Ihr Partner seine Aufgabe ausgeführt hatte, wurde er überflüssig, total überflüssig. Und zweitens brauchen wir Ihre volle, ungeteilte Aufmerksamkeit.«

Dunjee blickte hinab auf den toten Harold Hopkins. Dann erhob er sich, die Augen fest auf Timble gerichtet, die Lippen in jenem schrecklichen Lächeln eingefroren.

»Meine Aufmerksamkeit also«, sagte er.

Timble nickte. »Ja, Ihre Aufmerksamkeit. Ihre volle Aufmerksamkeit.«

Dunjee nickte zurück. »Die können Sie haben, Mann«, sagte er. »Uneingeschränkt.«

31

Sich des ganzen Gewichts seiner CIA-Position bedienend, genügten Alex Reese drei Telefonate, um alles Erforderliche in die Wege zu leiten – Flugtickets, Bodentransport, ein Boot. Sogar die Waffen lagen auf Malta bereit. Er sorgte schließlich auch noch für den Abtransport von Hopkins' Leiche. Das erforderte den dritten Anruf.

Während am einen Ende des immer noch sonnendurchfluteten Zimmers Alex Reeses tiefer Baß ins Telefon dröhnte, skizzierte Timble am anderen Ende die Lage und die Optionen, die Dunjee ihm eröffnet hatte.

»Nach Ihren Informationen haben also die Libyer Mr. McKay und seine Begleiterin von der Yacht in dieses alte Bauernhaus auf die Insel Comino gebracht, richtig?«

Dunjee nickte.

»Weiterhin hat Mr. Abedsaid Sie wissen lassen, daß die beiden Gefangenen inzwischen nur noch von den drei Terroristen bewacht werden – zwei Männern und einer Frau, auch richtig?«

Dunjee nickte wieder.

»Die beiden Fragen, die sich für uns daraus ergeben«, sagte Timble langsam, »sind: Erstens, warum hielten die Libyer die Yacht nicht länger für passend als Gefängnis? Und zweitens, warum wählten sie dieses alte Bauernhaus, und wem gehört es?«

»Das sind drei Fragen«, sagte Dunjee.

»Ich lasse mich gern korrigieren.«

»Erstens, die Yacht zog zuviel Aufmerksamkeit auf sich,

behauptet jedenfalls Abedsaid. Das Bauernhaus dagegen liegt völlig isoliert. Und ist praktisch nur ein Haufen Steine. Vor einem Jahr entdeckte es ein libyscher Tourist, fand es originell und pachtete es für zwanzig Jahre mit der Vorstellung, es irgendwann zu einem Ferienhaus umzufunktionieren. Abedsaid behauptet, daß der Mann kein Geld oder kein Interesse mehr hatte, oder beides. Abedsaid hat mir das alles erzählt, hat mir aber nicht verraten, wo das Bauernhaus liegt. Ich hatte keine Ahnung, daß es auf der Insel Comino steht.«

Timble schürzte die Lippen. »Hört sich logisch an. Ich meine, das Bauernhaus gab nicht nur ein passendes Gefängnis her, sondern bot auch den drei Terroristen einen sicheren Zufluchtsort. Ganz schön schlau ausgedacht.«

»Und was ist mit mir?« fragte Dunjee.

»Mit Ihnen? Tja, ich fürchte, Mr. Dunjee, Sie haben nur zwei Möglichkeiten. Entweder tun Sie sich mit Ihrem Freund da drüben in der Ecke zusammen –«, Timble winkte zu der Leiche von Hopkins hin, die, in einen Teppich gewickelt, in der Ecke lag –, »oder Sie tun sich mit uns zusammen.«

»Meine Antwort können Sie sich denken«, sagte Dunjee. »Nur sehe ich nicht, was ich zu bieten habe.«

Timble wählte das Wort sorgfältig. »Glaubwürdigkeit.«

»Sie meinen, nachdem Bingo McKay befreit worden ist – falls er befreit wird.«

»Genau. Washington wird dann davon in Kenntnis gesetzt, daß es nur meiner Hilfe und der meiner Partner zu verdanken ist, daß die Rettung gelang. Mr. Reese wird es bestätigen. Ihre Aussage ist gewissermaßen das Pünktchen auf dem i. Natürlich beabsichtige ich, Sie zu entschädigen. Was sagen Sie zu 250 000 Dollar?«

Es dauerte einige Sekunden, bis Dunjee antwortete. Als er dann antwortete, lag wieder jenes kleine, schreckliche Lächeln um seinen Mund. »Ich sage ja.«

»Gut. Das wäre geregelt.«

»Verraten Sie mir noch was«, sagte Dunjee. »Erwarten Sie eine Art Gnadenerlaß dafür?«

»Ganz gewiß nicht. Meine Vergehen sind zu . . . na, sagen wir, zu überdimensional. Aber ich schätze, ich kann mit einer leichten Strafe auf Bewährung rechnen. Was glauben Sie?«

»Keine Ahnung. Aber ich frage mich, warum Sie nicht einfach

im Ausland bleiben.«

»Weil ich Heimweh habe, Mr. Dunjee.«

Die fünf Männer flogen mit der Air Malta am frühen Nachmittag vom Flughafen Fiumicino in Rom ab. Sie saßen in der Touristenklasse. Diesmal fand Dunjee sich eingekeilt zwischen Franklin Keeling und Jack Spiceman. In der vorderen Sitzreihe saß Alex Reese am Fenster und neben ihm Leland Timble.

Timble hatte einen kanadischen Paß benutzt, um durch den Zoll zu kommen. Er hatte sich überdies eine Art Verkleidung geleistet – eine aschblonde Perücke, die über die Ohren hing und als Pony vorn bis zu den Augen reichte. Nachdem er noch eine dunkle Brille aufgesetzt hatte, schien er sich für nachgerade unsichtbar zu halten.

Der Flug nach Valletta dauerte eine knappe Stunde. Da keiner von ihnen Gepäck hatte, eilten sie unbehelligt durch den Zoll. Vor dem Flughafengebäude hielt ein Mann in den Dreißigern mit Hängeschnurrbart und Schottenmütze ein Schild hoch, auf dem »Mr. Arnold« stand.

»Das ist unser Taxi«, sagte Reese und schritt auf den Mann zu. Dunjee wurde wieder zwischen Spiceman und Keeling auf die Rückbank plaziert. Timble saß zwischen dem schweigsamen Fahrer und Reese, der sich aus einer kleinen Flasche Cognac stärkte. Niemand mußte dem Fahrer das Ziel nennen.

Das Boot lag am Kai von Marsaxlokk. Die fünf Männer stiegen aus dem Taxi und bewegten sich auf das Boot zu. Keiner redete mit dem Fahrer. Keiner gab ihm Geld. Als alle ausgestiegen waren, fuhr das Taxi sofort ab.

Das Boot war ein Sieben-Meter-Kajütkreuzer. Es war hellblau angestrichen mit einem dunkelblauen Rand. Die blanken Teile funkelten. Dunjee kannte sich nicht mit Booten aus, fand aber, daß der Kahn ziemlich neu aussähe. Der am Heck aufgemalte Name war *Maria.*

»Und wer steuert das Boot?« fragte Dunjee.

»Spiceman«, sagte Keeling. »Er hatte ein etwas kleineres in Washington. Es lag damals in Anacostia.«

Spiceman war als erster an Bord. Er ging nach unten in die Kajüte, kam wieder hoch und betrachtete die Instrumente. »Scheint alles okay«, sagte er und startete die Maschinen, die sofort ansprangen.

Reese wandte sich an Dunjee. »Sie, ich und Keeling gehen jetzt nach unten und sehen uns die Zuckerstangen an«, sagte er. »Leland kümmert sich um die Leinen.«

Auf der Backbordseite waren unten zwei Kojen, eine dritte quer vorn, die herabgezogen werden konnte. Es gab auch eine kleine Pantry und eine Toilette. Auf der unteren Koje lagen zwei große Koffer. Reese öffnete den ersten. Auf einem Polster aus ausgedienten Bademänteln lagen drei M-16-Gewehre, ein Stapel Magazine und eine Rolle Klebeband. Dunjee zählte zwanzig Magazine.

Reese blickte zu Dunjee hin. »Sie wissen noch, wie man damit umgeht, oder?«

»Ich denke schon.«

Reese öffnete den zweiten Koffer. In ihm lagen noch eine M-16, zehn weitere Magazine, ein Megaphon und sechs Splittergranaten. Reese knurrte. »Die haben wohl gedacht, wir wollten einen Krieg anfangen.«

Er nahm ein Gewehr hoch und gab es Dunjee. »Hier«, sagte er und reichte gleich ein Magazin hinterher. »Das brauchen Sie auch.«

»Ich brauche zwei«, sagte Dunjee. Das Boot legte gerade ab.

Reese gab ihm noch ein Magazin. »Und noch etwas Klebeband«, sagte Dunjee.

Timble kam gerade nach unten in die Kajüte, als Dunjee die beiden Magazine versetzt zusammenklebte. Er schob ein Magazin in den Verschluß.

»Warum haben Sie sie zusammengeklebt?« fragte Timble.

»Deshalb«, sagte Dunjee, ließ blitzschnell das Magazin herausfallen, schlug es zur Seite und haute das andere Magazin in den Verschluß.

»Oh«, sagte Timble, »wenn das eine leer ist, richtig?«

»Dunjee war so eine Art Held in Vietnam«, sagte Reese.

»Wirklich?« fragte Timble interessiert.

»Wirklich«, sagte Dunjee.

Spiceman ließ das Boot an der schmalen Felsküste auf Grund laufen. Scharfe Klippen rissen ein gezacktes, dreißig Zentimeter langes Loch in den Bug des Bootes. Die Männer sprangen ins knietiefe Wasser und wateten an Land. Alex Reese verließ als letzter das Boot. Er trug das Megaphon und eine M-16. Keiner blickte zum Boot zurück, das langsam voll Wasser lief. Wieder schien es keinen zu kümmern.

Es war Vollmond. Dick und rund und hell hing er am Himmel. Dunjee drehte sich zu Reese um. »Haben Sie auch den Mond bestellt?«

»Den nicht, aber das Wetter.«

Es war warm, vielleicht gut zwanzig Grad. Die fünf Männer trugen ähnliche Kleidung – Jacken, Hemden ohne Schlips, Hosen und normale Straßenschuhe. Zwei hatten sogar weiße Hemden an. Dunjee war froh, daß seins blau war.

Sie sammelten sich um Keeling, der die große Karte zu einem dicken Paket von dreißig Quadratzentimetern zusammengefaltet hatte. »An sich müßte es irgendwelche Stufen geben, die die Klippe hinaufführen«, sagte Keeling.

Dort, wo die kleine, felsige Küste endete, ragte die Klippe senkrecht etwa fünfzehn Meter in den Nachthimmel. Sie schien aus glattem massivem Gestein. Wenn es keine Stufen gab, hielt Dunjee es für unmöglich, nach oben zu gelangen.

Keeling hatte eine Stablampe bei sich. Er knipste sie an und ließ den Scheinwerfer über die Felswand wandern. Er entdeckte die erste Stufe ein wenig seitwärts links. Sie war gut fünfzig Zentimeter hoch und ganz eng, in der Breite wie in der Tiefe. Die Stufen waren dann alle hoch und eng, und alle waren abgetreten und schienen vor ewigen Zeiten in den Felsen geschlagen worden zu sein. »Die hat man wohl für Ziegen gemacht«, sagte Keeling.

»Ich finde, wir sollten starten«, sagte Timble.

Dunjee ging an Timble heran. »Ich habe eine Frage.«

»Ja?«

»Wenn wir oben ankommen, wer hat das Kommando? Hinter der Steinmauer oben warten drei Leute, die aller Wahrscheinlichkeit nach ziemlich bald anfangen werden, auf mich zu schießen. Also wüßte ich gern, wer das Unternehmen führt.«

Timble nickte. »Meine diesbezügliche Erfahrung ist begrenzt.«

»Ich bin froh zu hören, daß Sie sich nicht überschätzen«, sagte Dunjee.

»Also übernimmt Mr. Keeling das Kommando.«

»Er gibt die Befehle?«

Timble nickte. Dunjee wandte sich an den großen Mann mit dem teigigen Gesicht, der sich manchmal auch Arnold nannte. »Haben Sie so was schon gemacht?«

»Ein- oder zweimal«, sagte Keeling.

»Ich war nur neugierig.«

»Kann ich Ihnen nicht verdenken.« Keeling wandte sich an die anderen. »Gut. Ich gehe als erster nach oben. Dunjee folgt mir, dann Jack, dann Leland. Reese, Sie sind die Nachhut.«

Niemand widersprach. Keeling trat auf die erste hohe Stufe und kletterte mühelos nach oben. Dunjee folgte ihm. Es war leichter, als er gedacht hatte. Als er die letzte Stufe erreicht hatte, blieb er stehen und hob vorsichtig den Kopf über den Klippenrand.

Keeling lag schon platt am Boden. Er wandte den Kopf zurück und sagte zu Dunjee: »Da vorn, sehen Sie?«

Dunjee sah etwa zehn Meter vor sich eine niedrige Steinmauer, die nur noch in Resten vorhanden war. An einigen Stellen war sie bis auf einen Viertelmeter abgebröckelt, nur ein geringer Teil hatte sich in der ursprünglichen Höhe von dreiviertel Meter erhalten. Die Mauer zog sich etwa sieben Meter zu beiden Seiten von Keeling hin und schien dann aufzugeben. Sie verlor sich in zwei kleinen Hügeln aus Steinen.

»Von da aus operieren wir«, sagte Keeling, »von der Mauer aus. Geben Sie das weiter.«

Dunjee gab es an Spiceman weiter und robbte dann flach am Boden auf Knien und Ellenbogen an die Mauer heran, die M-16 fest in den Armbeugen.

Als er die Mauer erreicht hatte, spähte Keeling schon vorsichtig über sie hinweg. »Da sehen Sie«, sagte er.

Dunjee schmierte sich Erde auf die Stirn, ehe er langsam den Kopf so weit über die Mauerbrüstung hob, bis er sehen konnte, was auf der anderen Seite lag. Es war das Bauernhaus. Die Entfernung betrug etwa vierzig Meter. Das ebenerdige Haus war quadratisch aus Steinen erbaut, hatte ein flaches Dach und eine Holztür, die eindrucksvoll massiv aussah. Die Tür war geschlossen. Zu beiden Seiten lagen die zwei Fenster. Die Läden waren geschlossen. Aber durch die Ritzen drang Licht nach draußen. Dunjee suchte nach Stromkabeln, konnte aber keine entdecken. Er n ahm an, das Licht käme entweder von öl- oder batteriegespeisten Lampen. Vielleicht sogar von Kerzen.

»Das ist eine Festung«, sagte Dunjee.

Keeling knurrte. »Wenn wir nicht reinkönnen, müssen wir sie rauslocken, schätze ich.«

Keeling drehte sich um und beobachtete, wie die anderen drei Männer angekrochen kamen. Nachdem jeder einen schnellen Blick über die Mauerbrüstung geworfen hatte, sah Keeling Reese an und sagte: »Kannst du dich erinnern, was ich dir damals in Luanda erzählt habe?«

Reese nickte. »Soll ich es versuchen?«

»Warum nicht?«

Reese nahm das Megaphon. »Ich versuche, sie aus dem Haus zu reden.«

Er setzte das Megaphon an die Lippen. »Sie da, im Haus!« Sein tiefer Baß schien förmlich aus dem Megaphon zu kollern. »Hier spricht die Regierung der Vereinigten Staaten. Sie sind umzingelt. Wenn Sie die Waffen vors Haus werfen und mit erhobenen Händen herauskommen, wird Ihnen nichts geschehen. Ich wiederhole: Werfen Sie die Waffen vors Haus und kommen Sie mit erhobenen Händen heraus. Sie haben drei Minuten Zeit.«

Mitten in Reeses Aufforderung gingen im Bauernhaus die Lichter aus. Es waren dicke Kerzen auf Untertassen, und es war Ko Yoshikawa, der sie ausblies. »Kannst du was sehen?« fragte er.

Bernt Diringshoffen kniete schon am Fenster und spähte durch die Ritzen. In seiner linken Hand hielt er ein Kalaschnikoff-Sturmgewehr. »Nichts«, sagte er.

»Ich habe es gleich gesagt«, flüsterte Françoise Leget erregt ins Dunkel. »Ich habe gleich gesagt, daß es eine Falle ist. Jetzt bringen sie uns um. Ich habe es vorgestern geträumt. Und ich habe euch gesagt, was passieren wird.«

»Halt den Mund, Françoise«, sagte Ko erschöpft.

»Aber mich bringen sie nicht um«, sagte sie, »mich nicht. Ich lasse mich nicht einfach von ihnen töten wie Felix.«

Irgend etwas polterte. Ko blickte sich um, konnte aber nichts sehen. Er benutzte ein Wegwerffeuerzeug, um zu sehen, was Françoise machte.

Das Poltern kam von dem Kofferdeckel, den sie gegen die Wand geknallt hatte. Sie wühlte suchend im Koffer. Ihr Gewehr lag neben ihr am Boden.

»Was, zum Teufel, machst du da, Françoise?« fragte Ko, und zu seinem Ton von Erschöpfung gesellte sich Abscheu.

»Mich bringen sie nicht um. Ich will nicht sterben. Ich kann nicht sterben. Ich gehe raus. Versucht nicht, mich aufzuhalten. Ich gehe raus und erkläre ihnen alles. Sie werden mich verstehen.«

»Laß sie laufen«, sagte Diringshoffen vom Fenster aus. »Sie ist verrückt.«

»Ich bin nicht verrückt, ihr seid die Verrückten. Bleibt doch hier und laßt euch umbringen. Ich will leben. Das ist wichtig – leben.«

Sie erhob sich. Noch in der fast totalen Finsternis konnte Ko die weiße Bluse sehen, die sie in der Hand hielt. Es war ihre Flagge der Kapitulation.

»Ich werde alles erklären«, sagte sie, »sie werden mich verstehen.«

»Sie werden dich abschießen«, sagte Ko.

»Nein, nicht mich. Ich ergebe mich, erkläre alles und sie werden mich verstehen. Ich werde leben.«

Sie bewegte sich auf die Tür zu. »Dann bis bald, Françoise«, sagte Ko.

Dunjee sah, wie die Tür des Bauernhauses aufschwang. Irgend etwas Weißes flatterte.

Reese setzte das Megaphon an die Lippen. »Wir sehen Ihre weiße Fahne. Wir respektieren sie. Kommen Sie langsam mit erhobenen Händen heraus.«

Jack Spiceman legte seine M-16 an die Wange und nahm die Tür ins Visier.

»Ob das ein Trick ist?« fragte Dunjee.

»Weiß man das?«

Alle fünf Männer beobachteten Françoise Leget, die langsam mit erhobenen Händen aus dem Bauernhaus kam, die weiße Bluse in der Linken.

Sie ging langsam auf die Steinmauer zu. Als sie etwa zwanzig Meter weit gegangen war, schoß Jack Spiceman ihr ins linke Knie. Françoise Leget taumelte zu Boden. Dann begannen die Schreie.

32

Nachdem Françoise Leget fast fünf Minuten ununterbrochen geschrien hatte, fragte Dunjee Keeling: »Warum gebt ihr ihr nicht den Gnadenschuß?«

»Das würden Sie machen, oder?« sagte Keeling.
»Ich weiß nicht«, sagte Dunjee.
»Der Grund, warum ich sie nicht von Spiceman fertigmachen lasse, ist, daß die drinnen in schätzungsweise zwei Minuten irgend etwas Unüberlegtes tun werden.«
»Ihre Geiseln töten, zum Beispiel?«
Keeling schüttelte den Kopf, während er weiter über die Mauerbrüstung spähte. Spiceman neben ihm hatte erfolgreich einen Stein aus der Brüstung herausgelöst und sich damit eine perfekte Schießscharte geschaffen, durch die er zielen konnte.
»Erklär du es ihm, Jack«, sagte Keeling.
Spiceman nahm die Augen nicht vom Visier seines Gewehrs, das auf die Bauernhaustür gerichtet war. Er bewegte kaum die Lippen, als er redete. »Jetzt töten sie ihre Geiseln nicht mehr. Die Geiseln sind ihre einzige Garantie, von hier lebendig wegzukommen. Mit dem Schuß auf die Frau haben wir sie gründlich verunsichert. Sie sind nervös. Und weil sie nervös sind, tun sie vermutlich irgendwas Blödsinniges.« Spiceman schwieg einen Augenblick und fuhr dann fort: »Natürlich ist auch vorstellbar, daß sie ihr Soll an Blödsinn für den heutigen Tag schon erfüllt haben. Vielleicht haben sie McKay und seine Freundin längst umgebracht, schon ehe wir herkamen.«
Keeling schüttelte den Kopf. »Glaube ich nicht. In dem Fall wären sie längst nicht mehr hier.« Er blickte auf seine Uhr. »Sie ist schon ein Schreihals, wie?«
Bernt Diringshoffen im Bauernhaus blickte durch die Ritzen des einen Fensterladens. »Wenn du ihre Köpfe fünf, sechs Sekunden lang untenhältst, könnte ich Françoise holen.«
»Nein«, sagte Ko Yoshikawa.
»Fünf Sekunden. Fünf Sekunden reichen.«
»Nein.«
»Es geht, garantiert«, beharrte Diringshoffen. »Zwei Sekunden hin, drei zurück. Ich ziehe sie mit dem linken Arm und schieße mit dem rechten. Das hält ihre Köpfe unten.«
»Nein.«
Sie horchten auf Françoises Schreie. Diringshoffen drehte sich zu Kos dunkler Gestalt um, der am anderen Fenster kniete. »Sie ist am Ende, oder?«
»Fast.«

»Aber ich lasse sie nicht einfach da sterben.«

»Du bist verrückt«, sagte Ko. »Genauso verrückt wie sie.«

»Ich hole sie, gibst du mir Feuerschutz?«

Ko seufzte. »Okay.«

»Zwei Sekunden hin, drei zurück.«

»Ja, sicher.«

Diringshoffen rannte aus der Tür. Tief gebückt rannte er auf Françoise Leget zu und schoß, während er rannte. Alle hinter der Mauerbrüstung gingen in Deckung, als Ko sie mit seinem Gewehr abkämmte. Alle zogen die Köpfe ein, bis auf Jack Spiceman, der Diringshoffen neunmal getroffen hatte, ehe er die schreiende Frau überhaupt erreichte. Stille breitete sich aus. Dann zielte Spiceman sorgfältig und schoß Françoise Leget zweimal durch den Kopf.

»Sie ging mir langsam auf die Nerven«, sagte er.

Keeling wandte sich an Reese. »Lüg ihm noch ein bißchen was vor, Reese.«

Der kahlköpfige Mann setzte das Megaphon an die Lippen, dachte kurz nach und rief: »Sie da drinnen. Der einzige, der übriggeblieben ist. Sie haben noch eine Chance. Schicken Sie die Geiseln heraus. Ich wiederhole: Schicken Sie die Geiseln heraus. Das ist Ihre letzte Chance.«

Ko Yoshikawa hörte dem tiefen Baß zu, der aus dem Megaphon polterte. Beinahe gleichgültig dachte er einen Augenblick an die Geiseln. Er mochte Bingo McKay irgendwie. Er mochte seinen schnellen Witz, seinen Humor und seine Haltung. Der einohrige Mann hatte eine großartige Haltung bewahrt. Aber trotzdem war Bingo McKay der Feind gewesen. Nicht der wirkliche Feind, natürlich nicht. Der wirkliche Feind lauerte da draußen hinter der Mauer im Dunkel. Mit Bingo McKay hatte man diskutieren können. Und Ko hatte mit ihm diskutiert. Sie hatten großartige, weitgreifende Gespräche über Politik und Kunst und überhaupt über das Leben geführt, auch über die Zukunft der Menschheit.

Aber es war nutzlos, die Geiseln jetzt noch hinauszuschicken. Völlig nutzlos. Ob das denen hinter der Mauer nicht klar war? Es war einfach nicht mehr wichtig, da ohnehin alles vorbei war. Fast vorbei. Ko haute ein neues Magazin in sein Gewehr und benutzte den Lauf, um die Läden aufzustoßen. Er legte den Lauf auf das Fenstersims und leerte das ganze Magazin in die Mauer. Es folgte eine unheimliche Stille.

Ko schob ein neues Magazin in den Verschluß, legte die Hand um den Mund und schrie ihnen zu, schrie dem amerikanischen Feind zu: »Hol mich doch, Bulle.«

Keeling hinter der Mauer drehte sich zu Dunjee um. »Was schreit er da?«

»Ich glaube: ›Hol mich doch, Bulle‹.«

»Ja, ich schätze, das werden Sie dann wohl tun müssen, Kriegsheld.«

»Ich?« fragte Dunjee.

»Wer sonst?«

»Glänzende Idee«, sagte Timble.

»Wir geben Ihnen jede Menge Feuerschutz«, sagte Spiceman. »Er wird nie wissen, was ihn getroffen hat.«

»Nein«, sagte Dunjee.

Keeling seufzte und bewegte sein Gewehr so, daß es auf Dunjees Brust zielte. »Sie sind entweder ein toter Niemand hier oder ein lebendiger Held im Haus drinnen. Was soll's sein?«

»Okay«, sagte Dunjee, drehte sich um und blickte über die Mauerbrüstung, zog aber sofort den Kopf ein, als Ko neuerlich die Mauer mit einem ganzen Magazin abkämmte. Dunjee lag hinter der Mauer und versuchte, einen Weg zu finden, der ihn davor bewahrte, getötet zu werden.

Ko begann wie wild zu schreien. Es klang wie das Kriegsgeschrei seiner Vorfahren. Dunjee horchte.

»Ihr verdammten Hurensöhne, holt mich doch, ich warte«, schrie Ko.

»Jesus«, sagte Reese, »er hat den Verstand verloren.«

Keeling drehte sich zu Dunjee. »Also, Kriegsheld!«

Dunjee überprüfte sorgfältig sein Gewehr. Er hatte bisher noch keinen Schuß abgegeben. »Sie müssen ihn im Haus unter dem Fenster festhalten«, sagte er. »Sie dürfen nicht aufhören zu schießen. Ich gehe durch die Tür rein. Sie brauchen nur pausenlos zu schießen. Pausenlos, und das meine ich wörtlich.«

»Ab wann?« fragte Spiceman.

»Ich laufe in direkter Linie auf die linke Hausecke zu. Das sind fünf Sekunden, vielleicht vier. Dann arbeite ich mich zur Tür weiter. Sowie ich loslaufe, fangen Sie an zu schießen. Und hören Sie bloß nicht auf. Wenn Sie aufhören, kriege ich meinen Kopf weggeschossen.«

»Viel Glück, Mr. Dunjee«, sagte Timble.

»Viel Vergnügen«, sagte Dunjee und begann, zum linken Ende der Mauer zu kriechen. Er hockte ein paar Augenblicke lang da und atmete in tiefen, regelmäßigen Zügen. Er holte sich den technischen Ablauf dessen, was er zu tun hatte, ins Gedächtnis zurück. Blitzschnell vorwärts, zu Boden und rollen. Aber genau das war der Punkt. Er mußte memorieren, was früher einmal fast Instinkt gewesen war.

»Ach, Scheiße«, flüsterte Dunjee und sprang. Er hechtete tief gebückt vorwärts und konnte sie hinter sich feuern hören. Wenigstens das taten sie. Zwei Meter vor der Hausecke fiel er in die Rolle vorwärts, die ihn unsanft gegen die Hauswand schleuderte, die Hauswand aus runden Steinen. Er wünschte sich, dort bleiben zu können – sich einfach am Stein festhalten und nicht mehr bewegen.

Er trieb sich an, weiterzukriechen. Er hatte noch einen, vielleicht zwei Kilometer bis zur Tür. Er brauchte drei Stunden, um hinzukommen. So war das damals gewesen, dachte er. Also einfach wie gehabt, dicht gegen die Hauswand gedrückt weiterschieben . . . Aber so ist es jetzt nicht mehr. Jetzt kriechst du im Dreck an einer Mauer entlang auf eine Tür zu. Mit so was verdienst du jetzt dein Geld. Das ist jetzt dein Beruf.

Als er die Tür erreicht hatte, zögerte er nicht. Er wußte, daß er nicht durch die Tür hindurchkam, wenn er zögerte. Diringshoffen hatte sie fußbreit offen gelassen, als er herausgekommen war, um zu sterben. Niemand hatte sie geschlossen.

Dunjee stieß die Tür weit auf, sprang mit einem Satz ins Haus, wirbelte noch im Sprung herum und feuerte auf die Stelle direkt unter dem Fenstersims, wo der dunkle Schatten hätte hocken müssen, aber nicht hockte.

Hinter dir, dachte Dunjee. Er ist hinter dir am anderen Fenster. Er wirbelte herum. Die Läden des anderen Fensters waren jetzt gleichfalls weit geöffnet. Ko hatte gerade sein Magazin gegen die Mauer leergeschossen und war im Begriff, es auszuwechseln; mit aufgerissenen Augen starrte er Dunjee an.

Dauerfeuer, dachte Dunjee. Du hast es auf automatisch gehabt, und jetzt ist das Magazin leer. Es hatte Zeiten gegeben, wo er es in weniger als einer Sekunde geschafft hatte. Magazin rausfallen lassen, das versetzt angeheftete Magazin einschieben, fertig. Er überlegte jetzt nicht mehr, wie das ging. Er ließ es seine Hände tun.

Sie schienen sich zu erinnern. Er hörte das Magazin in genau der Sekunde einklicken, als Ko den Lauf seines Gewehrs hob. Dunjee war dann völlig überrascht, als Ko, der gekniet hatte, plötzlich in sich zusammensackte, mit roten Tupfen überall auf dem Hemd, die von Dunjees .223er Kugeln stammten. Kos Gesicht war weg. Er kippte vornüber.

Dunjee blickte auf sein M-16-Gewehr. Sein Zeigefinger umklammerte immer noch fest den Abzug. Er konnte sich nicht erinnern, geschossen zu haben. Er konnte sich nicht der Geräusche erinnern, die die Schüsse gemacht hatten. Dunjee wollte hinüber zum toten Ko gehen, blieb aber stehen, als das Megaphon ertönte.

»Dunjee«, sagte das Megaphon. »He, Dunjee?«

Dunjee ging zur Tür. »Was?« brüllte er.

»Wir kommen«, sagte das Megaphon, »okay?«

»Okay«, brüllte Dunjee zurück.

Das erste, was sie taten, als sie hereinkamen, war, Dunjee die Waffe wegzunehmen. Spiceman sah beinahe betreten aus, als er sagte: »Ende der Fahnenstange. Sie verstehen?«

»Sicher«, sagte Dunjee und verstand gar nichts.

»Nimm das Gewehr des Japsen für ihn«, sagte Keeling. »Und sorg dafür, daß es echt aussieht.«

Spiceman beugte sich gerade über den toten Ko Yoshikawa, um dessen Gewehr zu nehmen, als die ersten beiden durch das Fenster kamen. Sie waren ganz in Schwarz gekleidet – schwarze Hosen, schwarze Hemden, schwarze Strickmützen, schwarze Krepp-schuhe und Gesichter, die geschwärzt waren. Sie kamen wie Geister herein, federnd und lautlos. Zwei weitere kamen durch das andere Fenster, und einer von ihnen trat Spiceman Kos Gewehr aus den Händen. Es schien ein harter Tritt, gut geübt, als hätte der Mann das schon oft gemacht.

Die letzten zwei kamen durch die Tür. Allesamt hatten sie Maschinenpistolen. Sie waren tschechischer Herkunft und eben-falls schwarz. Die beiden, die durch die Tür gekommen waren, schienen die Anführer zu sein. Einer machte eine Bewegung mit seiner Maschinenpistole. Die Botschaft war klar. Keeling und Reese legten ihre Waffen langsam auf den Boden. Als sie sich wieder aufrichteten, hoben sie die Hände über den Kopf. Ein völlig verschreckter Leland Timble tat desgleichen. Timbles Augen waren weit aufgerissen, sein Mund nur ein kleines rundes Loch, durch das er fortwährend sagte: »Oooh, oooh, oooh«, bis Spiceman ihm riet, die Schnauze zu halten. Nur Dunjee hob nicht die Hände über den Kopf.

Einer der Männer mit den Maschinenpistolen fand die Kerzen, die Ko ausgeblasen hatte, und zündete sie an. Dann drehte er sich zur Tür, als warte er auf irgendwelche weiteren Anweisungen.

Er brauchte nicht lange zu warten. Faraj Abedsaid schlenderte durch die Tür. Er trug einen schicken grauen Anzug und unterm Arm eine zusammengerollte Zeitung, die sich wie das Stöckchen englischer Offiziere ausnahm.

»Alles scheint nach Plan gelaufen zu sein, Mr. Dunjee«, murmelte Abedsaid.

Dunjee nickte. »Fast alles.«

»Also, beginnen wir. Dieser da?« Er zeigte auf Leland Timble.

Dunjee nickte.

»Und der dort?« Diesmal zeigte die zusammengerollte Zeitung auf Franklin Keeling. Wieder nickte Dunjee.

»Was ist mit ihm?« fragte Abedsaid und zeigte auf Jack Spiceman.

»Er auch.«

»Und dieser Gentleman?«

»Mein Name ist Alex Reese, das Ganze hier ist Teil eines CIA-Unternehmens. Ich schlage vor, Sie . . .«

Abedsaid schnitt ihm das Wort ab. »Mr. Dunjee?«

Bevor Dunjee antworten konnte, sagte Jack Spiceman: »Er ist ein gottverdammter Lügner.«

Abedsaid blickte Spiceman an und hob eine Braue. »So schnell schon Meinungsverschiedenheiten?«

»Mein linkes Revers«, sagte Spiceman. »Lassen Sie es aufschneiden.«

Abedsaid wandte sich an einen der Männer in Schwarz und sagte etwas auf arabisch. Der Mann holte ein Messer hervor und schlitzte Spicemans linkes Jackettrevers auf. Er nahm ein schmales Stückchen gefaltetes Papier heraus, vielleicht zweieinhalb Zentimeter breit und fünfzehn Zentimeter lang. Er reichte es Abedsaid, der es vorsichtig auffaltete.

»Offenbar Negative«, sagte Abedsaid. »Und Kontaktabzüge.« Er ging zum Kerzenlicht, um besser sehen zu können. »Sieht ganz so aus, als sei der Gentleman mit dem kahlen Kopf im Begriff, irgendeinem schwarzen Gentleman das Genick zu brechen. Oder irre ich mich?«

Abedsaid reichte die Kontaktabzüge weiter an Dunjee, der sie im Kerzenschein prüfte. Sie zeigten Alex Reese, wie er von der Bank im Central Park aufstand, wie er seine Hände um Mapangous Kopf und Nacken legte, wie er den Hals drehte, und wie Dr. Mapangou zu Boden stürzte.

»Dr. Mapangou«, sagte Dunjee. »Er war Gambias Delegierter bei den UN.«

»Ach, wirklich?« sagte Abedsaid. »Gut, was sagen Sie über unseren kahlköpfigen Freund?«

»Sicher, er auch«, sagte Dunjee.

Abedsaid sagte wieder etwas auf arabisch. Einer der schwarzgekleideten Männer langte hinter sich und produzierte fünf Paar Handschellen, die mit Krepp umwickelt waren, um nicht gehört zu werden. Er wickelte sie aus.

Der erste, der Handschellen verpaßt bekam, war Leland Timble. »Ich verlange, den Konsul der Vereinigten Staaten zu sprechen«, sagte Timble. »Ich verlange ein Gespräch mit . . .«

Er hörte zu reden auf, als der Mann mit den Handschellen eine Rolle Pflaster aus der Tasche holte, ein Stück abriß und es ihm quer über den Mund knallte.

»Was wird er mit ihnen machen?« fragte Dunjee, während er zusah, wie die letzte Handschelle zuschnappte.

»Der Oberst? Ich weiß auch nicht, was er vorhat«, sagte Abedsaid. »Irgendwas Abartiges, schätze ich.« Er wandte sich zu den vier Männern in Handschellen. »Möchten Sie ihnen noch etwas sagen, bevor die Herren aufbrechen, Mr. Dunjee?«

»Nein«, sagte Dunjee, »nichts.«

Abedsaid schnarrte wieder was auf arabisch, und die sechs schwarzgekleideten Männer führten Leland Timble, Alex Reese, Jack Spiceman und Franklin Keeling aus dem Bauernhaus. Abedsaid beobachtete den Auszug mit sichtbarer Befriedigung.

»Tja«, sagte er, sich zu Dunjee wendend. »Das wär's dann wohl. Gute Arbeit. Der Oberst wird hocherfreut sein.«

»Das wär's, bis auf Bingo McKay und das Mädchen.«

»Ach ja. Sie müßten im Keller sitzen – hinter der Tür da drüben. Wenn sie noch leben, versteht sich.«

»Sie haben Zweifel?«

»Das ist nun wirklich nicht meine Angelegenheit, Mr. Dunjee, oder?«

Abedsaid schickte sich an zu gehen, drehte sich aber noch mal um. »Soll ich den Oberst von Ihnen grüßen?«

»Bitte, tun Sie das«, sagte Dunjee.

Die Tür, die zum Keller führte, war schwer und mit einem Vorhängeschloß gesichert. Dunjee kniete neben der Leiche Ko Yoshikawas nieder und durchsuchte dessen Taschen. In der zweiten fand er den Schlüssel.

Dunjee stand auf und sah sich nach der Stablampe um, die Keeling benutzt hatte. Sie lag auf dem Tisch, auf dem die Kerzen brannten. Er entfernte das Vorhängeschloß und begann, die Stufen hinunterzugehen, die in den Keller führten. Auf halber Strecke blieb er stehen und horchte. Er konnte nichts hören. Er wollte rufen, wagte es aber nicht. Er fürchtete, keine Antwort zu bekommen.

Auf der vorletzten Stufe blieb Dunjee wieder stehen und leuchtete den kleinen Keller ab. In einer Ecke lag ein Haufen Sackleinen, der offenbar als Bett gedient hatte. Daneben befanden sich ein Eimer und ein Wasserkrug. Dunjee leuchtete weiter den Kellerraum ab. Er entdeckte sie in der äußersten Ecke.

Der Mann hatte es geschafft, sich ein schweres Stück Holzbalken irgendwo herauszubrechen. Das Mädchen kauerte hinter ihm in der Ecke. Der Mann hielt das Stück Holzbalken wie eine Keule, die Zähne entblößt wie ein wildes Tier.

Dunjee drehte blitzschnell den Scheinwerfer um, so daß sein Gesicht angestrahlt war.

»Ich bin's, Bingo«, sagte er.

»Dunjee?« Bingo McKays Stimme war ein heiseres Krächzen.

»Es ist vorüber. Alles ist vorüber.«

Bingo McKay ließ das Holzstück fallen. Er drehte sich zu dem Mädchen um, das hinter ihm kauerte. Eleanor Rhodes sah grau und schmutzig und aufgelöst aus. Ihre Augen schienen wie mit einem Film überzogen. Sie nahmen nichts auf.

»Hast du gehört, Sugar?« sagte Bingo McKay zärtlich. »Es ist alles vorüber.«

Eleanor Rhodes kauerte weiter in der Ecke, starrte zu ihm hoch und sah nichts.

33

Zwei Monate später fand der Empfang für den neuen Botschafter statt, im Thomas Jefferson State Reception Room im achten Stock des U.S. Department of State Building. Diese Wahl schien eine kleine Brüskierung, jedenfalls für die ganz ausgefuchsten Beobachter der Washingtoner Szene. Die ganz ausgefuchsten Beobachter waren der Ansicht, daß der Empfang, wäre er wirklich erster Klasse gewesen, in dem irgendwie geräumigeren John Quincy Adams State Drawing Room stattgefunden hätte, in dem der Schreibtisch stand, an dem Benjamin Franklin 1783 den Vertrag von Paris unterzeichnet hatte, der die Unabhängigkeit der Vereinigten Staaten endgültig besiegelte.

Alles, was der Thomas Jefferson Room zu bieten hatte, waren jene scheußlich himmelblauen Wände mit ihren weißen, verzierten Holzpaneelen, der berühmte Kronleuchter und das Standbild Jeffersons, plus all der Chippendale-Stühle, die bei einem Empfang ohnehin nie benutzt wurden. Die ausgefuchsten Beobachter hatten später am Abend Gelegenheit, ihre Meinung über diesen Fall von Brüskierung gründlich zu ändern.

Chubb Dunjee und Paul Grimes standen hinten im Raum und beobachteten, wie der nigerianische Botschafter Olufemi Dokubo Hände schüttelte, mit dem Außenminister plauderte und dann auf den neuen Botschafter Libyens hinabstrahlte. Dokubo trug seine Stammestracht, eine Robe in leuchtendem Blau mit kostbaren weißen Stickereien. Auf seinem Kopf nistete eine rote runde Kappe, die irgendwie an ein überdimensionales Pillendöschen erinnerte. Der libysche Botschafter trug einen dunkelblauen Anzug mit Weste, weißem Hemd und dunkler Krawatte, der für eine Beerdigung ebenso passend gewesen wäre.

Während sie beobachteten, wie Dokubo mit dem neuen Botschafter ein paar herzliche Worte wechselte, fragte Grimes: »Sieht verdammt imponierend aus in der Robe, findest du nicht?«

»Dokubo?«

»Yeah.«

Dunjee nickte. »Ist Bingo immer noch auf Hochzeitsreise?«

»Immer noch«, sagte Grimes.

»Wo sind sie hingeflogen?«

»Nach Caracas.«

»Caracas?« sagte Dunjee. »Was lohnt denn in Caracas?«

»Zwanzig Millionen Dollar, glaubt Bingo. Sie gehören uns, den Israelis und den Libyern. Bingo denkt, er schafft es vielleicht, sie zurückzubekommen.«

»Wie geht's der Braut?«

»Besser.«

»Fein.« Dunjee sah auf seine Uhr. »Er kommt zu spät.«

»Er kommt immer zu spät«, sagte Grimes.

Aber so arg zu spät kam er dann gar nicht. Höchstens zehn Minuten. Ihm voran betraten die vier Geheimdienstler mit den Röntgenaugen den Saal, um festzustellen, ob auch keine Bombenwerfer anwesend waren. Ihnen folgte der Präsident der Vereinigten Staaten, Jerome McKay.

Er ging die Gästereihe entlang, den Einflüsterer vom Außenamt dicht am Ellenbogen, der die Namen derer zu murmeln hatte, die der Präsident möglicherweise nicht kannte oder erkannte. Nach der Begrüßung des Außenministers, den er gerade erst vor drei Stunden gesprochen hatte, blieb der Präsident vor dem Botschafter und Bevollmächtigten der Arabischen Republik Libyen, Faraj Abedsaid, stehen.

»Mr. Ambassador«, sagte der Präsident.

»Mr. President.«

»Nächste Woche, wenn Sie Ihr Beglaubigungsschreiben überreichen, werden wir ein langes Gespräch miteinander führen.«

»Es wird mir ein Vergnügen sein, Mr. President.«

»Auch mir, Mr. Ambassador«, sagte der Präsident, die Augen schon auf den nächsten Gästen.

Nicht anwesend, aber durch ihre Abwesenheit bei dem Empfang auffallend, waren die Botschafter Israels, Ägyptens, der Philippinen, des Tschad, Nigers, Algeriens und Tunesiens, die aus unterschiedlichen Gründen mit Libyen immer noch in Fehde lagen. Ebenso abwesend war der Botschafter der Sowjetunion, den die Aufnahme diplomatischer Beziehungen zwischen den USA und Libyen immer noch verdroß.

Da der Präsident sein Begrüßungsprogramm im Uhrzeigersinn absolvierte, stieß er bei etwa vier Uhr auf Dunjee, Grimes und den Rest der Niemande. »Ich glaube nicht, daß Sie Chubb Dunjee schon kennen, Mr. President«, sagte Grimes.

Der Präsident ergriff Dunjees Hand. »Dunjee«, sagte er und gab sich nachdenklich. »Dunjee. Sie hatten doch ein kleines Steuerproblem, richtig?«

»Nur ein Mißverständnis«, sagte Dunjee. »Es hat sich erledigt.«

Der Präsident nickte. »Gut«, sagte er. »Gut.« Er pumpte noch einmal kräftig Dunjees Hand. »Sie halten Kontakt – durch Paul hier.«

»Selbstverständlich«, sagte Dunjee.

Dunjee kam aus dem Ausgang, der auf die 21st Street führte, und kletterte auf den Beifahrersitz des Mietwagens, der von Delft Csider gelenkt wurde.

»Was hat er gesagt?«

»Er hat gesagt: ›Halten Sie Kontakt‹.«

»Das ist fast so gut wie danke.«

»Fast«, sagte Dunjee.

Als sie auf dem George Washington Memorial Parkway halbwegs Richtung Dulles Airport waren, sagte Dunjee: »Ich wünschte, du würdest es dir anders überlegen.«

»Was sollte ich in Portugal?« fragte sie.

Dunjee ließ sich das durch den Kopf gehen. »Lesen, Musik hören, bißchen joggen, einkaufen, in ein paar Bars gehen, viel schlafen, vielleicht mit mir, meine ich.«

»Und wenn uns das Geld ausgeht?«

»Tja, ich schätze, dann gehen wir los und holen uns neues.«

»Einfach so?«

»Einfach so.«

Sie warf ihm einen kurzen Blick zu. »Du meinst das wirklich ernst?«

»Total.«

»Ich werde darüber nachdenken.«

Dunjee lächelte sein bestes Lächeln – sehr weiß, sehr warm, sehr gewinnend. Es war sein Politikerlächeln.

»Tu das«, sagte er.

Ullstein Krimis

»Bestechen durch ihre Vielfalt«
(Westfälische Rundschau)

Ted Allbeury
Die andere Seite des Schweigens (10150)

Ruth Rendell
Durch Gewalt und List (10151)

Ross Thomas
Der Ein-Weg-Mensch (10152)

James Hadley Chase
Trau keinem Schurken (10153)

Shelly Smith
Das Gift der Bosheit (10154)

Ellery Queen
Das zwölfte Geschenk (10155)

Hitchcocks Kriminalmagazin, Band 135 (10156)

Peter Schmidt
Die Trophäe (10157)

A. C. Baantjer
De Cock und der tanzende Tod (10158)

Ed McBain
Killers Lohn (10159)

Hitchcocks Kriminalmagazin, Band 136 (10160)

Brian Freemantle
Eine Flasche für Charlie Muffin (10161)

Margot Bennett
Einer blieb zurück (10162)

James Hadley Chase
Keine Orchideen für Miss Blandish (10163)

Hitchcocks Kriminalmagazin, Band 137 (10164)

Dick Francis
Reflex (10165)

William Wingate
Die Vergeltung des Fremden (10166)

Ellery Queen
Flieg, Kugel, flieg (10167)

Hitchcocks Kriminalmagazin, Band 138 (10168)

Shelley Smith
Herr, erbarme Dich der Schwachen (10169)

Jim Thompson
Der Mörder in mir (10170)

Ed McBain
Die zehn Gesichter der Annie Boone (10171)

Hitchcocks Kriminalmagazin, Band 139 (10172)

Ross Thomas
Der Bakschischmann (10173)

Margot Bennett
Jemand aus der Vergangenheit (10174)

James Hadley Chase
Lotosblüten für Miss Quon (10175)

Hitchcocks Kriminalmagazin, Band 140 (10176)